MIRA®

Der Preis dieses Bandes versteht sich einschließlich
der gesetzlichen Mehrwertsteuer.

Umwelthinweis:
Dieses Buch wurde auf chlor- und säurefreiem Papier gedruckt.

Das Geheimnis von Orcas Island

Für Charity scheint es ein besonders gutes Jahr zu werden: Schon in der Vorsaison kann sie in ihrer Pension auf Orcas Island viele Gäste begrüßen. Auch die schweren Arbeiten muss sie nicht mehr allein machen. Dafür hat sie Ronald DeWinter eingestellt. Sie ahnt nicht, dass ihr Handyman, der sie eines Abends voll Leidenschaft küsst, keineswegs ehrlich mit ihr ist: Er ist ein Undercover-Agent des FBI, der sie und ihre Gäste keine Minute aus den Augen lässt. Denn Charity steht unter dem Verdacht, einem Verbrecherring anzugehören, der Falschgeld von Orcas Island nach Kanada schmuggelt ...

Nora Roberts

Das Geheimnis von Orcas Island

Roman

Aus dem Amerikanischen von
Tatjána Lénárt-Seidnitzer

MIRA®

MIRA® TASCHENBUCH
Band 25134
1. Auflage: Juni 2005

MIRA® TASCHENBÜCHER
erscheinen in der Cora Verlag GmbH & Co. KG,
Axel-Springer-Platz 1, 20350 Hamburg
Deutsche Taschenbucherstausgabe

Titel der nordamerikanischen Originalausgabe:
The Welcoming

erschienen bei: Harlequin Enterprises Ltd., Toronto
Published by arrangement with
Harlequin Enterprises II B.V., Amsterdam

Konzeption/Reihengestaltung: fredeboldpartner.network, Köln
Umschlaggestaltung: pecher und soiron, Köln
Titelabbildung: by Corbis Images, Düsseldorf
Autorenfoto: © by Harlequin Enterprise S.A., Schweiz
Satz: D.I.E. Grafikpartner, Köln
Druck und Bindearbeiten: Ebner & Spiegel, Ulm
Printed in Germany
ISBN 3-89941-173-0

1. KAPITEL

Alles, was er brauchte, war in dem Rucksack, der über seiner Schulter hing. Einschließlich seiner 38er. Wenn alles gut ging, würde er keine Verwendung für sie haben.

Ronald zog eine Zigarette aus dem zerknitterten Päckchen in seiner Brusttasche und wandte sich vom Wind ab, um sie anzuzünden. Ein Junge von etwa acht Jahren raste an der Reling der Fähre entlang, ignorierte fröhlich die Rufe seiner Mutter. Ronald konnte sich in den Jungen einfühlen. Es war kalt, gewiss. Der beißende Wind vom Pudget-Sund wehte alles andere als frühlingshaft. Aber der Ausblick war sagenhaft. In der verglasten Lounge zu sitzen war zwar gemütlicher, aber es musste dem Erlebnis etwas nehmen.

Das Kind wurde von einer blonden Frau mit rosigen Wangen und sich schnell rötender Nase geschnappt. Ronald lauschte, als sie miteinander schimpften, während die Frau den Jungen wieder hineinzog. Familien, dachte er, sind sich selten einig. Er wandte sich ab, lehnte sich über die Reling und rauchte gemächlich, während die Fähre an Inselgruppen vorbeituckerte.

Sie hatten die Skyline von Seattle hinter sich gelassen, aber noch ragten die Berge vom Festland auf und beeindruckten den Betrachter. Es herrschte Einsamkeit, trotz der vereinzelten abgehärteten Passagiere, die über das schräge Deck spazierten oder auf hölzernen Bänken an sonnigen Stellen kauerten. Er zog die Großstadt vor, mit ihrer Hektik, ihren Menschenmengen, ihrem Schwung. Ihrer Anonymität. Hatte es immer getan. Er konnte beim besten Willen nicht verstehen, woher diese rastlose Unzufriedenheit kam, die er verspürte, oder warum sie so schwer auf ihm lastete.

Der Job. Während des letzten Jahres hatte er den Job dafür verantwortlich gemacht. Druck war etwas, das er stets akzeptiert, sogar herausgefordert hatte. Er hatte geglaubt, das Leben ohne Druck wäre fade und sinnlos. Doch in letzter Zeit hatte es nicht gereicht. Er begab sich von Ort zu Ort, nahm wenig mit, ließ weniger zurück.

Zeit, um auszusteigen, dachte er, während er ein Fischerboot vorbeituckern sah. Zeit, etwas anderes zu tun. Aber was? Er könnte sich selbstständig machen. Er hatte einige Male mit diesem Gedanken gespielt. Er könnte reisen. Er war bereits in der Welt herumgekommen, aber es war vielleicht anders, es als Tourist zu tun.

Eine tapfere Seele kam mit einer Video-Kamera hinaus an Deck. Ronald drehte sich um, rückte außer Sichtweite. Aller Wahrscheinlichkeit nach eine unnötige Vorsichtsmaßnahme, der Schritt war instinktiv. Ebenso wie die Wachsamkeit und die lässige Haltung, die eine drahtige Bereitschaft verbarg.

Niemand schenkte ihm besondere Beachtung, obgleich einige Frauen ihn zweimal anblickten.

Er war überdurchschnittlich groß, mit dem straffen, soliden Körperbau eines Leichtgewichtboxers. Die lässige Jacke und verwaschene Jeans verbargen wohltrainierte Muskeln. Dichtes schwarzes Haar wehte ihm locker aus dem gebräunten, hohlwangigen Gesicht. Es war unrasiert, hart geschnitten. Die Augen, von einem hellen klaren Grün, hätten den Scher-dich-zum-Teufel-Eindruck mildern können, aber sie blickten eindringlich drein, und – in diesem Moment – eine Spur gelangweilt.

Es versprach ein gemächlicher Routineauftrag zu werden.

Ronald hörte das Anlegesignal und verlagerte den Rucksack. Routine oder nicht, der Job war seiner. Er würde ihn erledigen, seinen Bericht einreichen, sich dann ein paar Wochen nehmen, um zu überlegen, was er mit dem Rest seines Lebens anfangen sollte.

Er ging mit einigen anderen Fußgängern von Bord. Ein wilder, süßer Duft nach Blumen empfing ihn, der mit dem dumpferen Geruch des Wassers wetteiferte. Die Blumen wuchsen in romantischer Pracht, viele mit Blüten so groß wie seine Faust. Ein Teil seiner Person schätzte durchaus ihre Farben und ihren Reiz, aber er nahm sich selten die Zeit, stehen zu bleiben und an einer Rose zu schnuppern.

Wagen rollten von der Rampe. Ronald zog eine weitere Zigarette heraus, zündete sie an und blickte flüchtig um sich – auf die hübschen, farbenfrohen Gärten, das reizvolle Hotel und Restaurant, die Schilder, die Informationen über die Fähre und Parkmöglichkeiten boten. Nun war alles eine Frage des Timings. Er ignorierte das Terrassencafé, obgleich er wirklich gern eine Tasse Kaffee getrunken hätte, und bahnte sich einen Weg über das Parkgelände.

Er entdeckte den Kleinbus mühelos, das blau-weiße amerikanische Modell mit der Aufschrift „Whale Watch Inn“ auf der Seite. Es war sein Job, mit diesem Kleinbus zum Gasthaus zu kommen. Wenn die diesbezüglichen Details erledigt worden waren, dann handelte es sich um eine Routinesache. Wenn nicht, dann würde er einen anderen Weg finden.

Um Zeit zu gewinnen, bückte er sich und band seinen Schnürsenkel. Die wartenden Wagen wurden an Bord der Fähre gelassen, und die Fußgänger waren bereits an Deck. Es standen nun nicht mehr als ein Dutzend Wagen auf dem Parkplatz, einschließlich des Kleinbusses. Er nahm sich noch einen Moment Zeit, um seine Jacke aufzuknöpfen, als er die Frau sah.

Ihr Haar war in einem Zopf zurückgekämmt, nicht offen wie auf dem Aktenfoto. Es schien im Sonnenschein von einem tieferen, satteren Blond zu sein. Sie trug eine große getönte Brille, die ihr halbes Gesicht verdeckte, aber er wusste, dass er sich nicht irrte. Er sah ihre zarte Kieferpartie, die kleine gerade Nase, den vollen, schön geformten Mund.

Seine Informationen waren zutreffend. Sie war einsachtundsechzig, wog hundertzehn Pfund, hatte eine zierliche, sportliche Figur. Ihre Kleidung war lässig – Jeans, ein weiter wollweißer Pullover über einer blauen Bluse. Die Bluse passte vermutlich zu ihrer Augenfarbe. Die Jeans waren in knöchelhohe Wildlederstiefel gesteckt, und ein Paar Kristallohrringe baumelten von ihren Ohren.

Sie ging zielstrebig, mit einem klappernden Schlüsselbund in einer Hand und einer großen Leinentasche über der Schulter. Es war nichts Kokettes an ihrem Gang, doch er fiel einem Mann auf. Lange, geschmeidige Schritte, ein sanfter Hüftschwung, Kopf erhoben, Augen geradeaus gerichtet.

Ja, einem Mann fällt so etwas auf, dachte Ronald, während er die Zigarette wegschnippte. Er vermutete, dass sie es wusste. Und wartete, bis sie den Wagen erreicht hatte, bevor er sich ihr näherte.

Charity hörte auf, den letzten Satz von Beethovens Neunter zu summen, blickte hinab auf den rechten Vorderreifen und fluchte. Weil sie sich unbeobachtet wähnte, trat sie dagegen, dann ging sie zur Rückseite, um den Wagenheber zu holen.

„Haben Sie Probleme?"

Sie zuckte zusammen, ließ den Wagenheber beinahe auf ihren Fuß fallen, wirbelte dann herum.

Ein harter Bursche. Das war ihr erster Gedanke, als sie Ronald anstarrte. Seine Augen waren gegen die Sonne zusammengekniffen. Er hatte eine Hand um den Riemen seines Rucksacks gelegt und die andere in die Tasche gesteckt. Sie legte eine Hand auf ihr Herz, vergewisserte sich, dass es noch schlug, lächelte dann.

„Ja, ich habe einen Platten. Ich habe gerade eine Familie mit vier Kindern zur Fähre gebracht, von denen zwei unter sechs Jahre und Anwärter für die Besserungsanstalt sind. Ich bin mit den Nerven am Ende, die Rohre in Haus sechs sind kaputt, und mein Faktotum hat gerade im Lotto gewonnen. Und wie steht's bei Ihnen?"

In der Akte war nicht erwähnt, dass sie eine Stimme wie *café au lait* hatte, die starke, dunkle Art, die man in New Orleans trank. Er registrierte es, deutete dann auf den Platten. „Soll ich ihn wechseln?"

Charity hätte es selbst tun können, aber es war nicht ihre Art, angebotene Hilfe abzulehnen. Außerdem konnte er es wahrscheinlich schneller, und er sah so aus, als könnte er die fünf Dollar gebrauchen, die sie ihm zu geben gedachte. „Danke." Sie reichte ihm den Wagenheber. „Sind Sie gerade mit der Fähre gekommen?"

„Ja." Ihm lag nichts an Smalltalk, aber er benutzte ihn – und ihre Freundlichkeit – so geschickt wie den Wagenheber. „Ich bin ein bisschen umhergereist. Ich dachte mir, ich bleibe eine Weile auf Orcas. Mal sehen, ob ich ein paar Wale entdecken kann."

„Sie sind an den richtigen Ort gekommen. Gestern habe ich von meinem Fenster aus eine Herde gesehen." Sie lehnte sich gegen den Lieferwagen, genoss den Sonnenschein. Während er arbeitete, beobachtete sie seine Hände. Stark, fähig, schnell. Sie schätzte es, wenn jemand einen einfachen Job gut erledigte. „Sind Sie auf Urlaub?"

„Auf Reisen. Ich nehme hier und da Gelegenheitsarbeiten an. Kennen Sie jemanden, der Hilfe braucht?"

„Vielleicht." Mit geschürzten Lippen beobachtete sie, wie er den Reifen abzog. „Was für Arbeit?"

„Dies und das. Wo ist der Ersatz?"

„Ersatz?" Länger als zehn Sekunden in seine Augen zu blicken wirkte wie eine Hypnose.

„Der Reifen." Sein Mundwinkel zuckte leicht in einem widerstrebenden Lächeln. „Sie brauchen einen, der nicht platt ist."

„Richtig. Der Ersatz." Kopfschüttelnd über ihre eigene Dummheit, ging sie ihn holen. „Er ist hinten im Wagen." Sie drehte sich um und stieß gegen Ronald. „Entschuldigung."

Er legte eine Hand auf ihren Arm, um sie zu stützen. Sie standen einen Moment im Sonnenschein, blickten sich stirnrunzelnd an. „Schon gut. Ich hole ihn."

Als er in den Wagen kletterte, atmete Charity tief durch. Ihre Nerven waren zerrütteter, als sie für möglich gehalten hatte. „Oh, passen Sie auf ..." Sie zog eine Grimasse, als Ronald sich hinhockte und die Überreste eines Kirschlutschers von seinem Knie löste. Ihr Lachen war spontan und so voll tönend wie ihre Stimme. „Entschuldigung. Ein Souvenir aus Orcas Island von Jimmy MacCarthy, ‚dem Zerstörer', einem fünfjährigen Delinquenten."

„Ich hätte lieber ein T-Shirt."

„Tja, wer nicht?" Charity nahm ihm die klebrige Masse ab, wickelte sie in ein sauberes Papiertuch und ließ sie in ihre Tasche fallen. „Eigentlich sind wir eine Familieneinrichtung", erklärte sie, während er mit dem Ersatzreifen hinauskletterte. „Meistens haben wir gern Kinder um uns, aber gelegentlich kommen auch welche mit ganz schaurigen Gelüsten, so wie Jimmy und Judy, und dann denkt man manchmal daran, das Gasthaus in eine Tankstelle zu verwandeln. Mögen Sie denn Kinder?"

Er blickte auf, während er den Reifen aufsteckte. „Aus sicherer Entfernung."

Sie lachte über seine Antwort. „Woher sind Sie?"

„St. Louis." Er hätte ein Dutzend anderer Ort angeben können. Er wusste nicht, warum er sich für die Wahrheit entschied. „Aber ich komme nicht oft dorthin."

„Familie?"

„Nein."

Die Art, in der er es sagte, ließ sie ihre Neugier zügeln. Sie würde sich ebenso wenig in jemandes Privatleben einmischen, wie sie den Lutscher auf die Straße werfen würde. „Ich wurde hier auf Orcas geboren. Jedes Jahr sage ich mir, dass ich mir sechs Monate nehme und reise. Irgendwohin." Sie zuckte die Schultern, während er die letzte Radmutter anzog. „Ich schaffe es nie. Außerdem ist es herrlich hier. Wenn Sie keinen Termin haben, werden Sie vielleicht länger bleiben, als Sie ursprünglich geplant hatten."

„Vielleicht." Er stand auf. „Wenn ich Arbeit finden kann und eine Unterkunft."

Charity betrachtete es nicht als Anspielung. Sie hatte ihn beinahe fünfzehn Minuten lang beobachtet und abgeschätzt. Die meisten Einstellungsgespräche dauerten kaum länger. Er hatte einen starken Rücken und intelligente – wenn auch beunruhigende – Augen, und wenn der Zustand seines Rucksacks und seiner Schuhe ein Anzeichen war, dann hatte er eine Pechsträhne. Ihr war beigebracht worden, anderen Menschen eine hilfreiche Hand zu bieten. Und wenn sie dabei gleichzeitig eines ihrer vordringlichen Probleme lösen konnte … „Sind Sie gut mit den Händen?“

Er blickte sie an und konnte nicht verhindern, dass seine Gedanken abschweiften. „Ja. Ziemlich gut.“

Ihre Brauen – und ihr Blutdruck – hoben sich ein wenig, als sie seine Musterung bemerkte. „Ich meine mit Werkzeug. Hammer, Säge, Schraubenzieher. Können Sie tischlern, heimwerken?“

„Gewiss.“ Es war leicht gegangen, beinahe zu leicht. Er wunderte sich über das vage, ungewohnte Schuldgefühl.

„Wie gesagt, mein Faktotum hat im Lotto gewonnen, ein Haupttreffer. Er ist nach Hawaii gezogen, um Bikinis zu studieren und *poi* zu essen. Ich gönne es ihm, außer dass wir mitten in der Renovierung des Westflügels waren. Vom Gasthaus“, fügte sie hinzu und deutete auf das Firmenzeichen auf dem Lieferwagen. „Ich kann Ihnen Unterkunft und Verpflegung und einen Fünfer pro Stunde bieten.“

„Das klingt, als hätten wir beide unsere Probleme gelöst.“

„Prima.“ Sie bot ihm die Hand.

„Ronald DeWinter."

„Okay, Ronald." Sie öffnete die Fahrertür. „Steigen Sie ein."

„Mein Großvater hat das Gasthaus 1938 errichtet", verkündete Charity während der Fahrt. „Im Laufe der Jahre hat er ein paar Mal angebaut, aber es ist eigentlich immer noch ein Gasthaus. Wir können uns nicht durchringen, es Hotel zu nennen, nicht einmal in den Prospekten. Ich hoffe, Sie suchen Abgeschiedenheit."

„Ich habe nichts dagegen", erwiderte Ronald.

„Ich auch nicht. Meistens." Kein sehr redseliger Bursche, dachte sie mit einem kleinen Lächeln. Aber das war in Ordnung. Sie konnte genug für beide reden. „Es ist noch Vorsaison, und deshalb sind wir bei weitem nicht ausgebucht. Sie dürften reichlich Freizeit haben, um herumzuspazieren. Die Aussicht vom Mount Constitution ist wirklich spektakulär. Und die Wanderwege sind großartig, falls Ihnen daran liegt."

„Ich dachte mir, ich guck mich vielleicht mal in British Columbia um."

„Das ist kein Problem. Nehmen Sie die Fähre nach Sidney. Wir veranstalten recht viele Ausflüge dorthin, für unsere Reisegruppen."

„Wir?"

„Das Gasthaus. Pop – mein Großvater – hat in den

Sechzigern ein halbes Dutzend Blockhäuser gebaut. Wir haben ein besonderes Pauschalangebot für Reisegruppen, mit Halbpension. Die Hütten sind ein bisschen rustikal, aber den Touristen gefällt das. Wir bekommen etwa zweimal pro Woche eine Gruppe. In der Hauptsaison können wir es verdreifachen." Charity bog in eine schmale, gewundene Straße ein und hielt die Geschwindigkeit bei fünfzig.

Ronald kannte die Antworten bereits, aber es hätte seltsam gewirkt, wenn er nicht gefragt hätte. „Leiten Sie den Gasthof?"

„Ja. Ich habe zwischendurch dort gearbeitet, so lange ich denken kann. Als mein Großvater vor einigen Jahren starb, habe ich den Betrieb übernommen." Sie schwieg einen Moment. Es schmerzte immer noch. Wahrscheinlich würde es immer so bleiben. „Er liebte es. Nicht nur das Gasthaus, sondern die Idee an sich. Jeden Tag neue Menschen zu treffen, es ihnen behaglich zu machen, sie kennen zu lernen."

„Ich nehme an, das Geschäft läuft recht gut."

Sie zuckte die Schultern. „Wir kommen zurecht." Sie umrundeten eine Kurve, wo der Wald einem breiten Streifen blauen Wassers Platz machte. Vereinzelte Häuser standen hoch oben auf den Klippen. Ein Boot mit geblähten weißen Segeln fuhr mit dem Wind, kräuselte das glasklare Wasser. „Solche Aussichten gibt es auf der ganzen Insel. Selbst wenn man hier lebt, wirken sie beeindruckend."

„Und Landschaft ist gut für das Geschäft."

Sie runzelte ein wenig die Stirn. „Es kann nicht schaden", sagte sie und blickte ihn an. „Interessiert es Sie wirklich, Wale zu sehen?"

„Es scheint mir eine gute Idee, da ich schon einmal hier bin."

Sie hielt den Wagen an und deutete auf die Klippen. „Wenn Sie Geduld und ein gutes Fernglas haben, ist dort oben eine gute Stelle. Wir haben sie vom Gasthaus aus gesehen, wie gesagt. Aber wenn Sie sie aus der Nähe sehen wollen, ist ein Boot besser." Als er nichts dazu sagte, startete sie den Wagen wieder. Er machte sie nervös. Er schien nicht das Wasser oder den Wald anzusehen, sondern sie.

Ronald blickte auf ihre Hände. Starke, geschickte, nüchterne Hände, entschied er, obgleich ihre Finger nun ein wenig nervös auf das Lenkrad trommelten. Sie fuhr weiterhin schnell, lenkte den Wagen mühelos über die gewundene, bergige Straße. Ein anderer Wagen kam entgegen. Ohne die Geschwindigkeit zu drosseln, hob sie eine Hand zum Gruß.

„Das war Lori, eine unserer Kellnerinnen", erklärte Charity. „Sie arbeitet in der Frühschicht, damit sie zu Hause ist, wenn ihre Kinder von der Schule kommen.

Gewöhnlich haben wir eine Belegschaft von zehn. Im Sommer kommen fünf oder sechs Aushilfskräfte dazu.“

Nach der nächsten Kurve kam das Gasthaus in Sicht. Es war genau so wie erwartet, aber dennoch wirkte es reizvoller als auf den Fotos, die er gesehen hatte. Es war aus weißen Schindeln, mit blauen Rahmen um die ovalen Bogenfenster, fantasievollen Türmchen und einer breiten Veranda. Eine Rasenfläche führte geradewegs zum Wasser hinab, auf das ein schmaler Steg hinausführte. Daran vertäut lag ein kleines Motorboot, das gemächlich auf den Wellen schaukelte.

Ein Mühlrad drehte sich in einem flachen Teich an der Seite des Gasthauses. Im Westen, wo die Bäume dichter standen, erblickte Ronald eines der Blockhäuser, von denen sie gesprochen hatte. Überall blühten Blumen.

„Hinten befindet sich ein größerer Teich.“ Charity bog in einen kleinen Parkplatz ein, der bereits zur Hälfte belegt war. „Dort züchten wir Forellen.“ Sie stieg aus und wartete auf ihn. „Fast alle benutzen den Hintereingang. Ich kann Sie später herumführen, aber jetzt wollen wir Sie erst einmal unterbringen.“

„Es ist hübsch hier.“ Er sagte es, ohne nachzudenken, aber er meinte es ernst. Zwei Schaukelstühle standen auf der hinteren, quadratischen Veranda. Er drehte sich um und musterte die Aussicht. Teils Wald, teils Wasser, und sehr reizvoll. Friedlich. Einladend. Er dachte an die Pistole in seinem Rucksack. Der Schein kann trügen, dachte er.

Mit einem leichten Stirnrunzeln beobachtete Charity ihn. Er schien sich nicht nur umzusehen, sondern alles in sich aufzunehmen. Es war ein seltsamer Gedanke, aber sie hätte schwören können, dass er den Gasthof sechs Monate später genau würde beschreiben können, bis hin zum letzten Tannenzapfen.

Dann drehte Ronald sich zu ihr um, und der Eindruck blieb bestehen, jetzt nur persönlicher, intensiver. Der Wind frischte auf, ließ die Windspiele klimpern, die am Dachvorsprung hingen.

„Sind Sie Künstler?" fragte sie unvermittelt.

„Nein." Er lächelte, und die Veränderung in seinem Gesicht war rasch und charmant. „Warum?"

„Ich dachte nur." Du musst dich vor seinem Lächeln in Acht nehmen, ermahnte sie sich. Es wirkte entspannend, und sie bezweifelte, dass es klug wäre, sich ihm gegenüber zu entspannen.

Doppelte Glastüren führten in einen großen luftigen Raum, der nach Lavendel und Holzrauch roch. Zwei lange weiche Sofas und einige Polstersessel in der Nähe eines riesigen, steinernen Kamins, in dem Scheite knisterten. Antiquitäten befanden sich verstreut im Raum – ein Sekretär und ein Stuhl mit einem Trio alter Tintenfässer, eine eicherne Hutablage, ein Buffet mit glänzenden, geschnitzten Türen. In einer Ecke stand ein Spinett mit vergilbten Tasten, und zwei breite Bogenfenster an der entfernten Wand ließen das Wasser wie einen Teil der Dekoration wirken. An einem Tisch spielten zwei Frauen Scrabble.

„Wer gewinnt heute?“ fragte Charity.

Beide blickten auf. Und strahlten. „Wir liegen Kopf an Kopf.“ Die Frau zur Rechten fuhr sich geziert durch das Haar, als sie Ronald erblickte. Sie war alt genug, um seine Großmutter zu sein, aber sie nahm ihre Brille ab und straffte die dünnen Schultern. „Ich wusste gar nicht, dass Sie einen neuen Gast mitbringen, Liebes.“

„Ich auch nicht.“ Charity ging zum Kamin und legte Holz nach. „Ronald DeWinter, Miss Lucy und Miss Millie.“

Sein Lächeln kam erneut, sanft und glatt. „Ladys.“

Miss Lucy spähte durch ihre Brillengläser. „Kannten wir nicht einmal einen DeWinter, Millie?“

„Nicht, dass ich wüsste.“ Millie, stets zu einem Flirt bereit, strahlte Ronald weiterhin an, obgleich sie ihn nur sehr verschwommen sehen konnte. „Waren Sie schon einmal hier, Mr. DeWinter?“

„Nein, Ma’am. Es ist das erste Mal.“

„Es wird Ihnen hier gefallen.“ Millie gab einen kleinen Seufzer von sich. Es war wirklich bedauerlich, was die Jahre ihr antaten. Es schien wie gestern, dass hübsche junge Männer ihr die Hand geküsst und sie zu Spaziergängen eingeladen hatten. Heute nannten sie sie Ma'am. Wehmütig wandte sie sich wieder dem Spiel zu.

„Die Ladys kommen schon länger hierher, als ich mich erinnern kann“, sagte Charity, während sie Ronald einen Flur entlangführte. „Sie sind reizend, aber ich sollte Sie vor Miss Millie warnen. Angeblich hatte sie in ihrer Zeit einen beachtlichen Ruf, und sie hat immer noch einen Blick für einen attraktiven Mann.“

„Ich werde vorsichtig sein.“

„Ich habe den Eindruck, dass Sie es für gewöhnlich sind.“ Sie holte einen Schlüsselbund hervor und öffnete eine Tür. „Hier geht es zum Westflügel.“ Sie schritt einen weiteren Flur entlang, flott, geschäftsmäßig. „Wie Sie sehen, waren die Renovierungsarbeiten im vollen Gang, als George das große Los zog. Die Zierleisten sind entfernt worden.“ Sie deutete auf einen ordentlichen Stapel Holz an einer frisch gestrichenen Wand. „Die Türen müssen noch lackiert werden.“

Sie nahm die Sonnenbrille ab und ließ sie in ihre Tasche fallen. Er hatte richtig vermutet. Der Blusenkragen entsprach beinahe der Farbe ihrer Augen.

„Wie viele Zimmer?“

„Zwei Einzel, ein Doppel und eine Suite in diesem Flügel, alle in unterschiedlichen Stadien der Unordnung." Sie umrundete eine Tür, die an einer Wand lehnte, und betrat ein Zimmer. „Sie können dieses nehmen. Es ist am weitesten fertig gestellt."

Es war ein kleiner heller Raum. Das Fenster war von Bleiglasscheiben umrahmt. Das Bett war unbezogen und der Fußboden nackt und musste geschmirgelt werden. Die Wände hatten offensichtlich neue Tapeten.

„Im Augenblick macht es nicht viel her", bemerkte Charity.

„Es ist prima." Er hatte sich an Orten aufgehalten, die das kleine Zimmer wie eine Suite im „Waldorf" wirken ließen.

Automatisch prüfte sie den Schrank und das angrenzende Bad auf Sachen, die fehlten. „Sie können hier anfangen, damit Sie es gemütlicher haben. Mir ist es egal. George hatte sein eigenes System. Ich habe es nie verstanden, aber für gewöhnlich schaffte er, was zu tun war."

In der nächsten halben Stunde führte Charity Ronald durch den Flügel und erklärte genau, was und wie sie es haben wollte. Ronald hörte zu, sagte wenig und schätzte die Anlage ab. Er wusste vom Grundriss, den er gesehen hatte, dass die Unterbringung im Westflügel ihm leichten Zugang zum Erdgeschoss und dem restlichen Gasthaus bot.

Ich werde arbeiten müssen, überlegte er, während er

die halb fertigen Wände musterte. Er betrachtete es als kleinen Bonus. Mit den Händen zu arbeiten war etwas, was er genoss und wofür ihm in der Vergangenheit wenig Zeit geblieben war.

Charity Ford war sehr genau in ihren Anweisungen. Eine Frau, die wusste, was sie wollte, und beabsichtigte, es zu bekommen. Das gefiel ihm.

„Was ist dort oben?“ Er deutete auf eine Treppe am Ende des Flurs.

„Meine Räume. Wir kümmern uns um sie, wenn die Gästezimmer fertig sind.“ Sie klapperte mit dem Schlüsselbund. „Was halten Sie also davon?“

„Wovon?“

„Von der Arbeit.“

„Haben Sie Werkzeug?“

„Im Schuppen. Auf der anderen Seite des Parkplatzes.“

„Ich kann es schaffen.“

„Ja.“ Charity war sich dessen sicher. Sie standen im achteckigen Salon der Suite. Er war leer, abgesehen von Baumaterial und Plastikplanen. Und es war still. Plötzlich bemerkte sie, dass sie recht nahe beieinander standen und dass sie kein Geräusch hören konnte. Sie reichte ihm die Schlüssel. „Die werden Sie brauchen.“

„Danke.“ Ronald steckte das Bund in die Tasche.

Sie holte tief Luft und fragte sich, warum sie sich

plötzlich fühlte, als hätte sie einen Riesenschritt mit geschlossenen Augen gemacht. „Haben Sie schon gegessen?“

„Nein.“

„Ich bringe Sie hinunter in die Küche. Mae wird Sie versorgen.“ Sie ging hinaus, ein wenig zu hastig. Sie wollte dem Gefühl entfliehen, dass sie völlig allein mit ihm war. Und hilflos. Ein dummer Gedanke, sagte sie sich. Sie war nie hilflos. Dennoch verspürte sie Erleichterung, als sie die Tür hinter ihnen schloss.

Charity führte Ronald durch die leere Eingangshalle in einen großen Speisesaal, in Pastellfarben dekoriert. Auf jedem Tisch stand eine kleine Vase mit frischen Blumen. Große Fenster boten einen Ausblick auf das Wasser, und in die südliche Wand war ein Aquarium eingelassen.

Dort blieb Charity einen Moment stehen und musterte den Raum, bis sie überzeugt war, dass die Tische zum Dinner richtig gedeckt waren. Dann eilte sie durch eine Pendeltür in die Küche.

„Und ich sage, es fehlt Basilikum.“

„Und ich sage Nein.“

„Was immer Sie tun“, flüsterte Charity Ronald zu, „geben Sie keiner von beiden Recht.“ Sie setzte ihr schönstes Lächeln ein. „Ladys, ich bringe einen hungrigen Mann mit.“

Die Frau, die den Topf bewachte, hielt einen tropfenden Kochlöffel hoch. Das beste Wort, sie zu beschreiben, war „breit“ – Gesicht, Hände, Hüften. Sie warf Ronald einen prüfenden Blick zu. „Dann setzen Sie sich“, sagte sie und deutete mit einem Daumen zu einem langen Holztisch.

„Mae Jenkins, Ronald DeWinter.“

„Ma'am.“

„Und Dolores Rumsey.“ Die andere Frau hielt ein Glas mit Kräutern in der Hand. Sie war so schmal, wie Mae breit war. Nachdem sie Ronald zugenickt hatte, schlich sie sich zum Topf.

„Lass die Finger davon“, befahl Mae, „und gib dem Mann von dem Brathähnchen.“

Murrend ging Dolores einen Teller holen.

„Ronald wird da weitermachen, wo George aufgehört hat“, erklärte Charity. „Er ist im Westflügel untergebracht.“

„Nicht aus dieser Gegend.“ Mae blickte ihn erneut an – so, wie ein Kindermädchen einen kleinen schmuddeligen Jungen angesehen hätte, fand er.

„Nein.“

Mit einem Naserümpfen schenkte sie ihm eine Tasse Kaffee ein. „Sieht aus, als könnten Sie ein paar anständige Mahlzeiten gebrauchen.“

„Hier wird er sie bekommen“, warf Charity beschwichtigend ein. Sie zuckte nur ein wenig zusammen, als Dolores einen Teller mit kaltem Huhn und Kartoffelsalat vor Ronald auf den Tisch knallte.

„Hätte mehr Dill drangehört." Dolores starrte Ronald finster an, wie um zu verhindern, dass er ihr zu widersprechen wagte.

Er hielt es für das Beste, sie anzulächeln und schweigend mit dem Essen zu beginnen. Bevor Mae reagieren konnte, öffnete sich die Tür.

„Bekomme ich hier eine Tasse Kaffee?" Der Mann blieb stehen und warf Ronald einen neugierigen Blick zu.

„Bob Mullons, Ronald DeWinter. Ich habe ihn eingestellt, um den Westflügel zu beenden. Bob ist meine rechte Hand."

„Willkommen an Bord." Bob trat zum Herd, goss sich selbst eine Tasse Kaffee ein und gab drei Stück Zucker dazu, während Mae missbilligend mit der Zunge schnalzte. Die Vorliebe für Süßes schien keine Auswirkungen zu zeigen. Er war groß, knapp eins neunzig und konnte nicht mehr als fünfundsiebzig Kilo wiegen. Sein hellgraues Haar war um die Ohren kurz geschnitten und aus der hohen Stirn gekämmt. Er grinste, als Mae ihn von ihrem Herd fortscheuchte.

„Haben Sie die Sache mit der Rechnung mit dem Gemüsehändler geklärt?" fragte Charity.

„Alles erledigt. Sie haben ein paar Anrufe bekommen, während Sie unterwegs waren. Und da sind einige Papiere zu unterschreiben."

„Ich kümmere mich darum." Charity blickte zur Uhr und dann zu Ronald. „Ich bin im Büro hinter der Eingangshalle, falls Sie noch etwas wissen müssen."

„Ich komme schon zurecht."

„Okay." Sie musterte ihn einen Moment lang. Sie konnte sich nicht recht erklären, wie er mit vier anderen Personen in einem Raum sein und dennoch so allein wirken konnte. „Bis später."

Ronald unternahm einen langen Streifzug durch das Gasthaus, bevor er das Werkzeug in den Westflügel brachte. Er sah ein junges Paar, das frisch verheiratet sein musste, in enger Umarmung am Teich. Ein Mann und ein Junge spielten auf einem kleinen Basketballplatz. Die Ladys, wie er sie inzwischen für sich bezeichnete, saßen auf der Veranda. Eine vierköpfige Familie fuhr in einem Kombiwagen vor. Ein Mann mit Baseballmütze spazierte den Pier entlang, eine Video-Kamera auf der Schulter.

Vögel zwitscherten in den Bäumen, und in der Ferne dröhnte ein Motorboot. Er hörte ein Baby halbherzig schreien und die Klänge einer Klaviersonate von Mozart.

Hätte er nicht persönlich die Daten studiert, dann hätte er geschworen, am falschen Ort zu sein.

Er wählte die Suite, machte sich an die Arbeit und fragte sich, wie lange er brauchen würde, um in Charitys Räume zu gelangen.

Mit den Händen zu arbeiten hatte etwas Beruhigendes an sich. Zwei Stunden vergingen, und er entspannte sich langsam. Ein Blick zur Uhr bewog ihn, einen weiteren unnötigen Gang zum Schuppen zu machen. Charity hatte erwähnt, dass jeden Abend um fünf Uhr im Gesellschaftsraum Wein serviert wurde. Es konnte nicht schaden, wenn er sich die Gäste einmal genauer ansah.

Er machte sich auf den Weg, blieb dann bei der Tür zu seinem Zimmer stehen. Er hatte etwas gehört, eine Bewegung. Vorsichtig schlich er hinein, blickte sich im leeren Raum um.

Leise summend kam Charity aus dem Badezimmer, faltete ein Laken auseinander und begann das Bett zu machen.

„Was tun Sie hier?“

Sie unterdrückte einen Schrei, stolperte rückwärts, sank auf das Bett und rang nach Atem. „Lieber Himmel, Ronald …“

Er trat näher, musterte sie aus zusammengekniffenen Augen. „Ich habe Sie gefragt, was Sie hier tun.“

„Das sollte doch offensichtlich sein.“ Sie klopfte mit der Hand auf den Stapel Bettlaken.

„Erledigen Sie auch Hausarbeit?“

„Von Zeit zu Zeit.“ Sie stand auf und glättete das Laken auf dem Bett. „Im Bad sind Seife und saubere Handtücher.“ Sie neigte den Kopf zur Seite. „Sie sehen aus, als könnten Sie sie gebrauchen. Haben Sie gearbeitet?“

„So war es abgemacht.“

Mit einem zustimmenden Murmeln schlug sie die Zipfel des Lakens unter die Matratze, wie er es von seiner Großmutter kannte. „Ich habe ein extra Kissen und eine Decke in den Schrank gelegt.“ Gekonnt breitete sie das obere Laken aus.

Er beobachtete, wie sie sich von einer Seite des Bettes zur anderen bewegte. Er konnte sich nicht erinnern, wann er zum letzten Mal jemanden ein Bett hatte machen sehen. Es erweckte Gedanken in ihm, die er sich nicht leisten konnte. Gedanken daran, wie es sein mochte, es wieder zu zerwühlen – mit ihr. „Hören Sie niemals auf zu arbeiten?“

„Manchmal.“ Sie breitete eine weiße Tagesdecke über dem Bett aus. „Wir erwarten morgen eine Reisegruppe. Deshalb sind wir alle recht beschäftigt.“

„Morgen?“

„Hmm. Mit der ersten Fähre aus Sidney. Haben Sie …“ Charity verstummte, als sie sich umdrehte und praktisch gegen ihn stieß. Instinktiv glitten seine Hände zu ihren Hüften, als sie sich gegen seine Schultern stützte. Eine Umarmung – ungeplant, ungewollt und schockierend intim.

Sie war schlank unter dem langen weiten Pullover, schlanker als erwartet. Und ihre Augen waren blauer, als sie hätten sein dürfen, größer, sanfter. Sie roch wie das Gasthaus, nach dieser einladenden Mischung aus Lavendel und Holzrauch. Fasziniert hielt er sie weiterhin, obwohl er wusste, dass er es nicht sollte.

„Habe ich was?" Die Finger auf ihren Hüften ausgebreitet, zog er sie ein Stückchen näher. Er sah den verwirrten Ausdruck in ihren Augen. Ihr Reaktion rührte ihn.

Sie hatte alles vergessen. Sie konnte ihn nur anstarren, verblüfft über die Gefühle, die sie durchströmten. Unwillkürlich schlossen sich ihre Finger um sein Hemd. Sie bekam einen Eindruck von Stärke, einer rücksichtslosen Stärke mit möglicher Gewalt. Dass er sie erregte, machte sie sprachlos.

„Was möchten Sie?" murmelte Ronald.

„Was?"

Er dachte daran, sie zu küssen, den Mund hart auf ihren zu pressen. „Ich habe gefragt, ob Sie etwas möchten." Er schob die Hände unter ihrem Pullover zu ihrer Taille hoch.

Die Wärme, der Druck seiner Finger brachten sie zurück. „Nein." Sie wollte zurückweichen, fand sich noch immer festgehalten und kämpfte gegen die aufsteigende Panik. Bevor sie wieder sprechen konnte, hatte er sie losgelassen.

Enttäuschung. Eine seltsame Reaktion, dachte sie.

„Ich wollte ..." Sie holte tief Luft und wartete, dass sie sich beruhigte. „Ich wollte fragen, ob Sie alles gefunden haben, was Sie brauchen."

Er löste den Blick von ihrem. „Es sieht so aus."

Sie fuhr sich nervös mit der Zunge über die Lippen, um sie zu befeuchten. „Gut. Ich habe viel zu tun, also lasse ich Sie jetzt allein."

Er nahm ihren Arm, bevor sie zurücktreten konnte. Vielleicht war es nicht klug, aber er wollte sie erneut berühren. „Danke für die Handtücher."

„Aber ja."

Er beobachtete, wie sie hinauseilte, und wusste, dass sie genauso aufgewühlt war wie er. Nachdenklich zog er eine Zigarette hervor. Er konnte sich nicht erinnern, jemals so leicht aus dem Gleichgewicht gebracht worden zu sein. Gewiss nicht von einer Frau, die nicht mehr getan hatte, als ihn anzusehen. Doch gewöhnlich landete er auf den Füßen.

Es könnte vorteilhaft für ihn sein, ihr nahe zu kommen, ihre Reaktion auf ihn auszunutzen. Er ignorierte eine Woge der Selbstverachtung und entzündete ein Streichholz.

Er hatte einen Job zu erledigen. Er konnte es sich nicht leisten, in Charity Ford mehr zu sehen als ein Mittel zum Zweck.

2. KAPITEL

Der Morgen graute, und der Himmel im Osten war fantastisch. Ronald stand am Rand der schmalen Straße, die Hände in die Hosentaschen gesteckt. Obgleich er selten Zeit dazu hatte, genoss er solche Morgen, wenn die Luft kühl und funkelnd klar war. Er hatte sich dreißig Minuten versprochen, dreißig einsame, beruhigende Minuten.

Sonnenschein drang durch die Wolken, verlieh ihnen wilde, lebhafte Farben und Formen. Traumformen. Er erwog, sich eine Zigarette anzuzünden, entschied sich dann dagegen. Im Moment wollte er nur die Morgenluft schmecken, mit der Würze der See.

Ein Hund bellte in der Ferne. Möwen, die zu einem frühen Mahl aufbrachen, flogen über das Wasser, zerrissen die Stille mit ihren Schreien. Der Duft nach Blumen, ein Feiern des Frühlings, wehte zart mit der stillen Brise herüber.

Er fragte sich, warum er so sicher gewesen war, dass er die Hektik und den Lärm von Großstädten bevorzugte.

Er sah ein Reh aus dem Wald kommen und witternd den Kopf heben. Das ist Freiheit, dachte er plötzlich. Seinen Platz zu kennen und damit zufrieden zu sein. Das Reh bahnte sich vorsichtig einen Weg durch das hohe Gras. Hinter ihm kam ein hochbeiniges Kitz. Ronald blieb gegen den Wind stehen und beobachtete, wie sie ästen.

Er war rastlos. Obgleich er versuchte, den Frieden um sich her aufzunehmen, durchdrang ihn Ungeduld. Dies war nicht sein Platz. Er hatte keinen Platz. Das war eines der Dinge, die ihn so perfekt für seinen Job machten. Keine Wurzeln, keine Familie, keine Frau, die auf seine Rückkehr wartete. So wollte er es.

Aber es hatte ihm eine enorme Zufriedenheit verschafft, die Tischlerarbeiten am Vortag auszuführen, sein Zeichen auf etwas Dauerhaftem zu hinterlassen. Umso besser für seine Tarnung. Wenn er Geschick und Sorgfalt bei der Arbeit zeigte, würde er eher akzeptiert werden.

Er wurde bereits akzeptiert. Charity vertraute ihm. Sie hatte ihm ein Dach über dem Kopf und Verpflegung und einen Job gegeben, in dem Glauben, dass er alle drei brauchte. Sie schien ohne Tücken zu sein. Etwas hatte am Vorabend zwischen ihnen geschwelt, und dennoch hatte sie nichts getan, um es zu provozieren oder zu verlängern. Sie hatte ihn nur angesehen, und alles, was sie fühlte, hatte deutlich in ihren Augen gestanden.

Er durfte von ihr nicht als Frau denken. Er durfte von ihr niemals als seiner Frau denken.

Er verspürte erneut den Drang nach einer Zigarette

und unterdrückte ihn bewusst. Wenn man etwas so sehr begehrte, dann war es das Beste, es zu übergehen. Sobald man nachgab, verlor man die Kontrolle.

Er hatte Charity begehrt. Einen kurzen, blendenden Moment lang hatte er sie ersehnt. Ein sehr ernster Fehler. Er hatte das Verlangen unterdrückt, aber es war immer wieder aufgestiegen – als er sie in der Nacht in den Flügel hatte kommen hören, als er den sanften Klängen von Chopin, die leise aus ihren Räumen gedrungen waren, gelauscht hatte. Und erneut mitten in der Nacht, als er in der tiefen ländlichen Stille erwacht war und an sie gedacht hatte.

Er hatte keine Zeit für Sehnsüchte. An einem anderen Ort, zu einer anderen Zeit, hätten sie sich begegnen und einander genießen können, so lange solche Freuden andauerten. Doch nun war sie ein Teil eines Auftrags – nicht weniger und nicht mehr.

Er hörte Laufschritte und spannte sich instinktiv. Das Reh, so wachsam wie er, hob den Kopf, sprintete dann mit seinem Jungen zurück in den Wald. Ronalds Waffe war kurz oberhalb des Knöchels festgeschnallt, eher aus Gewohnheit als aus Notwendigkeit, aber er griff nicht danach. Wenn er sie brauchte, konnte sie in weniger als einer Sekunde in seiner Hand liegen. Stattdessen wartete er gefasst, um zu sehen, wer im Morgengrauen über die einsame Straße rannte.

Charity atmete schnell, eher aus dem Bemühen, mit ihrem Hund Schritt zu halten, als von dem Dreimeilenlauf. Ludwig sprang voraus, zog nach rechts, zerrte nach links, verhedderte und entwirrte die Leine. Es war eine tägliche Routine, an die beide gewöhnt waren. Charity hätte den kleinen goldbraunen Cocker unter Kontrolle halten können, aber sie wollte ihm den Spaß nicht verderben. Daher schwenkte sie mit ihm ab, wechselte das Tempo von einem raschen Sprint zu einem gemächlichen Dauerlauf und wieder zurück.

Sie zögerte flüchtig, als sie Ronald sah. Dann, weil Ludwig vorausstürmte, umfasste sie die Leine fester und hielt Schritt.

„Guten Morgen“, rief sie, kam dann abrupt zum Stillstand, als Ludwig beschloss, an Ronalds Schienbeinen hochzuspringen und ihn anzubellen. „Er beißt nicht.“

„Das sagen alle.“ Doch er grinste und hockte sich nieder, um den Hund zwischen den Ohren zu kraulen. Ludwig sank sofort nieder, rollte sich herum und bot seinen Bauch zum Streicheln. „Netter Hund.“

„Ein netter, verwöhnter Hund“, fügte Charity hinzu. „Ich muss ihn wegen der Gäste eingesperrt halten, aber er speist wie ein König. Sie sind früh auf.“

„Sie auch.“

„Ich finde, dass Ludwig jeden Morgen einen guten

Lauf verdient, weil er so verständnisvoll wegen des Eingesperrtseins ist."

Um seine Anerkennung zu zeigen, raste Ludwig einmal um Ronald herum und wickelte die Leine um dessen Beine.

„Wenn ich ihn nur dazu bringen könnte, das Konzept einer Leine zu verstehen." Sie bückte sich, um Ronald zu befreien und den inzwischen tänzelnden Hund zu bändigen.

Ihre leichte Jacke war geöffnet, enthüllte ein bequemes T-Shirt. Ihr Haar, streng aus dem Gesicht gekämmt, unterstrich ihre Gesichtszüge. Ihre Haut wirkte beinahe durchscheinend, da sie vom Laufen glühte. Er hatte den Drang, sie zu berühren, um zu sehen, wie sie sich unter seinen Fingerspitzen anfühlte. Und um zu sehen, ob diese sofortige Reaktion wieder ausbrechen würde.

„Ludwig, halt einen Moment still." Sie lachte und zog an seinem Halsband. Als Antwort sprang er hoch und leckte ihr Gesicht.

„Er gehorcht gut", bemerkte Ronald trocken.

„Jetzt sehen Sie, warum ich den Zwinger brauche. Er glaubt, dass er mit jedem spielen kann." Ihre Hand streifte Ronalds Bein, als sie mit der Leine kämpfte.

Als er ihr Handgelenk umfasste, erstarrten sie beide. Er spürte, wie ihr Puls sich beschleunigte. Es war eine unglaublich erregende Reaktion. Obgleich es ihm schwer fiel, hielt er die Finger locker. Er hatte sie nur aufhalten wollen, bevor sie versehentlich seine Waffe fand. Nun hockten sie, Knie an Knie, auf der einsamen Straße, während der Hund versuchte, sich zwischen sie zu drängen.

„Sie zittern." Ronald sagte es argwöhnisch, aber er ließ sie nicht los. „Reagieren Sie immer so, wenn ein Mann Sie berührt?"

„Nein." Weil es sie verblüffte, hielt sie still und wartete, was als Nächstes passieren würde. „Ich bin ziemlich sicher, dass es das erste Mal ist."

Es freute ihn, das zu hören, und es ärgerte ihn, weil er es glauben wollte. „Dann werden wir vorsichtig sein müssen, oder?" Er gab sie frei, stand auf.

Langsam, weil sie sich ihres Gleichgewichts nicht sicher war, erhob sie sich. Er war verärgert. Obgleich er sich beherrschte, war es deutlich in seinen Augen zu sehen. „Ich kann nicht besonders gut vorsichtig sein."

Feuer lag in seinem Blick, ein Feuer, das tobte und dann schnell und völlig unterdrückt wurde. „Ich schon."

„Ja." Der kurze lodernde Blick hatte sie alarmiert, aber sie wusste sich zu behaupten. Sie neigte den Kopf, um Ronald zu mustern. „Ich glaube, das müssen Sie auch, bei der hitzigen Ader, mit der Sie zu kämpfen haben. Auf wen sind Sie wütend, Ronald?"

Es gefiel ihm nicht, so leicht durchschaut zu werden. Während er sie beobachtete, senkte er eine Hand und kraulte Ludwig, der an ihm hochgesprungen war. „Im Moment auf niemanden“, sagte er, aber es war gelogen. Er war wütend – auf sich selbst.

Sie schüttelte nur den Kopf. „Ihnen stehen Ihre Geheimnisse zu, aber ich kann mich nur wundern, warum Sie zornig auf sich selbst sind, weil Sie auf mich ansprechen.“

Gemächlich blickte er die Straße hinauf, dann hinunter. Sie hätten allein auf der Insel sein können. „Möchten Sie gern, dass ich etwas dagegen unternehme, hier und jetzt?“

Er könnte es, erkannte sie. Und würde es. Wenn er zu weit getrieben wurde, würde er genau das tun, was er wollte, wann er wollte. Der Anflug von Erregung, der sie durchströmte, verärgerte sie. Macho-Typen waren nichts für sie. Betont blickte sie auf ihre Uhr.

„Danke. Es ist bestimmt ein verlockendes Angebot, aber ich muss zurück und das Frühstück vorbereiten.“ Sie kämpfte mit dem Hund und ging davon, mit würdigem Schritt, wie sie hoffte. „Ich werde es Sie wissen lassen, falls ich eine Viertelstunde einschieben kann.“

„Charity?“

Sie wandte den Kopf und richtete einen kühlen Blick auf Ronald. „Ja?“

„Ihr Schnürsenkel ist offen.“

Sie hob nur das Kinn und ging weiter.

Er lächelte ihr nach und steckte die Daumen in die Hosentaschen. Ja, die Frau hat wirklich einen tollen Gang, dachte er. Es war ein verdammtes Pech, dass er anfing, sie zu mögen.

Ronald interessierte sich für die Reisegruppe. Es war leicht für ihn, im Erdgeschoss herumzutrödeln, bei einer zweiten Tasse Kaffee in der Küche zu verweilen, mit der dicken Mae und der dünnen Dolores zu plaudern. Er hatte nicht erwartet, zur Arbeit herangezogen zu werden, doch als er sich mit einem Arm voll Tischdecken wiederfand, machte er das Beste daraus.

Charity, in einem leuchtend roten T-Shirt mit dem Firmenzeichen über der Brust, arrangierte sorgfältig eine Serviette in einem Wasserglas.

Ronald wartete einen Moment, beobachtete ihre flinken Finger. „Wohin sollen die hier?“

Sie blickte auf, fragte sich, ob sie noch böse auf ihn sein sollte, entschied sich dann aber dagegen. Im Moment brauchte sie wirklich jede Hilfe, die sie bekommen konnte. „Am besten auf die Tische. Weiß nach unten, rot obendrauf. Über Eck. Okay?“ Sie deutete auf einen Tisch, der bereits gedeckt war, damit er sah, wie sie es sich vorstellte.

„Gewiss.“ Er begann die Decken auszubreiten. „Wie viele erwarten Sie?“

„Fünfzehn von der Reisegruppe.“ Sie hielt ein Glas gegen das Licht und stellte es erst nach kritischer Inspektion zurück auf den Tisch. „Plus die Gäste, die schon da sind. Wir servieren das Frühstück zwischen halb acht und zehn Uhr.“ Sie blickte zur Uhr, ging zu einem anderen Tisch. „Von außerhalb kommen auch einige. Aber richtig hektisch ist es erst mittags und abends.“

Die Kellnerin, die am Vortag an ihnen vorbeigefahren war, eilte mit einem Tablett voll klapperndem Besteck herein. Charity rasselte Instruktionen für sie herunter, deckte einen weiteren Tisch, eilte dann zu einer Wandtafel neben dem Eingang und schrieb mit flüssiger, eleganter Handschrift das Morgenmenü auf.

Dolores, deren stachlige rote Haare und gespitzte Lippen Ronald an ein mageres Hühnchen denken ließen, kam aus der Küche gestürmt und stützte die Hände in die dürren Hüften. „Das muss ich mir nicht gefallen lassen, Charity.“

Charity schrieb ruhig weiter. „Was denn?“

„Ich gebe mir die größte Mühe, und ich habe Ihnen gesagt, dass ich mich schlecht fühle.“

Aha, Dolores fühlt sich wieder einmal schlecht, dachte Charity, hätte mich auch gewundert, wenn dem nicht so wäre! Dabei setzte sie „Omelette mit Käse und

Schinken“ auf die Liste. Besonders, wenn sie ihren Willen nicht bekam. „Ja, Dolores.“

„Meine Brust ist so beengt, dass ich kaum atmen kann.“

„Hmm.“

„War die halbe Nacht auf, aber ich bin gekommen, wie immer.“

„Und ich weiß es zu schätzen, Dolores. Sie wissen, wie sehr ich Sie brauche.“

„Nun.“ Ein wenig besänftigt, zupfte Dolores an ihrer Schürze. „Man kann sich darauf verlassen, dass ich meine Arbeit tue, aber sagen Sie der da drinnen …“ Sie deutete mit dem Daumen zu Küche. „Sagen Sie ihr nur, dass sie mich in Frieden lassen soll.“

„Ich werde mit ihr reden, Dolores. Versuchen Sie, geduldig zu sein. Wir sind alle ein bisschen nervös heute Morgen, weil Mary Alice wieder krank ist.“

„Krank?“ Dolores schnaubte. „Nennt man das heutzutage so?“

Charity hörte nur mit halbem Ohr hin und schrieb weiter. „Wie meinen Sie das?“

„Wenn sie krank ist, dann weiß ich nicht, warum ihr Wagen die ganze Nacht in Bill Perkins Auffahrt gestanden hat. Und was meinen Zustand angeht …“

Charity hörte auf zu schreiben. Ronald zog die Augenbrauen hoch, als er plötzlich einen stählernen Unterton in ihrer Stimme hörte. „Wir reden später darüber, Dolores."

Dolores schob die Unterlippe vor und stolzierte zurück in die Küche.

Charity unterdrückte ihren Zorn und wandte sich an die Kellnerin. „Lori, ich bin anschließend mit Bob im Empfang. Wenn es zu hektisch wird, rufen Sie mich. Ronald ..."

„Soll ich bedienen helfen?"

Sie schenkte ihm ein schnelles, dankbares Lächeln. „Wissen Sie denn, wie?"

„Ich werde es schon herausfinden."

„Danke." Sie blickte zur Uhr, eilte dann hinaus.

Er hatte nicht erwartet, sich zu amüsieren, aber es war schwer, es nicht zu tun, wo Miss Millie mit ihm flirtete, als er ihr Erdbeerkompott servierte. Der Duft nach Gebäck – etwas Köstliches mit Äpfeln und Zimt –, die ruhigen Klänge klassischer Musik und das leise Stimmengemurmel machten es beinahe unmöglich, sich nicht zu entspannen. Er trug Tabletts hin und her. Das mürrische Geplänkel zwischen Mae und Dolores wirkte eher belustigend als verärgernd. Also amüsierte er sich und nutzte seine Position aus, während er seiner Arbeit nachging.

Während er die Fenstertische abräumte, sah er einen Reisebus vorfahren. Er zählte die Köpfe und musterte die Gesichter der Gruppe. Der Reiseleiter war ein großer Mann in weißem Hemd, das sich über den Schultern spannte. Er hatte ein rundes, gerötetes Gesicht, das ständig lächelte, während er seine Passagiere hereinführte. Ronald durchquerte den Raum, um die Gäste in der Eingangshalle beobachten zu können.

Die Gruppe bestand aus Paaren und Familien mit kleinen Kindern. Der Reiseleiter – Ronald wusste bereits, dass sein Name Block lautete – begrüßte Charity mit einem herzlichen Lächeln und reichte ihr die Namensliste.

Wusste sie, dass Block wegen Betrugs im Knast gesessen hatte? War sie sich bewusst, dass der Mann, mit dem sie scherzte, einer zweiten Verhaftung nur durch geschickte Rechtsverdrehung entkommen war?

Ronalds Wangenmuskeln spannten sich, als Block mit einem Finger an Charitys goldenen Hängeohrring schnippte.

Während Charity Häuser zuwies und Schlüssel austeilte, wechselten zwei von der Gruppe Geld bei ihrem Assistenten. Einer fünfzig und der andere sechzig, registrierte Ronald, als kanadische Geldscheine übergeben und amerikanische Währung entgegengenommen wurde.

Innerhalb von zehn Minuten saß die gesamte Gruppe im Speisesaal. Charity band sich eine Schürze um, öffnete einen Notizblock und begann Bestellungen aufzunehmen.

Sie sieht nicht aus, als ob sie es eilig hätte, bemerkte Ronald. Wie sie plauderte und lächelte und Fragen beantwortete, schien es, als hätte sie alle Zeit der Welt. Doch sie bewegte sich wie der Blitz. Sie trug drei Teller auf dem rechten Arm, schenkte Kaffee mit links ein und schäkerte mit einem Baby, alles zur selben Zeit.

Irgendetwas bedrückt sie, dachte Ronald. Es war kaum wahrzunehmen … nur ein schwaches Stirnrunzeln. War an diesem Morgen etwas schief gelaufen, das ihm entgangen war? Wenn es eine Lücke im System gab, dann musste er es herausfinden und ausnutzen. Aus diesem Grunde war er eingeschleust worden.

Charity servierte eine weitere Runde Kaffee an einem Vierertisch, scherzte mit einem kahlköpfigen Mann, bahnte sich dann einen Weg zu Ronald. „Ich glaube, die Krise ist vorbei.“ Sie lächelte ihn an, aber erneut spürte er etwas Unterschwelliges … Verärgerung? Enttäuschung?

„Gibt es etwas, was Sie nicht tun?“

„Ich versuche mich aus der Küche herauszuhalten. Das Restaurant hat drei Sterne. Ich möchte Ihnen danken, dass Sie eingesprungen sind.“

„Schon gut.“ Er stellte fest, dass er sie gern lächeln

sehen wollte. Richtig lächeln. „Die Trinkgelder waren gut. Miss Millie hat mir einen Fünfer zugesteckt."

Sie tat ihm den Gefallen. Ihre Lippen verzogen sich, und was immer ihre Augen umwölkt hatte, verschwand für einen Moment. „Ihr gefällt es, wie Sie mit einem Werkzeuggurt aussehen. Warum machen Sie nicht eine Pause, bevor Sie im Westflügel anfangen?"

„In Ordnung."

Sie zog eine Grimasse über das Geräusch von zersplitterndem Glas. „Ich wusste doch, dass das Snyser-Kind keinen Orangensaft wollte." Sie eilte davon, um die Scherben zu beseitigen und sich die Entschuldigungen der Eltern anzuhören.

Der Empfang lag verlassen da. Ronald überlegte, ob er hinter das Pult schlüpfen und einen schnellen Blick in die Bücher werfen sollte, entschied aber, dass es warten konnte. Gewisse Arbeiten waren besser im Dunkeln zu erledigen.

Eine Stunde später betrat Charity den Westflügel. Sie hatte es geschafft, den Gästen gegenüber die Fassung zu wahren und freundlich zu bleiben, doch sobald sich die Tür hinter ihr schloss, stieß sie eine Reihe wilder Flüche aus.

Ronald trat in einen Türrahmen und beobachtete, wie sie mit wütend funkelnden Augen über den Flur stürmte. „Probleme?"

„Ja“, fauchte sie und lief ein halbes Dutzend Schritte an ihm vorbei, ehe sie sich zu ihm umdrehte. „Ich kann Unfähigkeit ertragen und auch ein gewisses Maß an Dummheit. Ich toleriere sogar einen gelegentlichen Anfall von Faulheit, aber ich lasse mich nicht belügen.“

Ronald wartete einen Moment. Ihr Zorn war heiß und lodernd, aber er richtete sich nicht gegen ihn. „In Ordnung“, sagte er und wartete.

„Sie hätte mir sagen können, dass sie frei haben will oder eine andere Schicht. Ich hätte es einrichten können. Stattdessen hat sie gelogen und sich in den letzten fünf Wochen fünfmal im letzten Augenblick krank gemeldet. Ich habe mir Sorgen um sie gemacht.“ Charity wandte sich ab, trat gegen die Tür. „Ich hasse es, zum Narren gehalten zu werden. Und ich hasse es, belogen zu werden.“

„Sie reden von der Kellnerin … Mary Alice?“

„Natürlich.“ Sie wirbelte herum. „Vor drei Monaten bat sie mich um einen Job. Es war die ruhigste Zeit, aber sie tat mir Leid. Jetzt schläft sie mit Bill Perkins – oder genauer gesagt, sie bekommt wohl keinen Schlaf, und deshalb meldet sie sich krank. Ich musste sie entlassen.“ Sie atmete tief aus, und es klang wie eine Maschine, die Dampf abließ. „Ich bekomme Kopfschmerzen, wann immer ich jemanden entlassen muss.“

„Ist es das, was Sie den ganzen Morgen bekümmert hat?“

„Sobald Dolores diesen Bill erwähnte, wusste ich es.“ Inzwischen ruhiger geworden, rieb sie sich die schmerzende Stirn. „Dann musste ich die Anmeldungen und das Frühstück hinter mich bringen, bevor ich sie anrufen und mich mit ihr befassen konnte. Sie hat geweint.“ Sie warf Ronald einen kläglichen Blick zu. „Ich wusste, dass sie weinen würde.“

„Hören Sie, Baby, das Beste für Sie ist, wenn Sie ein paar Schmerztabletten nehmen und die Sache vergessen.“

„Ich habe schon welche genommen.“

„Geben Sie ihnen eine Chance zu wirken.“ Bevor ihm bewusst wurde, was er tat, hob er die Hände, umfasste ihr Gesicht und massierte mit kreisenden Daumen ihre Schläfen. „Da drinnen geht zu viel vor.“

„Wo?“

„In Ihrem Kopf.“

Sie spürte, wie ihre Augen schwer und ihr Blut warm wurden. „Nicht im Moment.“ Sie legte den Kopf zurück und schloss die Augen. Instinktiv trat sie vor. „Ronald …“ Sie seufzte ein wenig, als der Schmerz aus ihrem Kopf schwand und sich in ihrem Mittelpunkt regte. „Mir gefällt es auch, wie Sie mit einem Werkzeuggurt aussehen.“

„Wissen Sie eigentlich, was Sie da herausfordern?"

Sie musterte seinen Mund. Er war voll und fest und gewiss rücksichtslos auf den Lippen einer Frau. „Nicht genau." Vielleicht lag darin der Reiz. Sie wusste es nicht. Aber sie fühlte, und was sie fühlte, war neu und aufregend. „Vielleicht ist es besser so."

„Nein." Obgleich er wusste, dass es ein Fehler war, konnte er nicht widerstehen, mit den Fingern über ihr Kinn zu streicheln und über ihre Lippen. „Es ist immer besser, die Konsequenzen zu kennen, bevor man etwas unternimmt."

„Also sind wir wieder vorsichtig."

Er ließ die Hände sinken. „Ja."

Sie hätte dankbar sein sollen. Statt ihre wirren Gefühle auszunutzen, wich er zurück. Sie wollte dankbar sein, aber sie verspürte nur den Stachel der Zurückweisung. Er hat damit begonnen, dachte sie. Erneut. Und er hat es beendet. Erneut. Sie war es leid, ganz nach seinen Launen herumgestoßen zu werden. „Auf diese Weise entgeht Ihnen viel, Ronald, oder? Viel Wärme, viel Vergnügen."

„Viele Enttäuschungen."

„Vielleicht. Für einige von uns ist es wohl schwerer, abseits von anderen zu leben. Aber wenn Sie es so wollen, prima." Sie holte tief Luft. Ihre Kopfschmerzen kamen zurück, doppelt stark. „Fassen Sie mich nicht wieder an. Ich bin es gewöhnt zu beenden, was ich beginne." Sie blickte in den Raum hinter ihnen. „Sie leisten gute Arbeit hier", sagte sie kurz angebunden. „Ich lasse Sie jetzt damit weitermachen."

Er verfluchte sie, während er den Fensterrahmen abschmirgelte. Sie hatte kein Recht, Schuldgefühle in ihm zu wecken, nur weil er auf Distanz blieb. Es war nicht nur eine Angewohnheit für ihn, es war eine Frage des Überlebens. Es war hemmungslos und gefährlich, sich jeder Frau zu nähern, die anziehend wirkte.

Doch es war mehr als nur Anziehungskraft, und es war eindeutig anders als alles, was er je zuvor gefühlt hatte. Wann immer er ihr nahe war, wurde seine Zielstrebigkeit von Fantasien darüber getrübt, wie es sein mochte, mit ihr zusammen zu sein, sie zu halten, sie zu lieben.

Und mehr als Fantasien sind es nicht, erinnerte Ronald sich. Wenn alles gut ging, würde er in wenigen Tagen wieder fort sein – und möglicherweise ihr Leben zerstört haben. Es ist mein Job, rief er sich ins Gedächtnis.

Er sah sie an, als sie mit diesen langen energischen Schritten zum Lieferwagen ging. Ihr folgten die Frischvermählten, Hand in Hand, obwohl jeder einen Koffer trug.

Charity wird sie zur Fähre bringen, dachte er. Somit

hatte er eine Stunde Zeit, um ihre Räume zu durchsuchen.

Ronald konnte jeden Zentimeter eines Zimmers durchsehen, ohne eine Spur zu hinterlassen. Er konzentrierte sich zuerst auf das Naheliegende – den Schreibtisch in dem kleinen Salon. Für die meisten Leute war es üblich, unachtsam in der Privatsphäre ihres eigenen Heims zu sein. Ein Stück Papier, eine dahingekritzelte Notiz, ein Name in einem Adressenbuch wurden oft zurückgelassen und von einem geschulten Auge entdeckt.

Es war ein alter Schreibtisch, aus massivem Mahagoni mit einigen Kratzern und Flecken. Zwei der Messinggriffe waren lose. Wie der Rest des Zimmers war er sauber und aufgeräumt. Ihre persönlichen Papiere – Versicherungspolicen, Rechnungen, Korrespondenz – befanden sich links. Die Geschäftsunterlagen beanspruchten die drei rechten Schubladen.

Einer raschen Durchsicht entnahm er, dass der Gasthof einen recht anständigen Profit abwarf, den sie zum größten Teil gleich wieder in das Unternehmen steckte. Neue Bettwäsche. Badezimmerarmaturen, Farbe. Der Herd, den Mae so eifrig hütete, war erst sechs Monate zuvor angeschafft worden.

Sie nahm sich ein Gehalt – ein überraschend bescheidenes. Selbst nach einer kritischen Prüfung fand er keinerlei Anhaltspunkte, dass sie die Finanzen des Gasthauses benutzte, um sich das Leben zu erleichtern.

Eine ehrliche Frau, stellte Ronald fest. Zumindest oberflächlich betrachtet.

Ein gerahmtes Foto stand auf dem Schreibtisch. Es zeigte Charity vor der Windmühle, mit einem zerbrechlich aussehenden, weißhaarigen Mann.

Der Großvater, entschied Ronald, doch es war Charitys Bild, das er näher betrachtete. Ihr Haar war zu einem Pferdeschwanz zurückgekämmt, und ihr unförmiger Overall war an den Knien fleckig. Von Gartenarbeit, vermutete er. Sie hielt einen Arm voll Sommerblumen. Sie sah aus, als berühre sie keine Sorge der Welt, und ihr anderer Arm stützte den alten Mann.

Er fragte sich, was sie wohl gedacht haben mochte in dem Moment, als das Foto aufgenommen wurde, und was sie danach wohl getan hatte. Aber was geht mich das an? fragte er sich schließlich. Er fluchte über sich selbst und wandte den Blick vom Foto ab.

Sie machte sich Notizen für sich selbst: Tapetenmuster zurückbringen. Bauklötze für Spielzeugkiste. Klavierstimmer anrufen. Platten flicken lassen.

Er fand nichts, was den Grund seines Aufenthalts im

Gasthaus berührte. Er wandte sich vom Schreibtisch ab und durchsuchte gründlich den Rest des Salons.

Dann ging er in das angrenzende Schlafzimmer. Das Bett war mit einer weißen Spitzendecke und zahlreichen kleinen Kissen bedeckt. Daneben stand ein herrlicher alter Schaukelstuhl mit glatt gewetzten Armlehnen. Darin saß ein großer rosa Teddybär.

Die Gardinen waren romantisch gerüscht. Das Fenster stand offen, und die Brise wehte herein und blähte sie. Das Zimmer einer Frau, dachte Ronald, durch und durch feminin mit der Spitze und den Kissen, den lieblichen Düften und zarten Farben. Dennoch hieß es einen Mann willkommen, ließ ihn wünschen, ließ ihn begehren. Es ließ ihn wünschen, eine Stunde, eine Nacht in der Zartheit, der Behaglichkeit zu verbringen.

Er überquerte den handgeknüpften Teppich, begrub seinen Selbstekel und durchsuchte ihre Kommode.

Er fand einige Schmuckstücke, die er für Erbstücke hielt. Sie gehören in einen Safe, dachte er, ärgerlich auf Charity. Er fand eine Flasche Parfüm. Er wusste genau, wie es roch. Wie ihre Haut. Beinahe hätte er danach gegriffen, bevor er sich beherrschte. Nicht Parfüm interessierte ihn, sondern Beweismaterial.

Ein Stapel Briefe fiel ihm ins Auge. Von einem Liebhaber? fragte er sich und verdrängte die plötzliche Eifersucht, die er als lächerlich empfand.

Der Raum macht mich verrückt, dachte er, während er das schmale Satinband aufknüpfte. Es war ihm unmöglich, sich Charity nicht in diesem Zimmer vorzustellen, auf das Bett gekuschelt, in etwas Weißem und Dünnem, das Haar offen und die Kerzen entzündet.

Er schüttelte sich, während er den ersten Brief entfaltete. Ein Zimmer mit einem rosa Teddybär ist nicht verführerisch, sagte er sich.

Das Datum verriet ihm, dass die Briefe während ihres College-Besuchs in Seattle geschrieben worden waren. Von ihrem Großvater, erkannte Ronald. Alle. Sie waren mit Zuneigung und Humor verfasst, und sie enthielten Dutzende von Anekdoten über das tägliche Leben im Gasthaus. Ronald legte sie wieder zurück, wie er sie vorgefunden hatte.

Ihre Kleidung war lässig, abgesehen von einigen wenigen Kleidern. Kräftige Stiefel, Turnschuhe, Hausschuhe und zwei Paar elegante Pumps standen im Schrank, sorgfältig geordnet, wie alles im Raum.

Außer einem Wecker lagen zwei Bücher auf ihrem Nachttisch, eine Sammlung Gedichte und ein Kriminalroman mit schaurigem Einband. Sie hatte eine Schachtel Schokolade in der Schublade und Chopin im tragbaren Stereogerät. Dutzende von Kerzen, verschieden weit abgebrannt, standen im Raum verteilt. An einer

Wand hing eine Landschaft in dunklen, wilden Blau- und Grautönen. An einer anderen befand sich eine Sammlung von Fotos, die meisten im Gasthaus aufgenommen, viele von ihrem Großvater. Ronald suchte hinter jedem. Er entdeckte, dass die Tapete verblichen war, sonst nichts.

Ihre Räume waren sauber. Ronald stand mitten im Schlafzimmer, atmete den Geruch nach Kerzenwachs und Parfüm ein. Sie hätten nicht sauberer sein können, wenn man gewusst hätte, dass sie durchsucht werden sollten. Nach einer Stunde hatte er nur erfahren, dass sie eine ordnungsliebende Frau war, die lässige Kleidung und Chopin mochte und eine Schwäche für Schokolade und Krimis hatte. Warum machte sie das so faszinierend?

Mit finsterer Miene schob er die Hände in die Hosentaschen und kämpfte um Objektivität, wie er es nie zuvor hatte tun müssen. Alle Indizien deuteten darauf hin, dass sie in sehr dunkle Geschäfte verwickelt war. Alles, was er in den letzten vierundzwanzig Stunden entdeckt hatte, ließ darauf schließen, dass sie eine offene, ehrliche und hart arbeitende Frau war. Was sollte er glauben?

Er ging zur Tür am anderen Ende des Raumes. Sie führte hinaus auf eine winzige Veranda mit einer langen Treppe, die hinab zum Teich führte. Er wollte die Tür öffnen, hinaustreten und die frische Luft einatmen. Doch er wandte sich ab und ging den gleichen Weg hinaus, den er hereingekommen war.

Der Duft ihres Schlafzimmers blieb stundenlang bei ihm.

3. KAPITEL

„Ich habe dir gesagt, das Mädchen taugt nichts."

„Ich weiß, Mae."

„Ich habe dir gesagt, dass es ein Fehler ist, sie einzustellen."

„Ja, Mae." Charity unterdrückte ein Seufzen. „Du hast es mir gesagt."

„Wenn du ständig Streuner aufnimmst, wirst du zwangsläufig irgendwann gebissen."

Charity widerstand – knapp – dem Drang zu schreien. „Das hast du mir gesagt."

Mit einem zufriedenen Brummen beendete Mae die Reinigung ihres ganzen Stolzes – des achtflammigen Gasherdes. „Du bist zu weichherzig, Charity."

„Ich dachte, du hättest gesagt, ich hätte einen zu harten Schädel."

„Das auch." Da Mae eine Schwäche für ihre junge Arbeitgeberin hatte, schenkte sie ein Glas Milch ein und schnitt ein großes Stück von ihrem doppelten Schokoladenkuchen ab. Sie stellte beides auf den Tisch und sagte in energischem Ton: „Iss das jetzt. Durch mein Gebäck hast du dich als Kind immer besser gefühlt."

Charity setzte sich und piekste mit einem Finger in die Glasur. „Ich hätte ihr freigegeben."

„Ich weiß." Mae strich über Charitys Schulter. „Das ist das Problem mit dir. Du bist zu großzügig."

„Ich hasse es, zum Narren gehalten zu werden." Mit finsterer Miene nahm Charity einen großen Bissen Kuchen. Schokolade war ein besseres Heilmittel für ihre Kopfschmerzen als ein ganzes Röhrchen Tabletten, dessen war sie sicher. Ihre Schuldgefühle waren jedoch etwas ganz anderes. „Meinst du, dass sie einen anderen Job bekommt?"

„Typen wie Mary Alice landen immer auf den Füßen. Würde mich nicht überraschen, wenn sie mit Sack und Pack bei diesem Perkins-Jungen einzieht. Also, sorg dich nicht um sie. Habe ich dir nicht gesagt, dass sie keine sechs Monate bleibt?"

Charity schob sich mehr Kuchen in den Mund. „Du hast es mir gesagt", murmelte sie.

„Und was ist jetzt mit diesem Mann, den du mitgebracht hast? Woher kommt er? Was macht er, und wie heißt er?"

Charity nahm einen Schluck Milch. „Ronald DeWinter."

„Komischer Name." Mae blickte sich in der Küche um, überrascht und ein bisschen enttäuscht, dass nichts mehr zu tun war. „Was weißt du noch von ihm?"

„Er brauchte einen Job."

„Ich nehme an, es gibt einen ganzen Haufen Taschendiebe, Fassadenkletterer und Massenmörder, die einen Job brauchen."

„Er ist kein Massenmörder", erklärte Charity. Sie hielt es für besser, sich eines Urteils über die anderen Beschäftigungen zu enthalten.

„Vielleicht nicht, vielleicht doch."

„Er ist ein Vagabund. Aber nicht ziellos, würde ich sagen. Er weiß, wohin er geht. Auf alle Fälle brauchte ich jemanden, da George auf und davon ist. Er leistet gute Arbeit."

Das hatte Mae auf einem kurzen Gang zum Westflügel selbst herausgefunden. Aber sie hatte andere Dinge im Sinn. „Er guckt dich an."

Charity strich mit einem Finger am Milchglas auf und ab. „Jeder hier guckt mich an."

„Stell dich mir gegenüber nicht dumm, junge Dame. Ich habe dir den Popo gewischt."

„Was immer das mit irgendetwas zu tun hat", antwortete Charity mit einem Grinsen. „Er guckt ... also?" Sie zuckte die Schultern. „Ich gucke zurück." Sie lächelte nur, als Mae die Brauen hochzog. „Sagst du mir nicht immer, dass ich einen Mann in meinem Leben brauche?"

„Es gibt solche und solche Männer", entgegnete Mae weise. „Dieser sieht nicht schlecht aus, und er scheut keine Arbeit. Aber er hat eine harte Ader in sich. Der kennt sich aus, Mädchen, daran besteht kein Zweifel."

„Jimmy Logerman wäre dir wohl lieber, wie?"

„Rückgratloser Wurm!"

Charity lachte und stützte das Kinn in die Hände. „Du hattest Recht, Mae. Ich fühle mich wirklich besser."

Erfreut band Mae die Schürze von der üppigen Taille ab. Sie bezweifelte nicht, dass Charity ein vernünftiges Mädchen war, aber sie beabsichtigte, Ronald im Auge zu behalten. „Gut. Iss nicht noch mehr Kuchen, sonst bleibst du die ganze Nacht mit Bauchschmerzen auf."

„Ja, Ma'am."

„Und hinterlass keine Unordnung in meiner Küche", fügte Mae hinzu, während sie sich einen schlichten braunen Mantel anzog.

„Nein, Ma'am. Gute Nacht, Mae."

Charity seufzte, als die Haustür ins Schloss fiel. Maes Weggang signalisierte gewöhnlich das Ende des Tages. Sofern kein Notfall eintrat, gab es bis zum Sonnenaufgang nichts mehr zu tun.

Seit kurzem spielte Charity mit dem Gedanken, eine Sauna mit Solarium einbauen zu lassen. Das könnte einen Teil der erholungssuchenden Gäste anlocken. Sie hatte einige Preise eingeholt und sah im Geiste bereits den Sonnenraum an der Südseite des Gasthauses vor sich. Im Winter könnten die Gäste sich dort aufwärmen, wenn sie von ihren Wanderungen zurückkehrten.

Sie selbst würde es auch genießen, vor allem an jenen

seltenen Wintertagen, wenn das Gasthaus leer war und es nichts zu tun gab.

Außerdem hegte sie den Langzeitplan, einen Geschenkartikelladen zu eröffnen, und zwar mit Waren einheimischer Künstler. Sie fragte sich, ob Ronald lange genug bleiben würde, um daran zu arbeiten.

Es war nicht klug, an ihn in Verbindung mit irgendwelchen ihrer Pläne zu denken. Wahrscheinlich war es nicht klug, überhaupt an ihn zu denken. Er war, wie sie selbst gesagt hatte, ein Vagabund. Männer wie er ließen sich nicht lange an einem Ort nieder.

Sie konnte nicht aufhören, an ihn zu denken. Beinahe vom ersten Moment an hatte er Gefühle in ihr geweckt. Er war ein attraktiver Mann, auf eine harte, gefährliche Art. Aber da war mehr. Etwas in seinen Augen? In seiner Stimme? In seiner Art, sich zu bewegen? Sie spielte mit den Kuchenkrümeln, während sie darüber nachdachte. Vielleicht lag es einfach daran, dass er so anders war als sie. Schweigsam, argwöhnisch, einzelgängerisch.

Mae hat Recht, dachte Charity. Sie hatte schon immer eine Schwäche für Streuner und Pechvögel gehegt. Aber dies war anders. Sie schloss einen Moment die Augen und wünschte, sie könnte eine Erklärung dafür finden, warum es so anders war.

Nie zuvor hatte sie etwas Ähnliches erlebt wie die Gefühle, die durch Ronald in ihr entfacht worden waren. Es war mehr als nur körperlich. Sie konnte es sich jetzt eingestehen. Dennoch ergab es keinen Sinn. Aber sie hatte auch immer geglaubt, dass man von Gefühlen nicht erwarten konnte, dass sie einen Sinn ergaben.

Am Morgen, draußen auf der verlassenen Straße, hatte sie einen Moment lang gespürt, wie Emotionen von ihm ausströmten. Sie hatten beinahe beängstigend gewirkt in ihrer Geschwindigkeit und Stärke. Solche Gefühle konnten wehtun … demjenigen, der sie hegte, und demjenigen, der sie empfing. Sie hatten sie verwirrt und Sehnsucht in ihr geweckt.

Sie glaubte zu wissen, wie sein Mund schmecken würde. Nicht mild, nicht süß, sondern würzig und kräftig. Wenn er bereit war, würde er nicht fragen, er würde nehmen. Es beunruhigte sie, dass es ihr nicht missfiel. Sie war seit ihrer frühesten Jugend gewöhnt, ihren eigenen Kopf zu haben, ihre eigenen Entscheidungen zu treffen. Ein Mann wie Ronald hatte vermutlich wenig Respekt vor den Wünschen einer Frau.

Es wäre besser, viel besser, ihre Beziehung – ihre kurzfristige Beziehung – auf einer rein geschäftlichen Ebene zu halten. Freundlich, aber vorsichtig. Sie legte wieder das Kinn auf die verschränkten Hände. Es war ein Jammer, dass es ihr so schwer fiel, beides miteinander zu verbinden.

Ronald beobachtete, wie Charity mit den Krümeln auf ihrem Teller spielte. Ihr Haar war zerzaust, als hätte sie ungeduldig mit den Fingern darin gewühlt. Ihre nackten Füße lagen übereinander geschlagen auf dem Stuhl ihr gegenüber.

Entspannt. Er war sich nicht sicher, ob er jemals jemanden so entspannt gesehen hatte, außer im Schlaf. Es war ein scharfer Kontrast zu der brennenden Energie, die sie tagsüber antrieb.

Er wünschte, sie wäre in ihren Räumen. Er hatte verhindern wollen, ihr zu begegnen. Das war persönlich. Er musste sie aus dem Weg haben, damit er das Büro durchsuchen konnte. Das war beruflich.

Er wusste, dass er zurückweichen und sich außer Sicht halten sollte, bis sie sich zur Nacht zurückzog.

Was war an dieser stillen Szene so reizvoll, so unwiderstehlich? Die Küche war warm, und Essensdüfte hingen noch in der Luft. In einem Hängekorb über der Spüle wucherte eine grüne Blattpflanze. Jede Oberfläche hier in der Küche war geschrubbt, sauber und glänzte. Der riesige Kühlschrank summte.

Charity sah aus, als würde sie darauf warten, dass er hereinkam und sich zu ihr setzte, um über kleine, unbedeutende Dinge zu reden. Das war verrückt. Er wollte nicht, dass irgendeine Frau auf ihn wartete, und schon gar nicht sie.

Aber er wich nicht zurück in die Schatten des Speisesaals. Er trat auf sie zu, ins Licht.

„Ich dachte, die Leute auf dem Lande gehen früh schlafen."

Sie zuckte zusammen, aber erholte sich rasch. Sie war beinahe an die lautlose Art gewöhnt, in der er sich bewegte. „Meistens. Mae hat mir Schokoladenkuchen und ein aufmunterndes Gespräch gegeben. Möchten Sie Kuchen?"

„Nein."

„Umso besser. Sonst hätte ich auch noch ein Stück gegessen und mich krank gemacht. Keine Willenskraft. Wie wäre es mit einem Bier?"

„Ja. Danke."

Sie stand träge auf, ging zum Kühlschrank und rasselte eine Reihe von Marken herunter. Er wählte eine aus und beobachtete, wie sie es in ein Glas goss. Sie ist nicht mehr verärgert, stellte er fest. Also war sie nicht nachtragend. Als er das Glas entgegennahm, vermutete er, dass sie beinahe alles verzieh, jedem vertraute und mehr gab, als erbeten wurde.

„Warum sehen Sie mich so an?" murmelte sie.

Er nahm einen langen durstigen Schluck Bier. „Sie haben ein schönes Gesicht."

Sie zog eine Augenbraue hoch, als er sich setzte und eine Zigarette hervorholte. Sie holte einen Aschenbecher aus einer Schublade und setzte sich neben ihn. „Ich nehme gern Komplimente entgegen, aber ich glaube nicht, dass das der Grund ist.“

„Es ist Grund genug für einen Mann, eine Frau anzusehen.“ Er nippte am Glas. „Sie hatten heute Abend viel zu tun.“

„So viel, dass ich schnellstens eine neue Kellnerin anstellen muss. Ich hatte gar keine Gelegenheit, Ihnen für Ihre Hilfe mit den Dinnergästen zu danken.“

„Kein Problem. Sind die Kopfschmerzen weg?“

„Ja, danke. Der Ärger über Sie hat mich von Mary Alice abgelenkt, und Maes Schokoladenkuchen hat den Rest besorgt. Wie war Ihr Tag?“

Sie lächelte ihn an, ein ungezwungenes Angebot von Freundschaft, dem er schwer widerstehen konnte, das zu akzeptieren ihm aber unmöglich schien. „Ganz gut. Miss Millie hat gesagt, dass ihre Zimmertür klemmt. Also habe ich so getan, als hätte ich sie abgeschmirgelt.“

„Und ihr damit eine unheimliche Freude gemacht.“

Er konnte ein Lächeln nicht verhindern. „Ich glaube nicht, dass ich jemals so beliebäugelt wurde.“

„Oh, ich glaube schon.“ Charity neigte den Kopf, um ihn aus einem neuen Winkel zu mustern. „Aber, mit Entschuldigung an Ihr Ego, in Miss Millies Fall handelt es sich eher um Kurzsichtigkeit als Begierde. Sie ist zu eitel, um vor irgendeinem Mann über zwanzig eine Brille zu tragen."

„Mir ist es lieber, außerdem glaube ich doch, dass sie mich lüstern ansieht. Sie hat mir erzählt, dass sie seit 1952 zweimal im Jahr herkommt." Er dachte einen Moment darüber nach, und es verwunderte ihn, dass jemand immer und immer wieder an denselben Ort zurückkehren konnte.

„Sie und Miss Lucy gehören schon fast zum Inventar. Als Kind dachte ich, wir wären verwandt."

„Führen Sie das Geschäft schon lange?"

„Mit Unterbrechungen meine ganzen siebenundzwanzig Jahre lang." Lächelnd neigte sie den Stuhl zurück. Sie entspannte sich mühelos und genoss es, andere entspannt zu sehen. Auch er wirkte nun so, mit den Beinen unter dem Tisch ausgestreckt und einem Glas in der Hand. „Sie wollen doch wohl nicht meine Lebensgeschichte hören, oder, Ronald?"

Er blies eine Rauchwolke aus. „Ich habe nichts anderes zu tun." Und er wollte ihre Version dessen hören, was er in ihrer Akte gelesen hatte.

„Also gut. Ich wurde hier geboren. Meine Mutter verliebte sich ein bisschen später im Leben als die meisten. Sie war fast vierzig, als sie mich bekam, und zerbrechlich. Es gab Komplikationen. Nach ihrem Tod zog mein Großvater mich auf. Daher bin ich hier im

Gasthaus aufgewachsen, abgesehen von der Zeit, die er mich fort zur Schule schickte. Ich liebte diesen Ort."

Sie blickte sich in der Küche um. „In der Schule verzehrte ich mich nach dem allem hier – und nach Pop. Selbst im College vermisste ich es so sehr, dass ich jedes Wochenende mit der Fähre nach Hause kam. Aber er wollte, dass ich andere Orte sehe, bevor ich mich hier niederlasse. Ich sollte reisen, neue Ideen für das Gasthaus bekommen. New York sehen, New Orleans, Venedig. Ich weiß nicht …" Ihre Stimme verklang.

„Warum haben Sie es nicht getan?"

„Mein Großvater war krank. Ich war in meinem letzten College-Jahr, als ich herausfand, wie krank er war. Ich wollte abbrechen, nach Hause kommen, aber das hat ihn so aufgeregt, dass ich es für besser hielt, den Abschluss zu machen. Er hielt noch drei Jahre durch, aber es war … schwierig." Sie wollte nicht über die Tränen und die Ängste reden oder über die Belastung, das Gasthaus zu leiten und gleichzeitig einen Fast-Invaliden zu versorgen. „Er war der tapferste, netteste Mann, den ich je gekannt habe. Er war so sehr ein Teil von hier, dass ich manchmal immer noch erwarte, ein Zimmer zu betreten und ihn zu sehen, wie er die Möbel auf Staub inspiziert."

Ronald schwieg einen Moment, dachte ebenso an das, was sie ausgelassen hatte, wie an das, was sie erzählt hatte. Er wusste, dass ihr Vater als unbekannt galt – überall ein schwieriges Hindernis, aber besonders in einer Kleinstadt. In den letzten sechs Lebensmonaten ihres Großvaters hatten dessen Arztkosten das Gasthaus fast ruiniert. Aber über diese Dinge sprach sie nicht, und er konnte auch keinerlei Anzeichen von Bitterkeit entdecken. „Haben Sie je daran gedacht, das Gasthaus zu verkaufen und weiterzuziehen?“

„Nein. Oh, ich denke manchmal schon noch an Venedig. Es gibt Dutzende von Orten, die ich besuchen möchte. Solange ich das Gasthaus habe, um hierher zurückzukehren.“ Sie stand auf, um ihm noch ein Bier zu holen. „Wenn man einen Betrieb wie diesen führt, lernt man Leute von überall kennen. Und man hört immer irgendwelche Geschichten über andere Orte.“

„Reisen aus zweiter Hand?“

Die Bemerkung traf sie, weil sie ihren eigenen Gedanken zu nahe kam. „Vielleicht.“ Sie stellte ihm die Flasche hin, brachte dann ihr Geschirr zum Spülstein. Selbst das Wissen, dass sie überempfindlich war in diesem Punkt, hielt sie nicht davon ab, zornig zu werden. „Manchen von uns ist es eben bestimmt, langweilig zu sein.“

„Ich habe nicht gesagt, dass Sie langweilig sind.“

„Nein. Nun, ich bin es wohl für jemanden, der einfach weiterzieht, wann immer und wohin auch immer es ihm beliebt. Einfach, gesetzt und naiv.“

„Sie legen mir Worte in den Mund, Baby."

„Das ist sehr leicht, Baby, da Sie selbst höchst selten welche hineinlegen. Löschen Sie das Licht, wenn Sie gehen."

Ronald packte Charity beim Arm, als sie an ihm vorbeistürmte, in einer Reflexbewegung, die er fast schon bereute, bevor sie ausgeführt war. Doch es war getan, und der eingeschnappte, trotzige Blick, den sie ihm zuwarf, löste eine Kettenreaktion in ihm aus. Es gab Dinge, die er mit ihr tun konnte, auf die er brannte, die keiner von beiden je vergessen würde. „Warum sind Sie wütend?"

„Ich weiß nicht. Ich scheine nicht länger als zehn Minuten mit Ihnen reden zu können, ohne gereizt zu werden. Da ich normalerweise mit jedem auskomme, muss es an Ihnen liegen."

„Da haben Sie vermutlich Recht."

Sie beruhigte sich ein wenig. Es war nicht seine Schuld, dass sie niemals irgendwo gewesen war. „Sie sind kaum achtundvierzig Stunden hier, und ich habe dreimal beinahe mit Ihnen gestritten. Das ist ein Rekord für mich."

„Ich habe nicht mitgezählt."

„Oh, ich glaube doch. Ich bezweifle, dass Sie auch nur irgendetwas vergessen. Waren Sie vielleicht Polizist oder etwas Ähnliches?"

Er musste sich bewusst bemühen, ein ausdrucksloses Gesicht zu behalten und nicht zu erstarren. „Warum?"

„Sie haben gesagt, dass Sie kein Künstler sind. Das war meine erste Vermutung." Sie entspannte sich, obgleich er die Hand nicht von ihrem Arm genommen hatte. Zorn war etwas, das sie nur in schnellen, flüchtigen Ausbrüchen kannte. „Es ist die Art, wie Sie Leute ansehen, so als würden Sie Personenbeschreibungen und besondere Kennzeichen aufnehmen. Und manchmal, wenn ich mit Ihnen zusammen bin, fühle ich mich, als sollte ich mich auf ein Verhör vorbereiten. Dann sind Sie vielleicht Schriftsteller? Wenn man in der Hotelbranche ist, bekommt man einen guten Blick dafür, welchen Beruf die Leute ausüben."

„Diesmal irren Sie sich."

„Nun, was sind Sie dann?"

„Derzeitig bin ich Faktotum."

Sie zuckte die Schultern. „Eine andere Eigenschaft der Hotelmenschen ist das Respektieren der Privatsphäre, aber wenn Sie sich als Massenmörder herausstellen, wird Mae mir ewig Vorwürfe machen."

„Gewöhnlich bringe ich nur eine Person zur selben Zeit um."

„Das erleichtert mich ungemein." Sie ignorierte die plötzliche Angst, dass er die schlichte Wahrheit gesagt haben könnte. „Sie halten übrigens immer noch meinen Arm fest."

„Ich weiß."

„Soll ich Sie bitten, mich loszulassen?"

„Ich würde mir nicht die Mühe machen."

Sie holte tief Luft. „Also gut. Was wollen Sie, Ronald?"

„Diese Sache aus dem Weg räumen, für uns beide."

Er erhob sich. Ihr Schritt zurück war instinktiv und überraschender für sie als für ihn. „Das halte ich nicht für eine gute Idee."

„Ich auch nicht." Mit der freien Hand hob er ihr Haar hoch. Es war weich, wie er vermutet hatte. Dicht und voll und so weich, dass seine Finger hineintauchten und verloren waren. „Aber ich bereue lieber etwas, was ich getan habe, als etwas, was ich nicht getan habe."

„Ich bereue lieber gar nichts."

„Zu spät." Er hörte sie nach Atem ringen, als er sie an sich riss. „So oder so, wir werden beide viel zu bereuen haben."

Er war vorsätzlich grob. Er wusste, wie sanft er sein konnte, obgleich er das Wissen selten anwandte. Zu ihr hätte er es sein können. Vielleicht schob er deswegen jeden Wunsch nach Zärtlichkeit beiseite. Er wollte sie erschrecken, wollte sichergehen, dass sie vor ihm davonlief, wenn er sie losließ, weil er so sehr wollte, dass sie zu ihm lief.

Tief im Innern hegte er die Hoffnung, dass er sie genügend verängstigen, sie genügend abstoßen konnte, damit sie ihn fortschickte. Wenn sie es tat, war sie sicher vor ihm, und er war es vor ihr. Er dachte, er könnte es schnell vollbringen. Dann, plötzlich, war es ihm unmöglich, überhaupt zu denken.

Sie schmeckte himmlisch. Er hatte nie an den Himmel geglaubt, aber der Geschmack lag auf ihren Lippen, rein und süß und viel versprechend. Ihre Hand war zu seiner Brust gewandert, in einer automatischen Abwehrbewegung. Doch sie wehrte ihn nicht ab, wie er erwartet hatte. Sie erwiderte seinen harten, beinahe brutalen Kuss mit Leidenschaft und einem Schuss Vertrauen.

Sein Kopf wurde leer. Es war eine erschreckende Erfahrung für einen Mann, der seine Gedanken unter solch strenger Kontrolle hielt. Dann nahm er alles von ihr auf, ihren Duft, ihre Berührung, ihren Geschmack.

Er wich zurück – um seinetwillen, nicht um ihretwillen. Er war ein Überlebenskünstler, war es schon immer gewesen. Sein Atem ging schnell und rau. Eine Hand war noch immer in ihren Haaren vergraben, und die andere umklammerte ihren Arm. Er konnte sie nicht freigeben. Sosehr er sich auch ermahnte, sie loszulassen, sich abzuwenden und davonzugehen, er konnte sich nicht bewegen. Er starrte sie an und sah sein Spiegelbild in ihren Augen.

Er verwünschte sie – ein letztes rasches Leugnen –,

bevor er seinen Mund erneut auf ihren presste. Es war nicht der Himmel, dem er zustrebte, wie er sich sagte. Es war die Hölle.

Sie wollte ihn besänftigen, aber er gab ihr keine Gelegenheit. Wie zuvor sandte er sie an einen heißen, luftleeren Ort, an dem nur für Gefühle Raum war.

Sie hatte Recht gehabt. Sein Mund war nicht weich, er war hart und rücksichtslos und unwiderstehlich. Ohne Zögern, ohne Gedanken an Selbstschutz öffnete sie sich für ihn, nahm begierig, was er bot, gab selbstlos, was er verlangte.

Charitys Rücken war an die glatte kühle Fläche des Kühlschranks gepresst, gefangen von Ronalds festem, straffem Körper. Wäre es möglich gewesen, hätte sie ihn näher an sich gezogen.

Sein Gesicht war rau, zerkratzte ihres, und sie erzitterte, denn sogar das erregte sie. Verzweifelt grub sie sich in seine Unterlippe und verspürte eine neue Woge der Erregung, als er stöhnte und den schon bodenlosen Kuss noch vertiefte.

Sie wollte berührt werden. Sie versuchte ihm dieses neue, zwingende Verlangen zuzuflüstern, aber sie brachte nur ein Stöhnen zu Stande. Ihr Körper schmerzte. Allein die Vorstellung seiner streichelnden Hände auf ihrem Körper ließ sie erschauern.

Einen Moment lang schlugen ihre Herzen im selben

wilden Rhythmus aneinander. Dann riss er sich los, in dem Bewusstsein, dass er sehr nahe an eine Grenze gekommen war, die er nicht zu überschreiten wagte. Er konnte kaum atmen, noch weniger denken. Bis er sich sicher war, dass er beides konnte, schwieg er.

„Gehen Sie zu Bett, Charity."

Sie blieb, wo sie war, davon überzeugt, dass ihre Beine nachgeben würden, wenn sie einen Schritt täte. Er war ihr noch immer so nahe, dass sie die Hitze seines Körpers spürte. Doch sie blickte in seine Augen und erkannte, dass er bereits außer Reichweite war. „Einfach so?"

Schmerz. Er hörte ihn aus ihrer Stimme und wünschte sich einreden zu können, dass sie ihn selbst verursacht hatte. Er griff nach seinem Bier, überlegte es sich aber anders, als er merkte, dass seine Hand zitterte. Nur eines war klar: Er musste sie loswerden, bevor er sie erneut berührte. „Sie sind nicht der Typ für eine schnelle Nummer auf dem Küchenfußboden."

Die Farbe, die die Leidenschaft ihr ins Gesicht getrieben hatte, verschwand. „Nein. Zumindest bin ich es nie gewesen." Nach einem tiefen beruhigenden Atemzug trat sie vor. Sie war dafür, sich den Tatsachen zu stellen, selbst den unangenehmen. „Ist das alles, was es gewesen wäre, Ronald?"

Er ballte die Hand zur Faust. „Ja. Was sonst?"

„Ich verstehe.“ Sie blickte ihm weiterhin in die Augen und wünschte ihn hassen zu können. „Ich bedaure Sie.“

„Tun Sie es nicht.“

„Sie sind nur für Ihre Gefühle verantwortlich, nicht für meine. Und Sie tun mir nun einmal Leid. Manche Menschen verlieren ein Bein oder eine Hand oder ein Auge, und entweder verkraften sie den Verlust, oder sie werden bitter. Ich kann nicht sehen, welcher Teil Ihnen fehlt, Ronald, aber es ist genauso tragisch.“ Er antwortete nicht. Sie hatte es auch nicht erwartet. „Vergessen Sie das Licht nicht.“

Er wartete, bis sie gegangen war, bevor er nach einem Streichholz kramte. Er brauchte Zeit, um seinen Kopf – und seine Hände – unter Kontrolle zu bringen, bevor er das Büro durchsuchte. Was ihn beunruhigte war, dass es wesentlich länger dauern würde, sein Herz unter Kontrolle zu bringen.

Beinahe zwei Stunden später wanderte Ronald anderthalb Meilen zur nächsten Tankstelle, um die Telefonzelle zu benutzen. Die Straße war still, das winzige Dorf dunkel. Der Wind hatte aufgefrischt, und es roch nach Regen.

Er wählte und wartete auf die Verbindung.

„Conby.“

„DeWinter."

„Sie sind spät dran."

Ronald blickte nicht zur Uhr. Er wusste, dass es an der Ostküste beinahe drei Uhr morgens war. „Habe ich Sie geweckt?"

„Kann ich davon ausgehen, dass Sie sich etabliert haben?"

„Ja, ich bin drinnen. Die Schiebung mit dem Lottogewinn hat mir den Weg freigemacht. Der platte Reifen hat mir einen Anknüpfungspunkt gegeben. Miss Ford ist … vertrauensvoll."

„Das bedeutet nicht, dass sie nicht ehrgeizig ist. Was hat sich ergeben?"

Ein Fall von schlechtem Gewissen, dachte Ronald, während er ein Streichholz entzündete, ein sehr schlimmer Fall. „Ihre Räume sind sauber." Er verstummte und hielt die Flamme an das Ende seiner Zigarette. „Es ist gerade eine Reisegruppe da, überwiegend Kanadier. Ein paar haben Geld gewechselt. Nicht über hundert."

Die Pause war sehr kurz. „Das ist kaum genug, um das Geschäft lohnenswert zu machen."

„Ich habe eine Liste aus dem Büro. Die Namen und Adressen der eingetragenen Gäste."

Eine weitere längere Pause trat ein, und ein raschelndes Geräusch, das Ronald verriet, dass sein Kontaktmann nach Schreibmaterial suchte. „Lassen Sie hören."

Ronald las die Liste vor, die er sich kopiert hatte. „Block ist der Reiseleiter. Er kommt regelmäßig, einmal die Woche, für zwei oder drei Nächte."

„‚Vision Tours'."

„Genau."

„Wir haben dort einen Mann. Konzentrieren Sie sich auf Ford und ihre Belegschaft." Das leise Klopfen von Conbys Bleistift auf dem Notizblock erklang. „Auf keinen Fall können Sie die Sache ohne einen Insider durchziehen. Diese Charity Ford ist die offensichtliche Antwort."

„Es passt nicht zusammen."

„Wie bitte?"

Ronald trat die Zigarette unter seinem Stiefelabsatz aus. „Ich sagte, es passt nicht zusammen. Ich habe sie beobachtet. Ich habe ihr Privatkonto überprüft, verdammt. Sie hat weniger als dreitausend in bar. Alles andere fließt in das Gasthaus für neue Laken und Seife."

„Ich verstehe." Erneut eine Pause. „Unsere Miss Ford hat wohl noch nie von Schweizer Bankkonten gehört, wie?"

„Sie ist nicht der Typ, Conby. Es ist der falsche Blickwinkel."

„Ich kümmere mich um die Winkel, DeWinter. Kümmern Sie sich um Ihren Job. Ich sollte Sie nicht erst daran erinnern müssen, dass wir fast ein Jahr gebraucht haben, um dieser Sache auf die Spur zu kommen. Das Büro will es schnell abwickeln, und das erwarte ich von Ihnen. Wenn Sie ein persönliches Problem dabei haben, dann lassen Sie es mich jetzt wissen."

„Nein." Er wusste, dass persönliche Probleme nicht erlaubt waren. „Wenn Sie Zeit und das Geld der Steuerzahler verschwenden wollen, soll es mir recht sein. Ich melde mich wieder."

„Tun Sie das."

Ronald legte auf. Er fühlte sich etwas besser, während er finster den Hörer anstarrte und sich vorstellte, dass Conby eine schlaflose Nacht verbrachte. Conby würde einen armen Angestellten anrufen und die Liste in den Computer eingeben lassen. Dann würde er in seinem unbehaglichen Haus am Stadtrand von Washington seinen Kaffee trinken und auf die Resultate warten.

Die unangenehmen und schmutzigen Arbeiten würde er, wie immer, anderen überlassen.

So läuft das Spiel nun mal ab, sagte Ronald sich, während er den langen Rückweg zum Gasthaus antrat. Doch in letzter Zeit wurde er der Spielregeln sehr müde.

Charity hörte Ronald zurückkehren. Neugierig blickte sie zur Uhr. Es war kurz nach eins, und der Regen hatte eine halbe Stunde zuvor eingesetzt.

Sie fragte sich, wo Ronald gewesen sein mochte. Seine Sache, sagte sie sich, während sie sich im Bett umdrehte und versuchte, sich vom Prasseln des Regens einlullen zu lassen. Solange er seine Arbeit erledigte, konnte er kommen und gehen, wie es ihm beliebte. Wenn er im Regen spazieren gehen wollte, sollte es ihr nur recht sein.

Wie hatte er sie so küssen und dabei nichts empfinden können? Sie presste die Augen zu und verwünschte sich selbst. Sie hatte sich um ihre eigenen Gefühle zu sorgen, nicht um Ronalds. Das Problem war, dass sie immer zu viel fühlte. Diesmal konnte sie sich diesen Luxus nicht leisten.

Irgendetwas war mit ihr geschehen, als er sie geküsst hatte. Etwas Aufregendes, das tief in ihr Inneres gedrungen war und endlose Möglichkeiten geweckt hatte. Nein, keine Möglichkeiten, dachte sie kopfschüttelnd, sondern Fantasien. Wenn sie klug wäre, würde sie diesen einen Moment der Erregung hinnehmen und aufhören, mehr zu wollen. Vagabunden ließen sich nicht auf gefühlsmäßige Bindungen ein. Sie hatte den besten Beweis vor sich.

Charitys Mutter hatte sich einem Vagabunden zugewandt und ihm ihr Herz, ihr Vertrauen, ihren Körper geschenkt. Sie war schließlich schwanger und allein zurückgeblieben. Monatelang hatte sie ihm nachgetrauert. Sie war im selben Krankenhaus gestorben, in dem ihr

Baby geboren worden war, nur wenige Tage später. Betrogen, verlassen und voller Scham.

Erst nach dem Tod ihres Großvaters hatte Charity das Ausmaß dieser Scham entdeckt. Er hatte das Tagebuch ihrer Mutter aufbewahrt. Charity hatte es verbrannt, nicht aus Scham, sondern aus Mitleid. Sie würde ihre Mutter stets als eine tragische Gestalt ansehen, die Liebe gesucht und nicht gefunden hatte.

Aber ich bin nicht wie meine Mutter, sagte sie sich, während sie wach lag und dem Regen lauschte. Sie war weit weniger zerbrechlich. Ihr Leben lang hatte sie die wärmende Liebe gespürt.

Nun war ein Vagabund in ihr Leben getreten. Er hatte von Reue gesprochen, wie sie sich erinnerte. Und sie befürchtete, dass sie bereuen würde, was auch immer zwischen ihnen geschehen mochte – oder auch nicht geschehen mochte.

4. KAPITEL

Der Regen hielt den ganzen Morgen an, sanft, gemächlich, beständig. Er brachte Kälte mit sich und eine Düsterkeit, die nicht weniger reizvoll wirkte als Sonnenschein. Wolken hingen über dem Wasser, verwandelten alles in verschiedene Grautöne. Regentropfen prasselten auf das Dach und an die Fenster, ließen das Gasthaus umso abgeschiedener wirken. Gelegentlich frischte der Wind auf, rüttelte an den Fensterscheiben.

Im Morgengrauen beobachtete Ronald, wie Charity, in eine Windjacke gehüllt, Ludwig zu seinem morgendlichen Lauf ausführte. Und er sah sie vierzig Minuten später tropfnass zurückkommen. Er hörte die Musik in ihrem Zimmer erklingen, nachdem sie durch den Hintereingang hinaufgegangen war. Diesmal hatte sie etwas Ruhiges mit vielen Geigen gewählt. Er bedauerte es, als die Musik aufhörte und Charity den Flur entlang zum Speisesaal eilte.

Von seiner Position im zweiten Stock konnte er das Treiben in der Küche nicht hören, aber er konnte es sich vorstellen. Mae und Dolores würden sich zanken, während Waffeln und Brötchen gebacken wurden. Charity würde hastig eine Tasse Kaffee trinken, bevor sie hinauseilte, um der Kellnerin beim Decken der Tische zu helfen und das Morgenmenü aufzuschreiben.

Ihr Haar war gewiss feucht und ihre Stimme ruhig, während sie Dolores' tägliche Beschwerden beschwichtigte. Sie roch bestimmt nach Regen. Wenn die Frühaufsteher kamen, würde sie lächeln, sie mit Namen begrüßen und ihnen das Gefühl vermitteln, eine Mahlzeit im Haus eines alten Freundes einzunehmen.

Das ist ihr größtes Geschick, überlegte Ronald. Einem Fremden das Gefühl zu geben, zu Hause zu sein.

Konnte sie so unkompliziert sein, wie sie wirkte? Ein Teil von ihm wollte es unbedingt glauben. Ein anderer Teil von ihm fand es unmöglich. Er hätte den Kuss am Vorabend nicht als unkompliziert bezeichnet. Es schien widersprüchlich, dass eine Frau mit so beruhigendem Blick und so sanfter Stimme von einer derart tobenden Leidenschaft ergriffen werden konnte. Dennoch war es geschehen. Vielleicht war ihre Leidenschaft ebenso gespielt wie ihre ruhige Gelassenheit.

Es ärgerte ihn. Allein die Erinnerung an seine hilflose Reaktion auf sie machte ihn wütend. Deshalb zwang er sich, die Lage weiter zu analysieren. Wenn er sich von dem angezogen fühlte, was Charity zu sein schien, dann war es nur einleuchtend. Er führte ein einsames und oft turbulentes Leben. Obgleich er es sich ausgesucht hatte und so bevorzugte, war es nicht ungewöhnlich, dass er sich zu einer Frau hingezogen fühlte, die all das repräsentierte, was er nie gehabt hatte. Und nie gewollt hatte, sagte er sich.

Er hatte nicht vor zu behaupten, in Charity irgendwelche Antworten gefunden zu haben. Die einzigen Antworten, die er suchte, betrafen seinen Job.

Erst einmal wollte er abwarten, bis der allmorgendliche Ansturm vorüber war. Erst wenn Charity dann in ihrem Büro beschäftigt war, würde er in die Küche hinuntergehen und sich von Mae Frühstück geben lassen.

Da ist eine Frau, die mir nicht traut, dachte Ronald mit einem Grinsen. Sie hatte keine einzige naive Ader in ihrem üppigen Körper. Und abgesehen von Charity gab es niemanden, da war er sicher, der die Vorgänge im Gasthaus besser kannte als sie.

Ja, er würde sich Mühe geben und seinen Charme bei Mae spielen lassen. Und er beabsichtigte, eine gewisse Distanz zu Charity zu wahren. Vorläufig.

„Du siehst ziemlich verhärmt aus heute Morgen."

„Oh, herzlichen Dank." Charity unterdrückte ein Gähnen, während sie sich eine Tasse Kaffee einschenkte. Verhärmt war nicht der richtige Ausdruck. Sie war erschöpft bis auf die Knochen. Ihr Körper war es nicht gewöhnt, mit nur drei Stunden Schlaf zu funktionieren. Das habe ich Ronald zu verdanken, dachte sie.

„Setz dich." Mae deutete zum Tisch. „Ich brate dir Eier."

„Ich habe keine Zeit. Ich ..."

„Setz dich", wiederholte Mae und wedelte mit einem Holzlöffel. „Du brauchst was zum Futtern."

„Mae hat Recht", warf Dolores ein. „Nur mit Kaffee kann ein Körper nicht arbeiten. Du brauchst Proteine und Kohlenhydrate." Sie stellte ein Rosinenbrötchen auf den Tisch. „Wenn ich nicht genügend Proteine zu mir nehme, fühle ich mich ganz schwach." Im Moment gefiel es ihr, sich genauso um Charity zu sorgen wie um sich selbst. „Wenn du mich fragst, könnte sie knusprigen Schinken zu den Eiern gebrauchen, Mae."

„Ich brate ihn schon."

Charity setzte sich, da sie in der Minderheit war. Die beiden Frauen konnten streiten, aber wenn es um eine gemeinsame Sache ging, hielten sie zusammen wie Pech und Schwefel. „Ich bin nicht verhärmt", verteidigte sie sich. „Ich habe nur nicht gut geschlafen."

„Ein warmes Bad vor dem Schlafengehen", verordnete Mae, als der Schinkenspeck in der Pfanne brutzelte. „Nicht heiß. Lauwarm."

„Mit Badesalz. Nicht Schaum oder Öl", fügte Dolores hinzu und stellte ein Glas Saft auf den Tisch. „Gutes, altmodisches Badesalz. Ist es nicht so, Mae?"

„Könnte nicht schaden." Mae war zu sehr um Charity besorgt, um an Streit zu denken. „Du arbeitest zu viel, Mädchen."

„Das stimmt", sagte Charity, weil es der einfachste Weg war. „Und ich habe keine Zeit zu einem gemächlichen Frühstück, weil ich mich um eine neue Kellnerin kümmern muss, damit ich nicht mehr so viel zu arbeiten brauche. Ich habe eine Annonce in die heutige Morgenzeitung gesetzt. Also müssten bald Anrufe kommen."

„Ich habe Bob aufgetragen, die Annonce zu stornieren", verkündete Mae und schlug ein Ei in die Pfanne.

„Was? Warum?" fuhr Charity auf. „Verdammt, wenn du glaubst, dass ich Mary Alice wieder einstelle, nachdem ..."

„Keineswegs, und beschimpfe mich nicht, junge Dame."

„Gereizt." Dolores schnalzte missbilligend mit der Zunge. „Das kommt davon, wenn man zu viel arbeitet."

„Es tut mir Leid", murmelte Charity. „Aber Mae, ich habe damit gerechnet, bis Ende der Woche eine neue Kraft zu haben."

„Die Tochter meines Bruders hat ihren nichtsnutzigen Ehemann in Toledo verlassen und ist nach Hause zurückgekommen. Bonnie ist ein gutes Mädchen. Hat hier ein paar Mal im Sommer gearbeitet, während sie zur Schule ging."

„Ja, ich erinnere mich. Sie hat einen Musiker geheiratet."

Mit finsterer Miene nahm Mae die Eier aus der Pfanne. „Saxophonbläser", sagte sie, als erkläre das alles. „Sie war es leid, im Wohnwagen herumzuziehen, und ist vor ein paar Wochen nach Hause gekommen. Sie sucht Arbeit."

Mit einem Seufzer strich Charity sich durch das Haar. „Warum hast du mir das nicht vorher gesagt?"

„Vorher hast du niemanden gebraucht." Mae stellte die Eier auf den Tisch. „Jetzt brauchst du jemanden."

Charity blickte auf, als Mae den Herd zu säubern begann. Das Herz der Köchin war so groß wie alles andere an ihr. „Wann kann sie anfangen?"

Mae räusperte sich. „Ich habe ihr gesagt, dass sie heute Nachmittag vorbeikommen soll, damit du sie dir ansehen kannst. Ich erwarte nicht, dass du sie einstellst, wenn sie dir nicht zusagt."

„Nun, dann." Charity griff zur Gabel. Erfreut, dass eine Aufgabe erledigt war, streckte sie die Beine aus und legte die Füße auf einen leeren Stuhl. „Ich habe wohl doch Zeit fürs Frühstück."

Ronald trat durch die Schwingtür und fluchte beinahe laut. Er hatte angenommen, dass Charity inzwischen einer ihrer Dutzenden Pflichten nachging. Stattdessen saß sie in der warmen, duftenden Küche, fast wie am Vorabend. Mit einem verräterischen Unterschied: Sie war nun nicht entspannt.

Ihr Lächeln schwand in dem Moment, als er eintrat. Langsam nahm sie die Füße vom Stuhl und richtete sich auf. Er sah, wie sich ihr Körper versteifte, beinahe Muskel für Muskel. Ihre Gabel hielt auf halbem Wege zum Mund inne. Dann wandte sie sich ein wenig von ihm ab und aß weiter. Die Geste kam wohl einem Schlag ins Gesicht so nahe wie nur möglich.

Er verwarf die Idee von Frühstück und Geplauder in der Küche. Vorläufig wollte er sich mit Kaffee begnügen.

„Hab mich schon gewundert, wo Sie stecken", sagte Mae, als sie erneut Schinkenspeck aus dem Kühlschrank nahm.

„Ich wollte Ihnen nicht im Weg sein." Er deutete zur Kaffeekanne. „Ich dachte mir, ich nehme mir eine Tasse mit."

„Sie brauchen was zum Futtern." Dolores legte eine Platzdecke gegenüber von Charity auf den Tisch. „Oder etwa nicht, Mae? Ohne ein vernünftiges Frühstück kann ein Mann nicht arbeiten."

Mae goss eine Tasse Kaffee ein. „Er sieht aus, als könnte er recht gut mit leerem Magen arbeiten."

Das stimmt, dachte Charity. Er hatte bereits gearbeitet, als sie den Westflügel verlassen hatte, und konnte nicht mehr geschlafen haben als sie. Aber er sah überhaupt nicht mitgenommen aus. „Die Mahlzeiten sind ein Teil Ihrer Bezahlung, Ronald.“ Obgleich ihr der Appetit vergangen war, knabberte sie an dem Schinken. „Ich glaube, Mae hat noch Pfannkuchenteig übrig, falls Sie keine Eier möchten.“

Es war eine ungewohnt kühle Einladung. So kühl, dass Dolores den Mund zu einer Bemerkung öffnete. Mae stieß sie hastig an, mit warnendem Blick.

Er nahm den Becher, den Mae ihm hinstellte, und trank den Kaffee schwarz. „Eier sind mir recht“, sagte er, doch er setzte sich nicht. Die einladende Atmosphäre, die gewöhnlich zur Küche gehörte, war wie weggeblasen.

Ich werde mich nicht schuldig fühlen, sagte Charity sich und ignorierte einen strafenden Blick von Dolores. Schließlich war sie die Chefin, und ihre Beziehung zu Ronald war rein geschäftlich. Doch sie konnte das lange gespannte Schweigen nicht ertragen.

„Mae, ich möchte gern Teegebäck und Sandwiches für heute Nachmittag. Der Regen soll den ganzen Tag anhalten, also werden wir Musik und Tanz im Gesellschaftsraum veranstalten.“ Sie zog einen Notizblock aus der Blusentasche. „Fünfzig Sandwiches müssten reichen. Wir kochen je eine große Kanne Tee und Kakao.“

„Um welche Zeit?"

„Um drei Uhr, finde ich. Dann servieren wir um fünf den Wein für diejenigen, die bleiben wollen. Deine Nichte kann aushelfen." Sie begann sich Notizen zu machen.

Sie sieht so müde aus, dachte Ronald. Blass und überraschend zerbrechlich. Ihr Haar war zu zarten dunklen Löckchen getrocknet. Wie gern wollte er es ihr aus der Stirn streichen und die Farbe in ihre bleichen Wangen zurückkehren sehen.

„Iss deine Eier auf", befahl Mae. Dann nickte sie Ronald zu. „Ihre sind gleich fertig."

„Danke." Er setzte sich und wünschte ebenso inbrünstig wie Charity, zehn Meilen entfernt zu sein.

Dolores beklagte sich darüber, dass der Regen ihre Nasenschleimhaut anschwellen ließ.

„Reichen Sie mir bitte das Salz", murmelte Ronald.

Charity schob es in seine Richtung. Ihre Finger berührten sich flüchtig, und sie zuckte zurück.

„Danke."

„Keine Ursache." Charity stach die Gabel in die Eier. Sie wusste aus Erfahrung, dass es schwierig war, aus der Küche zu entkommen, ohne ihren Teller zu leeren, und sie wollte es schnell tun.

„Schöner Tag", sagte er, weil er wollte, dass sie ihn wieder ansah. Sie tat es, und aufgestauter Zorn funkelte in ihren Augen. Es war ihm lieber als die kühle Höflichkeit zuvor.

„Ich mag den Regen."

„Wie ich gesagt habe – es ist ein schöner Tag." Er brach ein Stück von seinem Brötchen ab.

Dolores schnäuzte sich kräftig. Ein belustigtes Lächeln spielte um Charitys Mundwinkel, bevor sie es zu unterdrücken vermochte. „Sie finden die Farbe, die Sie brauchen, im Vorratskeller. Sie ist mit den entsprechenden Räumen gekennzeichnet."

„In Ordnung."

„ Pinsel und Rollen sind auch dort. Gleich rechts auf der Werkbank."

„Ich werde sie schon finden."

„Gut. In Haus 4 tropft ein Hahn."

„Ich werde ihn mir ansehen."

Sie wollte nicht, dass er so verdammt gefällig war. Sie wollte ihn ebenso angespannt und verstimmt sehen, wie sie es war. „In Haus 2 klemmt das Fenster."

Er blickte sie gleichmütig an. „Ich werde es richten."

Sie bemerkte, dass Dolores sich nicht länger beklagte, sondern sie anstarrte. Sogar Mae runzelte die Stirn über ihrer Rührschüssel. Ach, zum Teufel, dachte Charity und schob ihren Teller fort. Eigentlich hatte sie beabsichtigt, sich selbst um diese Kleinigkeiten zu kümmern. Nun nahm sie einen Schlüsselbund aus der Tasche und reichte ihn Ronald. „Bringen Sie die Schlüssel ins Büro zurück, sobald Sie fertig sind.“

„Ja, Ma'am.“ Er ließ die Schlüssel in seine Brusttasche fallen. „Ist sonst noch etwas?“

„Ich werde es Sie wissen lassen.“ Sie stand auf, trug ihren Teller zur Spüle und marschierte hinaus.

„Was ist bloß in sie gefahren?“ wollte Dolores wissen. „Sie sieht aus, als würde sie am liebsten jemandem den Kopf abreißen.“

„Sie hat nur nicht gut geschlafen.“ Besorgter, als sie sich anmerken lassen wollte, stellte Mae die Rührschüssel nieder. Weil sie sich wie die Mutter eines schlecht erzogenen Kindes fühlte, trug sie die Kaffeekanne zu Ronald und schenkte ihm eine zweite Tasse ein. „Charity ist heute Morgen nicht ganz auf der Höhe. Sie ist überarbeitet.“

„Ich habe ein dickes Fell.“ Doch es hatte ihn getroffen. „Vielleicht sollte sie mehr Arbeit an andere übertragen.“

„Das Mädchen? Ha!“ Erfreut, dass er sich nicht beklagte, wurde Mae mitteilsamer. „Das liegt ihr nicht. Sie fühlt sich verantwortlich, wenn sich ein Gast einen Zeh stößt. Genau wie ihr Grandpa.“ Sie schüttete ein Tütchen mit Vanillezucker in die Schüssel und rührte weiter. „In allem, was hier passiert, hat sie die Finger drin – außer in meiner Kocherei.“ Ihr breites Gesicht verzog sich zu einem Lächeln. „Ich habe sie aus der Küche gescheucht, als sie noch ein Kind war, und ich kann es auch heute noch, wenn es sein muss."

„Das Mädchen kann kein Wasser kochen, ohne den Topf anzusengen", warf Dolores ein.

„Sie könnte, wenn sie wollte", entgegnete Mae verteidigend. „Sie hat es nicht nötig zu kochen, solange sie mich hat, und sie ist klug genug, es zu wissen. Aber alles andere trägt ihren Stempel. Sie nimmt ihre Pflichten sehr ernst."

„Das ist eine bewundernswerte Eigenschaft", meinte Ronald. „Sie arbeiten wohl schon sehr lange hier, oder?"

„Achtundzwanzig Jahre im kommenden Juni." Mae deutete mit dem Kopf zu Dolores. „Sie ist acht Jahre hier."

„Neun", korrigierte Dolores. „Diesen Monat werden es neun."

„Es scheint, dass die Leute hier bleiben, wenn sie hier einmal zu arbeiten angefangen haben."

„Da haben Sie Recht", bestätigte Mae.

„Das Gasthaus scheint wirklich loyales, hart arbeitendes Personal zu haben."

„Charity macht es einem leicht. Sie hatte vorhin nur ein bisschen schlechte Laune."

„Sie hat müde ausgesehen", sagte Ronald bedächtig

und ignorierte den Anflug von schlechtem Gewissen. „Vielleicht ruht sie sich heute ein wenig aus."

„Sehr unwahrscheinlich."

„Aber das Haushaltspersonal scheint auszureichen, und um die Buchführung kümmert sich Bob."

„Sie wird ein Bett finden, das zu machen ist, und sie wird ihre Nase in die Bücher stecken und jede Spalte prüfen." Stolz klang aus Maes Stimme, während sie Mehl in die Rührschüssel gab. „Nicht, dass sie ihren Angestellten nicht traut. Ihr bliebe nur das Herz stehen, wenn eine Rechnung zu spät bezahlt oder eine Bestellung vertauscht würde. Es geht darum, dass sie lieber sich selbst als jemand anderen verantwortlich macht, wenn ein Fehler unterläuft."

„Ich nehme an, ihr entgeht nicht viel."

„Charity wüsste, wenn eine Serviette mit einem Fleck aus der Wäsche zurückkäme", bestätigte Mae. „Trink eine heiße Zitrone", riet sie Dolores, als diese sich erneut schnäuzte.

„Heißen Tee mit Honig", entgegnete Dolores.

„Zitrone. Honig verklebt die Kehle."

„Meine Mutter hat mir immer heißen Tee mit Honig gegeben", beharrte Dolores.

Sie stritten noch immer darüber, als Ronald aus der Küche schlüpfte.

Ronald verbrachte die meiste Zeit zurückgezogen im Westflügel. Die Arbeit half ihm nachzudenken. Obgleich er Charity einige Male vorbeikommen hörte, suchte keiner von beiden die Gesellschaft des anderen. Er konnte objektiver sein, erkannte er, wenn er nicht in ihrer Nähe war.

Maes Bemerkungen hatten seine Beobachtungen und die Informationen, die ihm gegeben worden waren, untermauert. Charity Ford führte das Gasthaus von oben bis unten. Was immer vorging, geschah direkt vor ihren Augen. Logischerweise bedeutete es, dass sie voll in die Operation verwickelt war, ja die Operation vielleicht sogar leitete, die zu zerstören er gekommen war.

Und dennoch ... was er am Vorabend zu Conby gesagt hatte, traf immer noch zu. Es passte nicht zusammen. Die Frau arbeitete beinahe rund um die Uhr, um mit dem Gasthof Erfolg zu haben. Er hatte sie alles tun sehen, vom Blumenumtopfen bis hin zum Schleppen von Feuerholz. Und wenn sie nicht eine erstaunliche Schauspielerin war, machte ihr auch alles Spaß.

Sie wirkte nicht wie der Typ, der auf leichte Art zu Geld kommen wollte. Und sie schien auch nicht der Typ zu sein, der all die Dinge ersehnte, die man mit leichtem Geld kaufen konnte. Aber das sagte ihm sein Instinkt, es war keine Tatsache.

Das Problem lag darin, dass Conby Tatsachen verlangte. Ronald verließ sich stets auf seinen Instinkt. Sein Job bestand darin, Charitys Schuld, nicht ihre Unschuld zu beweisen. Doch in weniger als zwei Tagen hatten sich seine Prioritäten geändert.

Es ging nicht nur darum, dass er sie attraktiv fand. Er hatte schon andere Frauen attraktiv gefunden und ohne Bedenken überführt. Das war Gerechtigkeit. Eines der wenigen Dinge, an die er ohne Vorbehalt glaubte, war Gerechtigkeit.

Bei Charity musste er sichergehen, dass seine Schlussfolgerungen über sie auf mehr als nur den Gefühlen basierten, die sie in ihm erweckte. Gefühle und Instinkte waren etwas anderes. Wenn ein Mann in seiner Position sich gestattete, von Gefühlen beeinflusst zu werden, dann war er nutzlos.

Woran lag es dann? So lange und so gründlich er es auch durchdachte, er konnte nicht einen einzigen speziellen Grund feststellen, warum er sich ihrer Unschuld so sicher war. Weil es das Ganze ist, erkannte er. Sie, das Gasthaus, die Atmosphäre, die sie umgab. All das erweckte in ihm den Wunsch zu glauben, dass solche Menschen, solche Orte existierten, und zwar makellos.

Er begann weich zu werden. Eine hübsche Frau, große blaue Augen, und schon glaubte er an Märchen. Entrüstet trug er die Farbtöpfe und Pinsel zum Spülstein, um sie auszuwaschen. Er wollte eine Pause einlegen, von der Arbeit und seinen abschweifenden Gedanken.

Im Gesellschaftsraum dachte Charity ebenso widerstrebend an Ronald, während sie einen Stapel Schallplatten auf den Tisch zwischen Miss Millie und Miss Lucy legte.

„Welch nette Idee." Miss Lucy rückte ihre Brille zurecht und spähte auf die Labels. „Ein hübscher, altmodischer Tanztee. Das wird bestimmt alle Gäste unterhalten."

„Für junge Menschen ist es schwer, an einem regnerischen Tag etwas mit sich anzufangen. Es macht sie gereizt." Miss Millie hielt eine Single hoch. „Oh, sieh nur. Rosemary Clooney. Ist das nicht entzückend?"

„Suchen Sie sich Ihre Lieblingslieder aus." Charity blickte sich zerstreut im Raum um. Wie sollte sie eine Party vorbereiten, wenn sie nur daran denken konnte, wie Ronald sie am Frühstückstisch angesehen hatte? „Ich verlasse mich auf Sie."

Ob Ronald wohl kommt? fragte sie sich. Würde er die Musik hören und sich leise in den Raum stehlen? Würde er sie anblicken, bis ihr Herz zu hämmern begann und sie alles und jeden vergaß außer ihm?

Du wirst allmählich verrückt, schalt sie sich. Sie blickte zur Uhr. Es war Viertel vor drei. Mit einem bisschen Glück konnte sie alles vorbereitet haben, bevor die anderen Gäste kamen. Die beiden Ladys waren in eine Diskussion über Perry Como vertieft. Charity verließ sie und begann am Sofa zu ziehen.

„Was machen Sie da?“

Ein Aufschrei entwich ihr, und im nächsten Atemzug blitzte sie Ronald ärgerlich an. „Wenn Sie weiterhin so herumschleichen, werde ich Maes Idee, dass Sie ein Fassadenkletterer sind, ernster nehmen.“

„Ich bin nicht herumgeschlichen. Sie waren nur so mit Schnaufen und Keuchen beschäftigt, dass Sie mich nicht gehört haben.“

„Ich habe weder geschnauft noch gekeucht.“ Sie warf das Haar über die Schulter zurück und starrte ihn finster an. „Aber ich bin beschäftigt. Wenn Sie mir also aus dem Weg gehen könnten …“

Sie wedelte mit der Hand, und er ergriff sie und hielt sie fest. „Ich habe gefragt, was Sie da machen.“

„Ich stricke einen Pullover“, fauchte Charity. „Wonach sieht es wohl aus, was ich tue? Ich verrücke das Sofa.“

„Nein, das werden Sie nicht tun.“

Sie konnte, wenn es der Anlass gebot, sehr hochmütig sein. „Wie bitte?“

„Ich sagte, dass Sie das Sofa nicht verrücken werden. Es ist zu schwer.“

„Danke für Ihre Ansicht, aber ich habe es schon des

Öfteren verrückt.“ Charity senkte die Stimme, als sie die interessierten Blicke der beiden Ladys bemerkte. „Und wenn Sie mir gefälligst aus dem Weg gehen, werde ich es wieder tun.“

Er blieb stehen, wo er war. „Sie müssen wirklich alles selbst machen, wie?“

„Was soll das heißen?“

„Wo ist Ihr Assistent?“

„Der Computer hat einen Defekt. Da Bob besser damit umgehen kann als ich, spielt er mit Teilchen, während ich Möbel verrücke. Und jetzt …“

„Wo soll es hin?“

„Ich habe Sie nicht gebeten …“

Ronald war bereits an das andere Ende des Sofas getreten. „Ich habe gefragt, wohin es soll.“

„An die Seitenwand.“

„Was sonst noch?“

Sie strich den Rock ihres Kleides glatt. „Ich habe Ihnen bereits eine Liste mit Arbeiten gegeben.“

Er hakte die Daumen in seine Hosentaschen. „Alles erledigt.“

„Der Wasserhahn in Haus 4?“

„Er brauchte eine neue Dichtung.“

„Das Fenster in Haus 2?“

„Ich habe es ein bisschen abgeschliffen.“

„Das Streichen?“

„Der erste Anstrich trocknet gerade.“ Er neigte den Kopf zur Seite. „Wollen Sie es überprüfen?“

Sie atmete tief aus. Es war schwer, verärgert zu sein, wenn er alles erledigt hatte, was ihm aufgetragen worden war. „Sehr tüchtig, wie?“

„Das stimmt. Haben Sie den toten Punkt überwunden?“

„Wie meinen Sie das?“

„Sie haben heute Morgen ein bisschen müde ausgesehen.“ Ronald ließ den Blick über ihre Gestalt wandern. Das pflaumenfarbene Kleid umschmiegte ihre Beine. Eine Reihe Silberknöpfe verlief vom hochgeschlossenen Kragen bis hinab zum Saum, und er fragte sich unwillkürlich, wie lange es dauern würde, sie zu öffnen. Auch an den Ohren trug sie Silber, fantasievolle Gehänge aus drei Stäbchen, die er in ihrer Kommodenschublade gesehen hatte. „Jetzt sehen Sie nicht mehr müde aus“, fügte er hinzu und begegnete wieder ihrem Blick.

Als ihr plötzlich bewusst wurde, dass sie den Atem angehalten hatte, seit er seine Musterung begonnen hatte, beeilte sie sich, normal zu atmen. Und sie rief sich ins Gedächtnis, dass sie keine Zeit hatte, sich von ihm – oder ihren Gefühlen für ihn – ablenken zu lassen. „Ich bin zu beschäftigt, um müde zu sein.“ Erleichtert signalisierte sie der Kellnerin, die mit einem beladenen Tablett eintrat. „Stellen Sie es nur auf das Büfett, Lori.“

„Die zweite Ladung kommt auch sofort."

„Prima. Ich muss nur ..." Sie brach ab, als die ersten Gäste aus dem Regen zur Hintertür hereinkamen. Sie gab auf und wandte sich an Ronald. Wenn er schon im Weg war, konnte er sich auch nützlich machen. „Ich wäre Ihnen dankbar, wenn Sie den Teppich aufrollen und im Westflügel verstauen könnten. Anschließend sind Sie herzlich willkommen, zu bleiben und sich zu amüsieren."

„Danke. Vielleicht werde ich es tun."

Charity begrüßte die Gäste, hängte deren Jacken auf, bot Erfrischungen an und stellte die Musik an, noch bevor Ronald den Teppich außer Sicht bringen konnte.

Sie ist dafür geschaffen, dachte er, während er sie beobachtete. Sie war dafür geschaffen, im Mittelpunkt zu stehen, andere dazu zu bringen, sich wohl zu fühlen. Sein Platz hingegen war stets am Rand gewesen.

„Oh, Mr. DeWinter." Miss Millie, nach Flieder duftend, bot ihm eine Tasse an. „Sie müssen unbedingt Tee trinken. Es gibt nichts Besseres als Tee, um Trübsinn an einem Regentag zu vertreiben."

Er lächelte sie an. Wenn sogar ihre kurzsichtigen Augen erkannten, dass er brütete, dann musste er sich vorsehen. „Danke."

„Ich liebe Partys", sagte sie sehnsüchtig, während sie den Paaren zusah, die nach einem romantischen Song aus den Fünfzigerjahren tanzten. „Als ich ein junges Mädchen war, dachte ich kaum an etwas anderes. Ich begegnete meinem Mann bei einem Tee wie diesem. Das ist beinahe fünfzig Jahre her. Wir tanzten stundenlang."

Er hätte sich nie als galant bezeichnet, aber es war schwer, ihr zu widerstehen. „Möchten Sie jetzt tanzen?"

Eine schwache Röte färbte ihre Wangen „Sehr gern, Mr. DeWinter."

Charity beobachtete, wie Ronald Miss Millie zur Tanzfläche führte. Ihr Herz wurde weich. Sie versuchte sich dagegen zu wehren, aber es war vergebens. Wie lieb von ihm, dachte sie, vor allem, da er keineswegs ein lieber Mann war. Sie bezweifelte, dass Tanztees und verträumte alte Ladys seinem Stil entsprachen, aber Miss Millie würde sich lange an diesen Tag erinnern.

Welche Frau würde das nicht? überlegte Charity. An einem regnerischen Nachmittag mit einem starken, geheimnisvollen Mann zu tanzen war eine Erinnerung, die wie eine rote Rose in ein Buch gepresst werden sollte. Es war zweifellos ein Glück für sie, dass er sie nicht aufgefordert hatte. Sie hatte bereits zu viele Erinnerungen an Ronald verwahrt. Mit einem Seufzen führte sie eine Gruppe Kinder in den Fernsehraum und legte einen Zeichentrickfilm in das Video-Gerät.

Ronald sah sie fortgehen. Und wenig später sah er sie zurückkehren.

„Das war wundervoll", sagte Miss Millie, als die Musik verklang.

„Es war mir ein Vergnügen", erwiderte Ronald und machte ihr Vergnügen komplett, indem er ihr die Hand küsste. Als sie mit verklärter Miene zu ihrer Schwester an den Tisch zurückgekehrt war, hatte er sie bereits vergessen und dachte an Charity.

Sie lachte, als ein älterer Mann sie auf das Parkett führte. Die Musik hatte gewechselt, war nun schnell und lateinamerikanisch. Ein Mambo, glaubte er. Oder eine Rumba. Er kannte den Unterschied nicht. Charity hingegen schien es genau zu wissen. Sie bewegte sich durch die komplizierte, auffallende Nummer, als hätte sie ihr Leben lang getanzt.

Das Kleid flatterte um ihre Beine. Sie lachte, das Gesicht nahe an dem ihres Partners. Der erste Anflug von Eifersucht ärgerte Ronald und ließ ihn sich wie einen Trottel fühlen. Der Mann, mit dem Charity tanzte, war alt genug, um ihr Vater zu sein.

Als die Musik endete, war es Ronald gelungen, das unangenehme Gefühl zu unterdrücken, aber stattdessen war ein anderes in ihm aufgestiegen. Verlangen. Er begehrte sie, wollte sie bei der Hand nehmen und aus dem überfüllten Raum an einen schummrigen, stillen Ort führen, wo sie nur den Regen hören konnten. Er wollte sehen, wie ihre Augen groß und verklärt wurden, wie sie es bei seinem Kuss geworden waren. Er wollte das unglaubliche Gefühl spüren, wenn ihr Mund weich und heiß unter seinem wurde.

„Es ist ein Erlebnis, sie tanzen zu sehen, stimmt's?"

Ronald schreckte aus seinen Gedanken auf, als Bob sich zu ihm gesellte und sich ein Sandwich vom Tablett nahm. „Wie bitte?"

„Charity. Sie tanzen zu sehen ist ein Erlebnis." Bob steckte sich das winzige Sandwich in den Mund. „Sie hat einmal versucht, es mir beizubringen, in der Hoffnung, dass ich die Damen bei Anlässen wie diesem unterhalten kann. Das Problem ist, dass ich nicht nur zwei linke Füße, sondern auch zwei linke Beine habe." Er zuckte fröhlich die Schultern und griff nach einem weiteren Sandwich.

„Haben Sie den Computer repariert?"

„Ja. War nur eine Kleinigkeit." Das dreieckige Schnittchen verschwand. Ronald bemerkte einen Anflug von Nervosität in der Art, wie Bob mit den Fingern auf den Servierwagen trommelte. „Ich kann Charity ebenso wenig den Umgang mit Computern beibringen wie sie mir die Samba. Wie läuft die Arbeit?"

„Recht gut." Ronald beobachtete, wie Bob sich eine Tasse Tee einschenkte und drei Stück Zucker hineintat. „Ich müsste in zwei oder drei Wochen fertig sein."

„Sie wird etwas anderes für Sie finden." Bob blickte

hinüber zu Charity, die mit einem neuen Partner einen Foxtrott tanzte. „Sie hat ständig neue Ideen. In letzter Zeit hat sie etwas über den Einbau einer Sauna mit Solarium verlauten lassen."

Ronald steckte sich eine Zigarette an. Er beobachtete nun die Gäste, machte sich im Geist Notizen, um sie an Conby weiterzugeben. Da waren zwei Männer, die allein zu sein schienen, obgleich sie mit anderen Gästen der Reisegruppe plauderten. Block stand in der Nähe der Tür, mit einem Teller voller Sandwiches, und lächelte vor sich hin.

„Das Gasthaus muss gut gehen."

„Ach, es ist beständig." Bob richtete seine Aufmerksamkeit auf das Teegebäck. „Vor ein paar Jahren sah es ein bisschen wackelig aus, aber Charity findet immer einen Weg, um sich über Wasser zu halten. Nichts ist ihr wichtiger."

Ronald schwieg einen Moment. „Ich kenne mich in der Hotelbranche nicht aus, aber sie scheint ihr Handwerk zu verstehen."

„Durch und durch." Bob wählte einen Keks mit rosa Glasur. „Sie identifiziert sich völlig mit dem Gasthaus."

„Arbeiten Sie schon lange hier?"

„Seit etwa zweieinhalb Jahren. Sie konnte sich mich eigentlich nicht leisten, aber sie wollte die Dinge ändern, die Buchhaltung modernisieren. Neues Leben hineinpumpen, wie sie sagte.“ Jemand hatte einen Jitterbug aufgelegt, und Bob grinste. „Genau das hat sie getan.“

„Offensichtlich.“

„Wie lange wollen Sie bleiben?“

„So lange es braucht.“

Bob nahm einen großen Schluck Tee. „So lange was braucht?“

„Der Job.“ Ronald blickte gelassen zum Westflügel hinüber. „Ich beende gern, was ich begonnen habe.“

„Tja, nun …“ Bob legte mehrere Kekse auf einen Teller. „Ich werde sie den Damen anbieten und hoffe, dass ich sie essen darf.“

Ronald beobachtete, wie Bob den Raum durchquerte und im Vorübergehen noch ein paar schnelle Worte mit Block tauschte. Da Ronald das Gefühl hatte, er brauche Zeit zum Nachdenken, zog er sich wieder in den Westflügel zurück.

5. KAPITEL

Es regnete immer noch, als Ronald Stunden später zurückkehrte. Im Gesellschaftsraum spielte Musik, ein sanftes, melodiöses Lied aus den Fünfzigerjahren. Der Raum war nun schummriger, erleuchtet nur vom Feuer im Kamin und einer Glaskugel-Lampe. Er war außerdem leer, abgesehen von Charity, die aufräumte und dabei die Musik mitsummte.

„Ist die Party vorüber?"

Sie blickte sich um und fuhr dann hastig fort, Tassen und Teller aufzustapeln. „Ja. Sie sind nicht lange geblieben."

„Ich hatte zu arbeiten."

Weil sie in Bewegung bleiben wollte, leerte sie nun Aschenbecher aus. „Ich war müde heute Morgen, aber das ist keine Entschuldigung dafür, dass ich grob zu Ihnen war. Es tut mir Leid, wenn ich Ihnen den Eindruck vermittelt habe, dass Sie sich nicht ein paar Stunden lang amüsieren können."

Ronald wollte keine Entschuldigung akzeptieren, die er nicht verdiente. „Mir macht die Arbeit Spaß."

„Wie dem auch sein mag, gewöhnlich erteile ich nicht so schroffe Befehle. Ich war böse auf Sie."

„War?"

Sie blickte ihn klar und offen an. „Bin. Aber das

ist mein Problem. Und ich bin genauso böse auf mich. Ich habe mich wie ein Kind aufgeführt, und nur, weil Sie die Dinge gestern Abend nicht haben ausarten lassen."

Verlegen griff er zur Weinkaraffe und goss sich ein Glas ein. „Sie haben sich nicht wie ein Kind aufgeführt."

„Dann eben wie eine zurückgestoßene Frau, oder was genauso Dramatisches. Widersprechen Sie mir bitte nicht, wenn ich mich entschuldige."

Trotz bester Bemühungen verzogen sich seine Lippen zu einem Lächeln. Wenn er nicht aufpasste, könnte sich durchaus herausstellen, dass er verrückt nach ihr war. „Also gut. Kommt noch mehr?"

„Nur ein bisschen. Ich sollte meine persönlichen Gefühle nicht auf die Leitung des Gasthauses einwirken lassen. Das Problem ist, dass beinahe alles, was ich denke oder fühle, mit dem Gasthaus zusammenhängt."

„Keiner von uns hat gestern Abend ans Gasthaus gedacht. Vielleicht liegt das Problem darin."

„Vielleicht."

„Wollen Sie die Couch zurückschieben?"

„Ja." Geschäftlich wie üblich, dachte Charity, während sie ihr Ende des Sofas anhob. Sobald es an seinem Platz stand, schüttelte sie die Kissen auf. „Ich habe Sie mit Miss Millie tanzen sehen. Es hat sie entzückt."

„Ich mag sie."

„Das glaube ich auch." Langsam richtete sie sich auf und musterte ihn. „Sie sind nicht der Typ, der leicht jemanden mag."

„Nein."

Sie wollte zu ihm gehen, eine Hand auf seine Wange legen. Das ist lächerlich, sagte sie sich. Trotz ihrer Entschuldigung war sie immer noch böse auf ihn wegen des vergangenen Abends. „War das Leben so hart?" murmelte sie.

„Nein."

Mit einem kleinen Lachen schüttelte Charity den Kopf. „Und wenn es so wäre, würden Sie es mir auch nicht sagen. Ich muss lernen, Ihnen keine Fragen zu stellen. Warum schließen wir nicht Frieden, Ronald? Das Leben ist zu kurz für schlechte Gefühle."

„Ich habe keine schlechten Gefühle Ihnen gegenüber, Charity."

Sie lächelte ein wenig. „Es ist verlockend, aber ich werde nicht fragen, was für Gefühle Sie haben."

„Ich könnte es Ihnen auch nicht sagen, weil ich es noch nicht ergründet habe." Es wunderte ihn, dass er es ausgesprochen hatte. Nachdem er den Wein getrunken hatte, stellte er das leere Glas ab.

„Nun." Erstaunt schob sie mit beiden Händen ihr Haar zurück. „Das ist das Erste, was Sie mir sagen, das ich wirklich verstehen kann. Wir scheinen im selben Boot zu sitzen. Kann ich davon ausgehen, dass wir Frieden haben?"

„Gewiss."

Sie blickte zum Plattenspieler, als eine neue Schallplatte auf den Teller herabfiel. „Das ist eins meiner Lieblingslieder. *Smoke Gets in Your Eyes.*" Sie lächelte wieder, als sie zu Ronald zurückblickte. „Sie haben mich gar nicht zum Tanzen aufgefordert."

„Nein, das habe ich nicht."

„Miss Millie behauptet, dass Sie sehr gut tanzen." Sie streckte eine Hand aus, in einer Geste, die ebenso Friedensangebot wie Einladung war. Unfähig zu widerstehen, nahm er ihre Hand in seine. Ihre Blicke hielten sich gefangen, als er sie langsam an sich zog.

Das Feuer war heruntergebrannt. Regen prasselte gegen die Fensterscheiben. Die Schallplatte war alt und zerkratzt, die Melodie rührend traurig. Charitys Hand ruhte leicht auf Ronalds Schulter, seine auf ihrer Taille.

Ihre hohen Absätze brachten sie fast auf Augenhöhe mit ihm. Er konnte den leichten Duft einatmen, der so sehr ein Teil von ihr zu sein schien. Verführt davon, zog er sie langsam näher. Ihre Schenkel berührten sich. Noch näher. Ihr Körper schmiegte sich an seinen.

Es war so still. Nur die sanfte Musik, der Regen, das

Knistern des Feuers waren zu hören. Er spürte ihr Herz an seinem klopfen, schnell und nicht sehr gleichmäßig. Auch seines schlug nicht mehr gleichmäßig.

Brauchte er sie nur zu berühren, um zu glauben, dass sie der Anfang und das Ende von allem war? Und um zu wünschen … Seine Hand glitt ihren Rücken hinauf, bis sie sich in ihren Haaren verfing. Um zu wünschen, dass sie zu ihm gehören könnte.

Er war sich nicht sicher, wann dieser Gedanke bei ihm aufgekommen war. Vielleicht hatte es beim ersten Blick begonnen. Sie war unerreichbar für ihn – hätte es sein sollen. Doch wenn sie in seinen Armen war, warm und beinahe fügsam, gingen ihm Dutzende von Möglichkeiten durch den Kopf.

Charity wollte lächeln, irgendeine leichte, gelassene Bemerkung machen. Aber sie war nicht in der Lage, auch nur ein Wort herausbringen. Ihre Kehle war wie zugeschnürt. Die Art, in der Ronald sie jetzt anblickte, so als wäre sie die einzige Frau, die er je gesehen hatte oder sehen wollte, ließ sie vergessen, dass der Tanz als Geste der Freundschaft gedacht war.

Sie wusste, dass sie vielleicht niemals Freunde würden, sosehr sie sich auch bemühte. Aber sein Blick gab ihr zu verstehen, dass sie sehr leicht seine Geliebte sein könnte.

Vielleicht war es falsch, aber es schien nicht wichtig

zu sein, während sie über das Parkett glitten. Das Lied sprach von betrogener Liebe, doch sie hörte nur die Poesie heraus. Sie spürte ihren Willen dahinschwinden, während ihr die Musik zu Kopf stieg. Nein, es schien nicht wichtig. Nichts schien wichtig zu sein, solange sie sich in seinen Armen wiegte. Sie versuchte nicht einmal, vernünftig zu denken. Sie folgte ihrem Herzen und presste die Lippen auf seine.

Unverzüglich. Unwiderstehlich. Unwiderruflich. Gefühle sprangen von einem zum anderen über, mischten sich dann in einem Strom der Leidenschaft.

Mit stürmischen rauen Küssen trieb er beide an den Rand der Selbstbeherrschung. Es war mehr als Verlangen, wie er wusste. Verlangen hatte niemals geschmerzt, nicht so tief. Es war wie ein Kratzer, bald vergessen, schnell verheilt. Dies war eine klaffende, tiefe Wunde.

Lust hatte ihn nie die Besinnung verlieren lassen oder ihm jeden zusammenhängenden Gedanken geraubt. Dennoch konnte er nur an sie, Charity, denken. Diese Gedanken waren wirr, und sie waren allesamt verboten. Verzweifelt ließ er die Lippen über ihr weiches Gesicht wandern, während wilde Fantasien, sie zu berühren, jeden verbotenen Zentimeter von ihr zu kosten, in seinem Kopf herumwirbelten. Es wäre nicht genug. Es wäre niemals genug. So viel er auch von ihr nahm, sie würde ihn stets anziehen. Und sie konnte ihn veranlassen zu bitten. Diese Gewissheit erschreckte ihn.

Sie zitterte, während sie sich an ihn schmiegte. Ihre sanften Seufzer drängten ihn an den Rand der Vernunft. Er fand erneut ihren Mund, weidete sich daran.

Kaum erkannte er den Wechsel, konnte keinen Grund dafür finden. Ganz plötzlich war sie wie Glas in seinen Armen, etwas Kostbares, etwas Zerbrechliches, das er beschützen und verteidigen musste. Er hob die Hände zu ihrem Gesicht, liebkoste es zart und behutsam. Sein Mund, nur einen Moment zuvor gierig, wurde sanft.

Charity taumelte benommen. Neue, vibrierende Gefühle strömten in sie. Schwach geworden, ließ sie den Kopf zurückfallen. Ihre Arme sanken kraftlos hinab. Zärtlichkeit erreichte, was Leidenschaft nicht ganz vollbracht hatte. Frei wie ein Vogel, der sich davonschwingt, flog ihr Herz ihm zu.

Sie spürte Tränen in ihren Augen brennen, hörte ihren eigenen Seufzer der Hingabe, während seine Lippen sanft mit ihren spielten. Sie würde sich stets dieses einen wunderbaren Augenblicks erinnern, in dem die Welt sich veränderte – die Musik, der Regen, der Blumenduft. Nichts war mehr, wie es zuvor gewesen war. Nichts würde jemals so sein wie vorher. Und sie wollte es auch nicht.

Erschüttert wich sie zurück und hob eine Hand an ihren benommenen Kopf. „Ronald …“

„Komm mit mir.“ Unwillig zu denken, zog er sie wieder an sich. „Ich will wissen, wie es ist, mit dir zusammen zu sein, dich auszuziehen, dich zu berühren.“

Mit einem Stöhnen gab sie sich erneut seinen Lippen hin.

„Charity, Mae will …“ Lori verstummte abrupt im Türrahmen. Sie räusperte sich und starrte auf das Gemälde an der gegenüberliegenden Wand. „Entschuldigung. Ich wollte nicht …“

Charity war erschrocken zurückgewichen und rang um Fassung. „Schon gut. Was ist denn, Lori?“

„Tja … Mae und Dolores … Vielleicht könnten Sie in die Küche kommen, wenn Sie eine Minute Zeit haben.“ Lori eilte davon, mit einem Lächeln auf den Lippen.

„Ich sollte …“ Charity hielt inne, um tief Atem zu schöpfen. „Ich sollte gehen.“ Sie wich einen Schritt zurück. „Wenn die beiden erst einmal anfangen, brauchen sie …“ Sie verstummte, als Ronald ihren Arm nahm.

Er wartete, bis sie den Kopf hob und ihn wieder ansah. „Die Dinge haben sich geändert.“

Es klang so einfach, wenn er es sagte. „Ja, das stimmt.“

„Richtig oder falsch, Charity, wir werden es zu Ende führen."

„Nein." Sie war keineswegs ruhig, aber sie war entschlossen. „Wenn es richtig ist, werden wir es zu Ende führen. Ich will nicht vorgeben, dich nicht zu wollen, aber du hast Recht, Ronald. Die Dinge haben sich wirklich verändert. Ich weiß jetzt nämlich, was ich fühle, und ich muss mich erst daran gewöhnen."

Er verstärkte den Griff, als sie sich zum Gehen wandte. „Was fühlst du denn?"

Sie hätte nicht lügen können, selbst wenn sie es gewollt hätte. Unehrlichkeit war ihr zuwider. Wenn es um Gefühle ging, hatte sie weder die Fähigkeit noch den Wunsch, sie zu unterdrücken. „Ich bin in dich verliebt."

Er löste die Finger von ihrem Arm. Sehr langsam, sehr behutsam, so als wiche er vor einem gefährlichen Tier zurück, gab er sie frei.

Sie las Erstaunen auf seinem Gesicht. Das war verständlich. Und sie las Misstrauen. Das war schmerzhaft. Sie blickte ihn noch einmal mit ernsten Augen an, bevor sie sich abwandte.

„Anscheinend müssen wir uns beide erst daran gewöhnen."

Sie lügt. Immer und immer wieder redete Ronald es sich ein, während er in seinem Zimmer umherwanderte.

Wenn Charity nicht ihn belog, dann belog sie zumindest sich selbst. Zu lügen schien den Menschen leicht zu fallen, wenn es um die Liebe ging.

Er blieb am Fenster stehen und starrte hinaus in die Dunkelheit. Der Regen hatte aufgehört, und der Mond zog durch die Wolken. Ronald riss das Fenster auf und atmete die kühle feuchte Luft ein. Er brauchte etwas, um seinen Kopf zu klären.

Sie setzte ihm zu. Verärgert wandte er sich vom Anblick der Bäume und Blumen ab und wanderte erneut umher. Ihr ungezwungenes Lächeln, die großzügige Aufnahme, die zwanglose Freundschaft … dann die Leidenschaft, die ungehemmte Reaktion, die Verführung. Er wollte glauben, dass es eine Falle war, obgleich sein wohltrainierter Verstand diese Vorstellung als absurd empfand.

Sie hatte keinen Grund, ihn zu verdächtigen. Seine Tarnung war sicher. Sie hielt ihn für einen Vagabunden, der auf der Durchreise ein paar Sehenswürdigkeiten besichtigte und sich ein wenig Taschengeld verdiente. Er war derjenige, der die Falle aufstellte.

Ronald ließ sich auf das Bett fallen und zündete sich eine Zigarette an. Lügen waren ein Teil seines Jobs, ein Teil, den er sehr gut beherrschte. Charity hat mich nicht belogen, überlegte er. Aber sie irrte sich. Er hatte sie begehren lassen, und sie rechtfertigte ihr Verlangen nach einem relativ Fremden, indem sie sich einredete, verliebt zu sein.

Aber wenn es zutraf …

Er konnte sich nicht leisten, so zu denken. Er lehnte sich an das Kopfende zurück und starrte an die nackte Wand. Er konnte sich den Luxus nicht leisten, sich vorzustellen, wie es wäre, geliebt zu werden, und erst recht von einer Frau, für die Liebe „ein Leben lang“ bedeutete. Er konnte sich keine Tagträume über Zugehörigkeit leisten. Selbst wenn sie nicht ein Teil seines Auftrags gewesen wäre, hätte er Charity Ford umgehen müssen.

Von ihr war zu erwarten, dass sie Liebe mit weißen Jägerzäunen, sonntäglichen Dinners und Abenden am Kamin verband. Er war nicht gut für sie. Er würde niemals gut für sie sein. Ronald DeWinter, dachte er mit einem freudlosen Lächeln, immer auf dem Holzweg. Eine zweifelhafte Vergangenheit, eine unsichere Zukunft. Einer Frau wie Charity hatte er nichts zu bieten.

Aber er begehrte sie. Das Verlangen verzehrte ihn. Er wusste, dass sie inzwischen oben in ihren Räumlichkeiten war. Er stellte sie sich vor, in das große Bett gekuschelt, unter weißen Decken, vielleicht mit einer brennenden weißen Kerze auf dem Tisch.

Er brauchte nur die Treppe hinaufzusteigen und

durch die Tür zu gehen. Sie würde ihn nicht fortschicken. Wenn sie es versuchte, würde er nur wenige Augenblicke brauchen, um ihren Widerstand zu brechen. Da sie sich verliebt glaubte, würde sie nachgeben, dann in seine Arme sinken. Er sehnte sich danach, dort zu sein, auf das Bett zu sinken, in sie hineinzusinken und beide sich vergessen zu lassen.

Aber sie hatte um Zeit gebeten. Er wollte ihr nicht verwehren, was er selbst brauchte. Und während der Zeit, die er ihr gewährte, wollte er all sein Geschick auf die eine Sache verwenden, die er für sie tun konnte. Er wollte ihre Unschuld beweisen.

Am folgenden Morgen beobachtete Ronald die Abreise der Reisegruppe. Er stand auf einer Stehleiter mitten in der Eingangshalle und ließ sich Zeit beim Auswechseln der Glühbirnen in der Deckenleuchte. Die Sonne war herausgekommen, voll und strahlend, und tauchte den Raum in helles Licht.

Am Empfang plauderte Charity mit Block. Er trug ein frisches weißes Hemd und sein ständiges Lächeln. Er nahm einen Taschenrechner aus der Brieftasche und prüfte, ob ihre Berechnungen mit seinen übereinstimmten.

Bob kam aus dem Büro und reichte ihr einen Computerausdruck. Ronald entging nicht der schnelle, unsichere Blick, den Bob in seine Richtung sandte, bevor er sich wieder zurückzog.

Charity und Block verglichen Listen. Immer noch lächelnd, nahm er ein Bündel Geldscheine aus der Brieftasche. Er bezahlte in kanadischer Währung, bar. Sie verschloss das Geld in einer Schublade und reichte ihm die Quittung.

„Ihre kleine Party gestern hat den Tag gerettet“, sagte er ihr. „Meine Leute betrachten ihn als Höhepunkt der Reise.“

Erfreut lächelte sie ihn an. „Danke, Roger.“

„Einige Gäste werden deshalb wiederkommen.“ Er tätschelte ihre Hand, blickte dann zur Uhr. „Es wird Zeit zum Aufbruch. Wir sehen uns nächste Woche.“

„Gute Fahrt, Roger.“ Charity wandte sich ab, um einigen abreisenden Gästen Postkarten und ein paar Schlüsselanhänger mit Miniatur-Walen zu verkaufen.

Ronald schraubte die Kuppel der Deckenlampe wieder an und ließ sich dabei Zeit, bis die Eingangshalle leer war.

„Ist es nicht seltsam für eine Reisegesellschaft, bar zu bezahlen?“

Charity blickte zu ihm auf. „Wir lehnen Bargeld niemals ab.“ Sie lächelte ihn an, wie sie es sich vorgenommen hatte. Meine Gefühle sind mein Problem, erinnerte sie sich, während er von der Leiter stieg. Sie wünschte nur, die Stunden der Seelenforschung in der vergangenen Nacht hätten zu einer Lösung geführt.

„Ich hätte eher erwartet, dass per Überweisung oder Scheck bezahlt wird."

„Es ist nun mal deren Firmenpolitik. Und glaub mir, für ein kleines, unabhängiges Hotel ist ein bar zahlender Kunde wie ‚Vision Tours' sehr wichtig."

„Das kann ich mir denken. Hast du schon lange mit ihnen zu tun?"

„Ein paar Jahre. Warum?"

„Reine Neugier. Block sieht eigentlich nicht wie ein Reiseleiter aus."

„Roger Block? Nein, sicher nicht. Er sieht wohl eher wie ein Ringkämpfer aus."

Charity wandte sich wieder ihren Papieren zu. Es fiel ihr schwer, mit Ronald zu plaudern, während ihre Gefühle so nahe an der Oberfläche schwelten. „Er leistet gute Arbeit."

„Aha. Ich bin dann oben."

„Ronald?" Es gab so vieles, was sie sagen wollte, aber sie spürte, obgleich er nur wenige Schritte entfernt stand, dass er sich von ihr distanziert hatte. „Wir haben noch gar nicht über einen freien Tag gesprochen. Du kannst den Sonntag nehmen, wenn du möchtest."

„Vielleicht werde ich es tun."

„Und wenn du Bob am Ende der Woche deine Arbeitsstunden angibst, kümmert er sich um deine Bezahlung.“

„In Ordnung. Danke.“

Ein junges Paar mit einem Kleinkind kam aus dem Speisesaal. Ronald ging davon und ließ Charity deren Fragen über Bootsvermietung beantworten.

Es wird nicht leicht sein, mit ihm zu reden, dachte Charity später. Aber sie musste es tun. Den ganzen Vormittag über hatte sie sich geschäftlich betätigt. Sie hatte die Reinigung sämtlicher Zimmer überprüft, jedes Telefonat auf ihrer Liste geführt und sich Maes Bemerkungen zufolge in der Küche als Nervensäge betätigt.

Sie versuchte auszuweichen. Das sah ihr gar nicht ähnlich. Ihr Leben lang war sie es gewöhnt, Probleme frontal in Angriff zu nehmen. Nicht nur in geschäftlicher Hinsicht. Persönliche Probleme war sie ebenfalls stets direkt angegangen. Sie hatte verkraftet, elternlos zu sein. Selbst als Kind war sie nie den manchmal schmerzhaften Fragen über ihre Herkunft ausgewichen.

Aber damals hatte sie ihren Großvater gehabt. Er war so verlässlich, so liebevoll gewesen. Er hatte ihr geholfen zu verstehen, dass sie eine eigenständige Person war. Ebenso wie er ihr über ihre erste Jugendliebe hinweggeholfen hatte.

Er war nun nicht mehr da, und Charity war keine

Fünfzehnjährige mehr, die sich nach dem Klassensprecher verzehrte. Aber wenn er ihr etwas beigebracht hatte, dann war es die Überzeugung, dass sie sich ehrlicher Gefühle nicht zu schämen brauchte.

Mit einer Thermoskanne voll Kaffee bewaffnet, machte sie sich auf den Weg zum Westflügel. Sie wünschte nur, sie würde sich nicht so fühlen, als begebe sie sich geradewegs in die Höhle des Löwen.

Ronald hatte den Salon fertig. Der Geruch nach frischer Farbe war stark, obwohl er ein Fenster offen gelassen hatte. Die Tür musste noch eingehängt werden und der Fußboden poliert, aber Charity konnte sich den Raum bereits mit duftigen Gardinen und dem geblümten Teppich vorstellen, den sie auf dem Dachboden verstaut hatte.

Aus dem angrenzenden Schlafzimmer hörte sie das Geräusch einer Motorsäge. Ein schönes Geräusch, dachte sie, als sie die Tür aufstieß und hineinspähte.

Ronald stand konzentriert über das Holz gebeugt, das auf zwei Böcken lag. Sägespäne flogen auf, tanzten golden im Sonnenschein. Seine Hände und Arme waren damit bedeckt. Er trug ein Stirnband, um die Haare aus dem Gesicht zu halten. Er summte nicht bei der Arbeit vor sich hin, wie sie es tat. Und er sprach auch nicht mit sich selbst, wie George es getan hatte. Aber sie glaubte,

Freude in ihm zu entdecken, weil er eine Arbeit tat und sie gut tat.

Er kann die Dinge in Ordnung bringen, dachte sie, während sie ihm beim Abmessen des Holzes für den nächsten Schnitt zusah. Gute Dinge, sogar wichtige Dinge. Dessen war sie sich sicher. Nicht nur, weil sie ihn liebte. Weil es so war. Wenn eine Frau ihr ganzes Leben lang Fremde in ihrem Haus bewirtete, lernte sie zu sehen, zu beurteilen.

Sie wartete, bis er die Säge niederlegte, bevor sie eintrat. Noch ehe sie etwas sagen konnte, wirbelte er herum. Ihr Schritt zurück war instinktiv, abwehrend. Es war lächerlich, aber sie dachte, dass er, falls er eine Waffe besäße, sie gezogen hätte.

„Es tut mir Leid“, murmelte sie nervös. „Ich hätte daran denken sollen, dass ich dich erschrecken würde.“

„Schon gut.“ Ronald fasste sich schnell, obgleich es ihn ärgerte, dass er sich hatte überraschen lassen. Wenn er nicht an sie gedacht hätte, dann hätte er ihre Anwesenheit vielleicht gespürt.

„Ich muss oben einiges erledigen, und deshalb dachte ich mir, dass ich dir auf dem Weg Kaffee bringe.“ Charity stellte die Thermosflasche auf die Stehleiter und bereute es sogleich, denn mit leeren Händen kam sie sich töricht vor. „Und ich wollte nachsehen, wie es hier so läuft. Der Salon sieht großartig aus.“

„Es geht ganz gut voran. Hast du die Farbe beschriftet?“

„Ja. Warum?“

„Weil es in so sauberer Druckschrift auf dem Deckel jeder Dose im jeweiligen Farbton des Inhalts ausgeführt wurde. Das sieht nach dir aus.“

„Zwanghaft ordentlich?“ Sie zog eine Grimasse. „Ich kann irgendwie nicht anders.“

„Mir gefällt die Art, in der du die Pinsel nach Größe geordnet aufbewahrst.“

Charity zog eine Augenbraue hoch. „Machst du dich über mich lustig?“

„Ja.“

„Tja, solange ich es weiß.“ Sie war ruhiger geworden. „Möchtest du denn Kaffee?“

„Ja. Ich nehme mir welchen.“

„Deine Hände sind voller Sägespäne.“ Sie winkte ihn beiseite und schraubte den Deckel auf. „Ich nehme an, dass wir wieder Frieden haben.“

„Ich wusste gar nicht, dass er unterbrochen war.“

Sie blickte ihn über die Schulter an, goss dann Kaffee in einen Plastikbecher. „Ich habe dich gestern in Verlegenheit gebracht. Es tut mir Leid.“

Er nahm den Becher entgegen und setzte sich auf einen Sägebock. „Du legst mir wieder einmal Worte in den Mund.“

„Diesmal brauche ich das nicht. Du hast ausgesehen wie vom Donner gerührt." Rastlos bewegte sie die Schultern. „Ich hätte wahrscheinlich genauso reagiert, wenn mir jemand so unverhofft gesagt hätte, dass er mich liebt. Es muss ziemlich überraschend gewesen sein, wir kennen uns ja noch nicht lange."

Ronald stellte den Kaffee beiseite, der ihm nicht schmeckte. „Es war nur eine momentane Reaktion von dir."

„Nein. Ich dachte mir, dass du das glauben könntest. Ich habe sogar erwogen, auf Nummer sicher zu gehen und dich in dem Glauben zu lassen. Ich bin miserabel in Täuschungen. Es scheint mir fairer, dir zu sagen, dass es nicht meine Gewohnheit ist … dass ich mich Männern normalerweise nicht an den Hals werfe. Die Wahrheit ist, dass du der Erste bist."

„Charity." Er fuhr sich mit der Hand durch das Haar, nahm das Stirnband ab und ließ noch mehr Sägespäne tanzen. „Ich weiß nicht, was ich dir sagen soll."

„Du brauchst gar nichts zu sagen. Ich hatte mir eine kleine Rede zurechtgelegt. Sie war sogar ziemlich gut … ruhig, verständnisvoll, mit einigen Spritzern Humor. Ich habe sie vermasselt." Sie stieß ein Stück Holz in eine Ecke, bevor sie ans Fenster trat. Glockenblumen und Akelei blühten in einem Beet direkt darunter. Spontan schob sie die Scheibe hoch, um deren schwachen zarten Duft einzuatmen. „Es geht darum, dass wir nicht einfach so tun können, als hätte ich es nicht gesagt. Ich kann nicht so tun, als würde ich nicht so fühlen. Das bedeutet nicht, dass ich von dir dieselben Gefühle erwarte, wenn ich dir meine zeige."

„Was erwartest du dann?" Ronald stand direkt hinter ihr.

Sie zuckte zusammen, als er ihre Schulter umfasste. Sie nahm all ihren Mut zusammen und drehte sich zu ihm um. „Dass du ehrlich zu mir bist." Sie sprach nun hastig, und sie merkte nicht, dass er sich automatisch ein wenig zurückzog. „Ich weiß es zu schätzen, dass du nicht vorgibst, mich zu lieben. Ich mag zwar einfach sein, Ronald, aber ich bin nicht dumm. Ich weiß, es könnte leichter sein, zu lügen und das zu sagen, was du glaubst, das ich hören möchte."

„Du bist nicht einfach", murmelte er. Er hob eine Hand und berührte ihre Wange. „Mir ist noch nie eine verwirrendere, kompliziertere Frau begegnet."

Erstaunen kam zuerst, dann Freude. „Das ist das Netteste, was du mir je gesagt hast. Niemand hat mir je vorgeworfen, kompliziert zu sein."

Er hatte seine Hand senken wollen, doch sie hatte ihre bereits erhoben und seine ergriffen. „Ich hatte das nicht als ein Kompliment gedacht."

Das brachte sie zum Grinsen. Wieder entspannt, setzte sie sich auf das Fensterbrett. „Noch besser. Ich hoffe, es bedeutet, dass wir aufgehört haben, uns voreinander verlegen zu fühlen."

„Ich weiß wirklich nicht, was ich dir gegenüber fühle." Er ließ die Hände an ihren Armen hinauf zu den Schultern wandern, dann wieder hinab zu den Ellbogen. „Aber" – er rang sichtlich mit sich – „verlegen ist nicht das richtige Wort."

Berührt – viel zu tief – stand sie auf. „Ich muss gehen."

„Warum?"

„Weil es mitten am Tag ist, und wenn du mich küsst, könnte ich das vergessen."

Bereits erregt, zog er sie an sich heran. „Immer organisiert."

„Ja." Sie legte eine Hand auf seine Brust, um Distanz zwischen sich und ihn zu bringen. „Ich muss einige Rechnungen durchgehen." Mit angehaltenem Atem wich sie zur Tür zurück. „Ich will dich, Ronald. Ich bin mir nur nicht sicher, ob ich damit fertig werden kann."

Das bin ich auch nicht, dachte er, nachdem sie die Tür hinter sich geschlossen hatte. Bei einer anderen Frau wäre er sicher gewesen, dass körperliche Erlösung die Spannung beendet hätte. Bei Charity wusste er, dass ihr

Einfluss auf ihn sich nur verstärken würde, wenn sie miteinander schliefen.

Und sie hatte bereits beträchtlichen Einfluss auf ihn. Es war an der Zeit, sich das einzugestehen und sich damit zu beschäftigen. Vielleicht hatte er so stark auf ihre Liebeserklärung reagiert, weil er befürchtete, wie er nie zuvor etwas befürchtet hatte, dass er sich in sie verlieben könnte.

„Ronald!“ Er hörte die Freude in Charitys Stimme, als sie ihn rief. Er öffnete die Tür und sah sie oben auf der Treppe stehen. „Komm hoch. Beeil dich. Ich möchte, dass du sie siehst.“

Sie verschwand, ließ ihn mit dem Wunsch zurück, sie hätte ihn an jeden anderen Ort als in ihr unschuldig verführerisches Schlafzimmer gerufen.

Als er ihr Wohnzimmer betrat, rief sie erneut, nun mit Ungeduld in der Stimme. „Beeil dich. Ich weiß nicht, wie lange sie noch da sind.“

Charity saß auf dem Fensterbrett. Musik spielte – irgendetwas Vibrierendes und Leidenschaftliches. Wie kam es nur, dass er klassische Musik nie zuvor als leidenschaftlich empfunden hatte?

„Verdammt, Ronald, du wirst sie verpassen. Steh nicht da im Türrahmen herum. Ich habe dich nicht gerufen, um dich an die Bettpfosten zu binden.“

Weil er sich wie ein Dummkopf fühlte, ging er zu ihr.

Sie hielt ein Fernglas in der Hand und deutete hinaus aufs Meer. „Sieh mal. Wale."

Er beugte sich aus dem Fenster und folgte ihrer führenden Hand. Er entdeckte ein paar Gestalten in der Ferne, die das Wasser kräuselten, während sie schwammen. Fasziniert nahm er Charity das Fernglas aus der Hand. „Es sind drei." Erfreut setzte er sich neben sie auf das Fensterbrett und legte geistesabwesend eine Hand auf ihr Knie. Es brannte nicht, es war einfach nur warm.

„Ja, es ist ein Junges dabei. Ich glaube, es sind dieselben, die ich vor ein paar Tagen gesehen habe." Sie schloss eine Hand um seine, während sie beide aufs Meer hinausstarrten. „Sie sind großartig, nicht wahr?"

„Ja." Er konzentrierte sich auf das Junge, das gerade zwischen den beiden größeren Walen zu sehen war. „Ich habe eigentlich nicht erwartet, wirklich welche zu sehen."

„Warum nicht? Die Insel ist nach ihnen benannt worden." Charity kniff die Augen zusammen in dem Versuch, den Weg der Wale zu verfolgen. Sie brachte es nicht übers Herz, Ronald um das Fernglas zu bitten. „Meine erste klare Erinnerung an einen Wal reicht zurück zu der Zeit, als ich etwa vier war. Pop nahm mich mit hinaus in seinem jämmerlich kleinen Boot. Keine zehn Meter entfernt schoss ein Wal aus dem Wasser. Ich schrie mir die Lunge aus dem Leib. Ich dachte, er würde uns ganz und gar verschlingen.“ Lachend lehnte sie sich an den Fensterrahmen zurück. „Er folgte uns zehn oder fünfzehn Meter. Danach bedrängte ich Pop gnadenlos, mich wieder mit hinauszunehmen.“

„Und? Tat er es?“

„Jeden Montagnachmittag in jenem Sommer. Wir sahen nicht immer Wale, aber es waren herrliche Tage. Die schönsten Tage.“ Sie wandte das Gesicht in den Wind. „Ich muss mich glücklich schätzen, ihn so lange gehabt zu haben, aber es gibt Zeiten – wie jetzt –, wo ich mir einfach nur wünsche, er wäre hier.“

„Wie jetzt?“

„Er liebte es, die Wale zu beobachten“, sagte Charity leise. „Selbst als er krank war, richtig krank, saß er stundenlang am Fenster. Eines Nachmittags fand ich ihn hier sitzend, mit dem Fernglas auf dem Schoß. Ich dachte, er sei nur eingeschlafen, aber er war tot.“ Ihre Stimme wurde rau. „Er hätte es so gewollt – einfach zu entschlummern, während er nach Walen Ausschau hielt. Seit seinem Tod konnte ich es nicht über mich bringen, mit dem Boot hinauszufahren.“ Sie schüttelte den Kopf. „Wie dumm.“

„Nein.“ Ronald ergriff ihre Hand und verschränkte die Finger mit ihren. „Das ist gar nicht dumm.“

Sie drehte ihm das Gesicht zu. „Du kannst ein netter Mann sein." Das Telefon klingelte. Sie stöhnte, aber sie glitt pflichtbewusst vom Fensterbrett, um abzunehmen.

„Hallo. Ja, Bob. Was soll das heißen, dass er nicht mehr liefern will? Zum Teufel mit der neuen Leitung. Wir kaufen seit zehn Jahren bei dieser Firma. Ja, in Ordnung. Ich komme sofort. Oh, Moment." Sie blickte vom Telefon auf. „Ronald, sind die Wale noch da?"

„Ja. Auf dem Weg nach Süden. Ich weiß nicht, ob sie den Kleinen füttern oder nur einen Nachmittagsbummel machen."

Sie lachte und hielt den Hörer wieder an ihr Ohr. „Bob … Was? Ja, das war Ronald." Sie zog die Augenbrauen hoch. „Ja, wir sind in meinem Zimmer. Ich habe ihn gerufen, weil ich eine Herde Wale vom Schlafzimmerfenster aus entdeckt habe. Vielleicht sollten Sie es den Gästen sagen, die in der Nähe sind. Nein, Sie haben keinen Grund, sich um mich zu sorgen. Warum sollten Sie? Ich komme gleich runter."

Kopfschüttelnd legte sie den Hörer auf. „Ich scheine das Haus voller Aufpasser zu haben", murmelte sie.

„Probleme?"

„Nein. Bob hat gehört, dass du in meinem Schlafzimmer bist, und da kehrte er den großen Bruder heraus. Typisch." Charity holte ein Haarband aus einer Schublade und band sich mit einigen raschen Bewegungen das Haar aus dem Gesicht. „Letztes Jahr hat Mae gedroht, einen Gast zu vergiften, der einen Annäherungsversuch bei mir unternahm. Man könnte meinen, ich wäre fünfzehn."

Ronald drehte sich um und musterte sie. Sie trug Jeans und ein T-Shirt mit aufgedrucktem Plan der Insel. „Ja, das könnte man."

„Das sehe ich nicht als Kompliment an." Doch sie hatte keine Zeit, sich darüber auszulassen. „Ich muss unten eine kleine Krise bewältigen. Du kannst gern bleiben und die Wale beobachten." Sie ging zur Tür, blieb dann aber stehen. „Jetzt hätte ich es fast vergessen. Kannst du Regale bauen?"

„Wahrscheinlich."

„Großartig. Ich könnte im Salon in der Suite welche gebrauchen. Wir reden noch darüber."

Er hörte sie die Treppe hinunterlaufen. Welche Krise auch immer am anderen Ende des Gasthauses eingetreten sein mochte, er war überzeugt, dass Charity sie bewältigen würde. In der Zwischenzeit hatte sie ihn allein in ihrem Zimmer gelassen. Es wäre sehr einfach, ihren Schreibtisch noch einmal zu durchsuchen, um zu sehen, ob sie irgendetwas liegen gelassen hatte, das ihm half, die Untersuchung voranzutreiben.

Zumindest hätte es einfach sein sollen. Ronald blickte wieder aufs Meer hinaus. Er sollte es ohne Zögern tun können. Aber er konnte nicht. Sie vertraute ihm. Irgendwann in den vergangenen vierundzwanzig Stunden hatte er einen Punkt erreicht, an dem es ihm nicht möglich war, ihr Vertrauen zu verletzen.

Das machte ihn nutzlos. Fluchend lehnte er sich an den Fensterrahmen. Ohne sich dessen bewusst zu sein, hatte sie völlig seine Fähigkeit untergraben, seinen Job zu erledigen. Es wäre das Beste für ihn gewesen, Conby anzurufen und sich von diesem Fall absetzen zu lassen. Es wäre lediglich darum gegangen, seinen Rücktritt gleich einzureichen, statt am Ende des Auftrags. Es war eine Frage der Pflicht.

Aber auch das konnte er nicht. Es hatte nichts damit zu tun, dass er geliebt wurde, sich wie zu Hause fühlte. Er musste einfach an ihre Unschuld glauben. Er musste seinen Job beenden und Charitys Unschuld beweisen. Das war eine Frage der Loyalität.

Conby hätte gesagt, dass seine Loyalität dem Büro galt, nicht einer Frau, die er kaum eine Woche kannte. Und Conby hat sich geirrt, dachte Ronald, während er das Fernglas fortlegte. Es gab Zeiten, seltene Zeiten, in denen man die Gelegenheit hatte, etwas Gutes zu tun, etwas Richtiges.

Wenn das Einzige, was er Charity geben konnte, ein blütenreiner Name war, so beabsichtigte er, ihn ihr zu geben. Und dann aus ihrem Leben zu verschwinden.

Er stand auf und blickte sich im Raum um. Er wünschte, er wäre nichts weiter als der arbeitslose Vagabund, den sie in ihr Haus aufgenommen hatte. Wenn er es wäre, hätte er vielleicht ein Recht, sie zu lieben. Aber wie die Dinge standen, konnte er nichts weiter tun, als sie zu retten.

6. KAPITEL

Das Wetter erwärmte sich. Der Frühling brach aus, voller Pracht und Farben und Düfte. Die Insel war eine Fundgrube an Wildblumen, Laubbäumen und Vogelgesang. Im Morgengrauen, mit dünnen Nebelschwaden über dem Wasser, war es ein mystischer, zeitloser Ort.

Ronald stand am Straßenrand und beobachtete den Sonnenaufgang, wie er es wenige Tage zuvor getan hatte. Er kannte die Namen der Blumen nicht, die in einem Gewirr neben der Straße wuchsen. Er konnte das Lied eines Eichelhähers nicht von dem eines Spatzen unterscheiden. Aber er wusste, dass Charity draußen mit ihrem Hund lief und dass sie auf dem Rückweg an der Stelle vorbeikommen würde, an der er stand.

Er musste sie sehen, mit ihr reden, mit ihr zusammen sein.

Am Vorabend war er in ihre Geldschublade eingebrochen und hatte die Scheine untersucht, die sie ordentlich gebündelt aufbewahrte. Er hatte über zweitausend Dollar in gefälschter kanadischer Währung gefunden. Sein erster Impuls war gewesen, es ihr zu sagen, ihr alles zu unterbreiten, was er wusste. Doch er hatte diesen Impuls unterdrückt. Es ihr zu sagen würde Männern wie Conby nicht zum Beweis ihrer Unschuld genügen.

Er hatte genug Beweise, um Block zu fassen. Und beinahe genug, um Bob ebenfalls zu verhaften. Aber er konnte die beiden nicht festnehmen, ohne Charity in Verdacht zu bringen. Nach ihrem eigenen Eingeständnis und nach den Aussagen ihres loyalen Personals konnte im Gasthaus keine Stecknadel fallen, ohne dass sie nicht davon wusste.

Wenn das stimmte, wie konnte er dann beweisen, dass ohne ihr Wissen beinahe zwei Jahre lang ein Falschmünzer- und Schmugglerring direkt vor ihrer Nase operiert hatte?

Er glaubte es, und zwar so fest, wie er noch nie etwas geglaubt hatte. Conby und die anderen im Büro wollten Fakten. Ronald rauchte seine Zigarette und beobachtete, wie der Nebel mit der aufgehenden Sonne wich. Er musste ihnen Fakten liefern. Solange er das nicht konnte, wollte er ihnen gar nichts liefern.

Er könnte warten, bis Block mit seiner Reisegesellschaft das nächste Mal den Gasthof aufsuchte. Damit würde er – Ronald – Zeit gewinnen. Genug Zeit, um dafür zu sorgen, dass Charity nicht mittendrin steckte. Wenn der große Knall kam, würde sie wie gelähmt und verletzt sein. Sie würde es überwinden. Wenn alles vorüber war und sie von seiner Rolle dabei erfuhr, würde sie ihn hassen. Er würde es überwinden. Er würde es müssen.

Er hörte einen Wagen, schaute auf und richtete den Blick dann wieder aufs Wasser. Er fragte sich, ob er eines Tages zurückkehren könnte und am selben Fleck stehen und darauf warten, dass Charity über die Straße zu ihm gelaufen kam.

Fantasien, sagte Ronald sich und schnippte die halb gerauchte Zigarette zu Boden. Er verschwendete viel zu viel Zeit mit Fantasien.

Der Wagen kam schnell, mit protestierendem Motor und röhrendem Auspuff. Ronald blickte erneut auf, verärgert, weil sein Morgen und seine Gedanken gestört wurden.

Seine Verärgerung rettete ihm das Leben.

Er brauchte nur einen Moment, um zu erkennen, was geschah, und eine Sekunde länger, um dem zu entgehen. Als der Wagen auf ihn zuschoss, sprang er beiseite und rollte sich in die Büsche. Er hielt seine Waffe bereits in der Hand, noch bevor er sich wieder aufrappelte. Er erhaschte einen Blick auf das Heck des Fahrzeugs, als es um die nächste Kurve raste. Ihm blieb nicht einmal Zeit zu fluchen, bevor er Charitys Schrei hörte.

Er rannte, ungeachtet des Brennens im Oberschenkel, wo der Wagen ihn gestreift hatte, und des Bluts auf seinem Arm, den er sich an einem Stein aufgeschrammt hatte. Er hatte dem Tod ins Auge gesehen. Er hatte getötet. Aber er hatte keine Panik gekannt bis zu diesem

Moment, als ihr Schrei in seinem Kopf nachhallte. Er hatte keine Qual gekannt, bis er Charity neben der Straße liegen sah.

Der Hund hockte neben ihr, wimmernd, und stupste ihr Gesicht mit der Nase an. Er drehte sich um, als Ronald sich näherte, begann zu knurren, sprang dann bellend auf.

„Charity." Ronald kniete sich neben sie und fühlte mit zitternder Hand nach ihrem Puls. „Es wird alles gut, Baby", murmelte er, während er sie auf gebrochene Knochen untersuchte.

War sie überfahren worden? Eine schreckliche Vision, wie sie vom Wagen gerammt und in die Luft geschleudert wurde, stieg im Geiste vor ihm auf. Mit all seiner Selbstbeherrschung unterdrückte er diese Vorstellung. Charity atmete. Er klammerte sich daran.

Der Hund winselte, als Ronald ihren Kopf drehte und die Wunde an ihrer Schläfe untersuchte. Es war der einzige farbige Fleck in ihrem Gesicht. Mit seinem Stirnband tupfte er das Blut ab.

Grimmig steckte er die Waffe wieder ein. Dann hob er Charity auf die Arme. Ihr Körper wirkte schlaff. Er verstärkte seinen Griff, fürchtete halb, sie könnte ihm durch die Arme schlüpfen. Er sprach zu ihr, während der gesamten halben Meile zurück zum Gasthaus, obwohl sie blass und stumm blieb.

Bob stürmte aus dem Vordereingang des Gasthauses. „Lieber Himmel! Was ist passiert? Was, zum Teufel, haben Sie ihr getan?“

Ronald hielt gerade lange genug inne, um ihm einen düsteren, zornigen Blick zuzuwerfen. „Ich glaube, Sie wissen es besser. Holen Sie mir die Wagenschlüssel. Sie muss ins Krankenhaus.“

„Was geht hier vor?“ Mae kam durch die Tür, wischte sich die Hände an der Schürze ab. „Lori sagt, sie hat gesehen ...“ Sie erblasste, aber dann bewegte sie sich mit erstaunlicher Schnelligkeit, schob Bob beiseite, um zu Charity zu gelangen. „Bringen Sie sie nach oben.“

„Ich bringe sie ins Krankenhaus.“

„Nach oben“, wiederholte Mae und hielt ihm die Tür auf. „Wir rufen Dr. Mertens. Das geht schneller. Kommen Sie schon, Junge. Bob, ruf den Doktor an. Sag ihm, er soll sich beeilen.“

Ronald ging durch die Tür, den Hund auf den Fersen. „Und rufen Sie auch die Polizei“, fügte er hinzu. „Sagen Sie, es handelt sich um Fahrerflucht.“

Ohne Zeit mit Worten zu verschwenden, führte Mae ihn den Weg hinauf. Sie war ein wenig außer Atem, als sie den zweiten Stock erreichten, aber sie wurde nicht langsamer. Als sie Charitys Zimmer betraten, war die Farbe in ihr Gesicht zurückgekehrt.

„Legen Sie sie auf das Bett, und seien Sie vorsichtig.“

Sie riss die Tagesdecke aus Spitze beiseite und schob dann ebenso wirkungsvoll Ronald zur Seite. „So, Mädchen, es wird alles gut.“ Zu Ronald sagte sie: „Gehen Sie ins Badezimmer und holen Sie mir ein sauberes Handtuch.“ Sie setzte sich auf die Kante, legte eine Hand auf Charitys Gesicht und untersuchte die Kopfwunde. „Sieht schlimmer aus, als es ist.“ Sie atmete tief aus. Als Ronald ihr das Handtuch gab, drückte sie es auf Charitys Schläfe. „Kopfwunden bluten immer stark. Aber diese ist nicht allzu tief.“

Er wusste nur, dass ihr Blut immer noch an seinen Händen klebte. „Sie müsste allmählich zu sich kommen.“

„Lassen Sie ihr Zeit. Später möchte ich wissen, was passiert ist, aber jetzt werde ich sie ausziehen und nachsehen, ob sie sonst noch irgendwo verletzt ist. Warten Sie unten.“

„Ich lasse sie nicht allein.“

Mae blickte auf. Ihre Lippen waren geschürzt, und Sorgenfältchen zeigten sich um ihre Augen. Nach einem Moment nickte sie nur. „Also gut. Aber dann machen Sie sich auch nützlich. Holen Sie mir die Schere aus dem Schreibtisch. Ich will die Bluse aufschneiden.“

So stehen die Dinge also, überlegte Mae, während sie Charitys Schuhe aufband. Sie erkannte, wenn ein Mann zu Tode erschrocken war. Nun, sie musste ihr Mädchen eben wieder auf die Beine bringen. „Sie können bleiben“, sagte sie zu Ronald, als er ihr die Schere reichte. „Aber was auch immer zwischen Ihnen beiden vorgeht, Sie werden sich umdrehen, bis ich sie akzeptabel gemacht habe.“

Er ballte die Hände zu Fäusten und schob sie in die Taschen, während er herumwirbelte. „Ich will wissen, wo sie verletzt ist.“

„Immer mit der Ruhe.“ Mae schob die Bluse beiseite und beherrschte ihre Gefühle, während sie die Kratzer und Prellungen untersuchte. „Öffnen Sie die oberste rechte Schublade und geben Sie mir ein Nachthemd. Eins mit Knöpfen. Und gucken Sie nicht her“, fügte sie hinzu. „Sonst schicke ich Sie hinaus.“

Als Antwort warf er ein weißes Nachthemd auf das Bett. „Mir ist es egal, was sie anhat. Ich will wissen, wie schwer sie verletzt ist.“

„Ich weiß, Junge.“ Maes Stimme wurde sanft, während sie Charitys schlaffen Arm in einen Ärmel steckte. „Sie hat ein paar Kratzer und Prellungen, das ist alles. Nichts gebrochen. Die Schnittwunde an ihrer Stirn muss behandelt werden, aber Schnitte heilen. Sie hat sich schlimmer verletzt, als sie vor einiger Zeit von einem Baum fiel. Sie kommt zu sich.“

Nun drehte er sich zu ihr um, Nachthemd oder nicht. Aber Mae hatte es bereits zugeknöpft. Er unterdrückte – knapp – den Drang, zu Charity zu eilen, behielt die Entfernung bei und beobachtete, wie ihre Augenlider flatterten. Das flaue Gefühl in seinem Magen war Erleichterung. Als sie stöhnte, wischte er sich die feuchten Handflächen an den Hosenbeinen ab.

„Mae?“ Während Charity versuchte, klar zu sehen, streckte sie eine Hand aus. Sie erkannte die massige Gestalt ihrer Köchin, aber sonst wenig. „Was … Oh, mein Kopf.“

„Tut ziemlich weh, nicht wahr?“ Maes Stimme klang forsch, aber sie nahm Charitys Hand in ihre. „Der Doktor wird das wieder in Ordnung bringen.“

„Doktor?“ Verdutzt versuchte Charity sich aufzusetzen, aber vor Schmerz sank sie sofort zurück in die Kissen. „Ich will keinen Doktor.“

„Das wolltest du nie, aber er kommt trotzdem.“

„Ich werde nicht …“ Widerspruch kostete zu viel Mühe. Stattdessen schloss sie die Augen und konzentrierte sich darauf, ihre Gedanken zu klären. Es war ziemlich offensichtlich, dass sie im Bett lag, aber wie, zum Teufel, war sie dorthin gekommen?

Sie erinnerte sich, dass sie mit Ludwig gelaufen war und dass er einen Baum neben der Straße unwiderstehlich gefunden hatte. Und dann … „Da war ein Auto“, sagte sie und öffnete wieder die Augen. „Der Fahrer muss betrunken oder verrückt gewesen sein. Er schien direkt auf mich zuzukommen. Wenn Ludwig mich nicht schon von der Straße gezogen hätte … Ich glaube, ich bin gestolpert. Ich weiß es nicht.“

„Das ist jetzt nicht wichtig“, versicherte Mae ihr. „Wir werden es später herausfinden.“

Nach energischem Klopfen öffnete Mae die Außentür. Ein kleiner rüstiger Mann mit weißem Haar kam hereingeeilt. Er trug eine schwarze Tasche, einen schmuddeligen Overall und schlammige Stiefel.

Nach einem Blick auf ihn schloss Charity die Lider. „Gehen Sie weg, Dr. Mertens. Ich fühle mich nicht wohl.“

„Sie wird sich nie ändern.“ Dr. Mertens nickte Ronald zu, trat dann an das Bett, um seine Patientin zu untersuchen.

Leise zog Ronald sich in das Wohnzimmer zurück. Er brauchte einen Moment, um sich zusammenzureißen, um den Zorn zu bekämpfen, der in ihm aufstieg, nun da er wusste, dass Charity wieder in Ordnung kommen würde. Er hatte seine Eltern verloren, er hatte seinen besten Freund begraben, aber er hatte nie diese Panik verspürt wie in dem Moment, als er Charity blutend und bewusstlos neben der Straße gefunden hatte.

Er nahm eine Zigarette heraus und trat an das offene Fenster. Er dachte an den Fahrer des alten verrosteten Chevy, der sie angefahren hatte. Obwohl sich Ronalds

Zorn abkühlte, wusste er eines ganz genau. Es hätte ihm große Freude bereitet, denjenigen umzubringen, der sie verletzt hatte.

„Entschuldigung." Lori stand händeringend in der Tür zum Flur. „Der Sheriff ist hier. Er will Sie sprechen, also habe ich ihn heraufgebracht." Sie zupfte an ihrer Schürze und starrte auf die geschlossene Tür zum anderen Zimmer. „Charity?"

„Der Arzt ist bei ihr", sagte Ronald. „Es ist nichts Schlimmes."

Lori schloss die Augen und holte tief Luft. „Ich sage es den anderen. Treten Sie ein, Sheriff."

Ronald musterte den dicklichen Mann, der offensichtlich aus dem Bett geholt worden war. Sein Hemdsaum steckte nur zum Teil in der Hose, und er nippte an einer Tasse Kaffee, während er das Zimmer betrat.

„Sie sind Ronald DeWinter?"

„Stimmt."

„Sheriff Royce." Er setzte sich mit einem Seufzer auf die Armlehne von Charitys rosenfarbenem Queen-Anne-Sessel. „Was hat das mit der Fahrerflucht auf sich?"

„Vor zwanzig Minuten hat jemand versucht, Miss Ford zu überfahren."

Royce starrte auf die geschlossene Tür, genau wie Lori zuvor. „Wie geht es ihr?"

„Sie hat eine Kopfverletzung und einige Prellungen."

„Waren Sie bei ihr?" Royce zog einen Notizblock und einen Bleistiftstummel hervor.

„Nein. Ich war etwa eine Viertelmeile entfernt. Der Wagen schwenkte auf mich zu, fuhr dann weiter. Ich hörte Charity schreien. Als ich sie erreichte, war sie bewusstlos."

„Ich nehme an, Sie haben den Wagen nicht gut sehen können?"

„Dunkelblauer Chevy. Sedan, 67er oder 68er. Kaputter Auspuff. Vorderer rechter Kotflügel durchgerostet. Washingtoner Kennzeichen, Alpha Foxtrott Julia 847."

Royce zog beide Augenbrauen hoch, während er die Beschreibung aufnahm. „Sie haben einen guten Blick."

„Das stimmt."

„Gut genug, um vermuten zu können, dass er Sie absichtlich anfahren wollte?"

„Ich brauche es nicht zu vermuten. Er hat gezielt."

Ohne mit der Wimper zu zucken, machte Royce sich weiterhin Notizen. Er fügte für sich selbst eine Notiz als Gedächtnisstütze hinzu, Ronald DeWinter überprüfen zu lassen. „Er? Haben Sie den Fahrer gesehen?"

„Nein", sagte Ronald schroff. Er verfluchte sich noch immer deswegen.

„Wie lange sind Sie denn schon auf der Insel, Mr. DeWinter?"

„Fast eine Woche."

„Eine kurze Zeit, um sich Feinde zu schaffen."

„Ich habe keine – hier –, soweit ich weiß."

„Das macht Ihre Auffassung recht seltsam." Immer noch kritzelnd, blickte Royce auf. „Es gibt niemanden hier auf der Insel, der Charity kennt und etwas gegen sie hat. Wenn es wahr ist, was Sie sagen, dann haben wir es mit Mordversuch zu tun."

Ronald schnippte seine Zigarettenkippe aus dem Fenster. „Genau darüber reden wir. Ich will wissen, wem dieser Wagen gehört."

„Ich werde es überprüfen."

„Sie wissen es bereits."

Royce klopfte mit dem Block auf sein Knie. „Ja, Sir, Sie haben einen guten Blick, das muss ich Ihnen lassen. Vielleicht kenne ich jemanden, der einen Wagen besitzt, auf den Ihre Beschreibung passt. Wenn ja, dann weiß ich, dass diese Person nicht einmal einen Hasen überfahren würde, geschweige denn eine Frau. Andererseits muss man einen Wagen nicht besitzen, um ihn zu fahren." Er blickte auf, als Mae die Verbindungstür öffnete. „Nun dann, Maeflower."

Es zuckte um ihre Mundwinkel, bevor sie die Lippen zusammenpresste. „Wenn du nicht vernünftig in einem Sessel sitzen kannst, dann steh gefälligst auf deinen Füßen, Jack Royce."

Royce erhob sich grinsend. „Mae und ich sind zusammen zur Schule gegangen", erklärte er. „Damals gefiel es ihr auch, mich herumzukommandieren. Du hast wohl heute keine Waffeln auf der Speiseliste, oder, Maeflower?"

„Vielleicht doch. Finde du heraus, wer mein Mädchen verletzt hat, und ich sorge dafür, dass du welche bekommst."

„Ich arbeite daran." Sein Gesicht wurde wieder ernst, als er zur Tür deutete. „Ist sie in der Lage, mit mir zu reden?"

„Seit sie zu sich gekommen ist, hat sie nichts anderes getan als reden." Mae blinzelte eine Flut erleichterter Tränen fort. „Geh nur hinein."

Royce wandte sich an Ronald. „Ich melde mich wieder."

„Der Doc sagt, sie kann schon Tee und Toast bekommen." Mae schniefte, inszenierte dann ein Naseschnäuzen. „Heuschnupfen", sagte sie schroff. „Ich bin froh, dass Sie in der Nähe waren, als sie verletzt wurde."

„Wenn ich noch näher gewesen wäre, wäre sie nicht verletzt worden."

„Und wenn sie diesen Hund nicht spazieren geführt hätte, wäre sie im Bett gewesen." Sie hielt inne und sah Ronald dann ruhig an. „Ich nehme an, wir könnten ihn erschießen."

Überrascht lachte er ein wenig auf. „Charity könnte etwas dagegen haben."

„Sie würde es auch nicht mögen, dass Sie sich hier draußen zergrübeln. Ihr Arm blutet, Junge."

Gelassen blickte er hinab auf seinen zerrissenen, blutigen Hemdsärmel. „Ein bisschen."

„Ich kann es nicht erlauben, dass Sie Blutspuren auf dem ganzen Fußboden hinterlassen." Sie ging zur Tür und winkte ihm zu. „Kommen Sie mit hinunter. Ich reinige Ihren Arm. Dann können Sie dem Mädchen das Frühstück bringen. Ich habe keine Zeit, den ganzen Morgen diese Treppen hinauf- und hinunterzulaufen."

Nachdem der Arzt sein Abtasten und der Sheriff seine Befragung beendet hatten, starrte Charity zur Decke hinauf. Alles, was nur schmerzen konnte, schmerzte sie. Besonders der Kopf, aber auch ihr restlicher Körper.

Die Medizin hätte es gelindert, aber sie wollte so lange einen klaren Kopf behalten, bis sie alles ergründet hatte. Deswegen hatte sie die Pille, die Dr. Mertens ihr gegeben hatte, unter der Zunge behalten, bis sie allein gelassen worden war. Sobald sie ihre Gedanken geordnet hatte, wollte sie die Tablette schlucken und ein paar Stunden lang Vergessen finden.

Sie hatte den Wagen nur sehr flüchtig gesehen, aber er war ihr vertraut erschienen. Während des Gesprächs mit dem Sheriff hatte sie sich erinnert. Das Auto gehörte

Mrs. Norton, einer netten alten Dame, die Zierdeckchen und Puppenkleider für die Kunstgewerbeläden im Ort häkelte. Charity glaubte nicht, dass Mrs. Norton jemals schneller als fünfundzwanzig Meilen die Stunde gefahren war. Das war wesentlich weniger als die Geschwindigkeit, mit der das Auto an diesem Morgen auf Charity zugerast war.

Sie hatte den Fahrer nicht gesehen, nicht richtig, aber sie hatte entschieden den Eindruck, dass es ein Mann gewesen war. Mrs. Norton war seit sechs Jahren verwitwet.

Dann ist alles ganz einfach, entschied Charity. Jemand hatte getrunken, Mrs. Nortons Wagen gestohlen und mit ihm eine wilde Vergnügungsfahrt über die Insel unternommen. Wahrscheinlich hatte er sie gar nicht am Straßenrand stehen sehen.

Zufrieden setzte sie sich im Bett auf. Alles Weitere war die Sorge des Sheriffs. Sie hatte eigene Probleme.

Die Frühstückschicht würde wahrscheinlich ein Chaos werden. Aber vermutlich konnte sie sich darauf verlassen, dass Lori die anderen beruhigte. Dann war da der Fleischer. Sie musste noch die Bestellung für den nächsten Tag bei ihm aufgeben. Außerdem musste sie noch die Fotos auswählen, die sie für die Annonce in der Reisebroschüre verwenden wollte. Die Anzahlung war noch nicht erfolgt, und in Haus 3 rauchte außerdem der Kamin.

Was sie brauchte, war ein Notizblock, ein Bleistift und ein Telefon. Das war einfach. Sie konnte alle drei Dinge auf ihrem Schreibtisch im Wohnzimmer finden. Vorsichtig schwang sie die Beine über die Bettkante. Gar nicht so schlecht, dachte sie, aber sie ließ sich einen Moment Zeit, bevor sie aufzustehen versuchte.

Ärgerlich mit sich selbst, stützte Charity eine Hand auf den Bettpfosten. Ihre Beine fühlten sich an, als wären sie mit Schlagsahne statt mit Muskeln und Knochen gefüllt.

„Was, zum Teufel, tust du da?“

Sie zuckte zusammen beim Klang von Ronalds Stimme. Dann wandte sie vorsichtig den Kopf zur Tür. „Nichts“, sagte sie und versuchte zu lächeln.

„Geh zurück ins Bett.“

„Ich habe nur ein paar Dinge zu erledigen.“

Sie schwankte, und sie war so weiß wie das Nachthemd, das züchtig bis zum Hals geschlossen und verführerisch kurz war. Ohne ein weiteres Wort stellte er das Tablett ab, das er gebracht hatte, durchquerte den Raum und hob Charity auf die Arme.

„Ronald, nicht. Ich …“

„Halt den Mund.“

„Ich wollte mich gleich wieder hinlegen. Gleich nach …“

„Halt den Mund“, wiederholte Ronald. Er legte sie

auf das Bett, und dann gab er auf. Die Arme um sie geschlungen, barg er das Gesicht an ihrem Hals. „Oh Himmel, Baby."

„Es ist ja alles gut." Sie strich mit einer Hand durch sein Haar. „Mach dir keine Sorgen."

„Ich dachte, du wärst tot. Als ich dich fand, dachte ich, du wärst tot."

„Oh, das tut mir Leid." Sie massierte die Verkrampfung aus seinem Nacken, versuchte sich vorzustellen, wie er sich gefühlt haben musste. „Es muss schrecklich gewesen sein, Ronald. Aber es sind nur ein paar Prellungen und blaue Flecke. In ein paar Tagen werden sie fort sein, und wir vergessen alles."

„Ich werde es nicht vergessen." Er löste sich von ihr. „Nie."

Der Jähzorn, den sie in seinen Augen sah, ließ ihr Herz flattern. „Ronald, es war ein Unfall. Sheriff Royce wird sich darum kümmern."

Er schluckte die Worte hinunter, die er sagen wollte. Es war besser, wenn sie an einen Unfall glaubte. Vorläufig. Er richtete sich auf, um das Tablett zu holen. „Mae hat gesagt, dass du essen darfst."

Sie dachte an die Listen, die sie aufzustellen hatte, und beschloss, dass sie eher dazu kam, wenn sie sich gefügig zeigte. „Ich werde es versuchen. Wie geht es Ludwig?"

„Okay. Mae hat ihn hinausgebracht und ihm einen Schinkenknochen gegeben."

„Ah, sein Lieblingsmahl." Charity biss in den Toast und gab vor, Appetit zu haben.

„Wie geht es deinem Kopf?"

„Nicht allzu schlecht." Es war eigentlich keine Lüge. Sie war sicher, dass ein Schlag mit einem Vorschlaghammer schlimmer gewesen wäre. „Keine Fäden." Sie schob ihr Haar zurück, um ihm den leichten Verband zu zeigen. Ringsumher war die Haut dunkel verfärbt. „Willst du ein paar Finger hochhalten und mich fragen, wie viele ich sehe?"

„Nein." Ronald wandte sich ab, weil er vor Wut zu explodieren fürchtete. Ein weiterer Gefühlsausbruch von ihm hätte ihr gerade noch gefehlt, ermahnte er sich. Er war nicht der Typ, der die Fassung verlor – zumindest war er es nicht gewesen, bis er ihr begegnet war. Er begann mit Schalen und Fläschchen herumzuspielen, die im Raum verteilt standen. Sie liebt nutzlose kleine Dinge, dachte er, während er einen Amethyst aufhob. Er fühlte sich linkisch und legte ihn nieder.

„Der Sheriff sagte, der Wagen hätte dich gestreift", bemerkte Charity. Sie trank den beruhigenden Kräutertee und fühlte sich beinahe wieder menschlich. „Ich bin froh, dass du nicht verletzt bist."

„Verdammt, Charity!" Ronald wirbelte heftig herum, beherrschte sich dann mühsam. „Nein, ich bin nicht verletzt.“ Und er wollte dafür sorgen, dass auch sie nicht wieder verletzt wurde. „Es tut mir Leid. Die ganze Geschichte hat mich nervös gemacht.“

„Ich weiß, was du meinst. Möchtest du Tee? Mae hat zwei Tassen bringen lassen.“

Er blickte zur hübschen geblümten Kanne. „Nur, wenn du einen Schuss Whiskey dazu hast.“

„Tut mir Leid. Der ist ausgegangen.“ Sie lächelte und klopfte auf das Bett. „Warum setzt du dich nicht zu mir?“

„Weil ich versuche, die Hände von dir zu lassen.“

„Oh.“ Ihr Lächeln vertiefte sich. Es freute sie, dass sie robust genug war, um eine rasche Woge des Verlangens zu verspüren. „Ich mag deine Hände auf mir, Ronald.“

„Schlechter Zeitpunkt.“ Weil er nicht widerstehen konnte, durchquerte er den Raum und nahm ihre Hand in seine. „Ich mag dich, Charity. Ich möchte, dass du mir das glaubst.“

„Das tue ich.“

„Nein.“ Beharrlich verstärkte er den Griff um ihre Finger. Er wusste, dass er nicht gut mit Worten umgehen konnte, aber es war ihm wichtig, dass sie es verstand. „Mit dir ist es anders, als es je mit irgendjemandem zuvor gewesen ist.“ Er bekämpfte eine neue Woge der Verzweiflung und lockerte seinen Griff. „Mehr kann ich dir nicht geben."

Sie spürte ihr Herz bis zum Halse klopfen. „Wenn ich gewusst hätte, dass ich so viel von dir bekommen kann, hätte ich mir vielleicht schon vorher eine Beule am Kopf geholt."

„Aber du verdienst mehr." Er setzte sich und strich unendlich zart und sanft mit einem Finger um die Wunde an ihrer Stirn.

„Ich stimme zu." Charity führte seine Hand an ihre Lippen und sah, wie seine Augen sich verdunkelten. „Ich bin geduldig."

Etwas rührte sich in ihm, und er vermochte es nicht zu verhindern. „Du weißt nicht genug von mir. Du weißt gar nichts von mir."

„Ich weiß, dass ich dich liebe. Ich nehme an, den Rest wirst du mir irgendwann erzählen."

„Vertrau mir nicht, Charity. Nicht so sehr."

„Hast du etwas so Unverzeihliches getan, Ronald?"

„Ich hoffe nicht." Er wusste, dass er bereits zu viel gesagt hatte. „Du solltest dich jetzt ausruhen."

„Das will ich auch, wirklich. Sobald ich mich um ein paar Dinge gekümmert habe."

„Das Einzige, um was du dich heute kümmern musst, bist du."

„Das ist sehr lieb von dir, und sobald ich …"

„Du wirst mindestens vierundzwanzig Stunden lang nicht aufstehen."

„Das ist doch lächerlich. Welchen Unterschied macht es schon, ob ich liege oder sitze?"

„Dem Arzt zufolge, einen sehr großen." Er nahm eine Tablette vom Nachttisch. „Ist das die Medizin, die er dir gegeben hat?"

„Ja."

„Die du nehmen solltest, bevor er gegangen ist?"

Sie bemühte sich, nicht zu schmollen. „Ich werde sie nehmen, nachdem ich ein paar Telefonate geführt habe."

„Keine Telefonate heute."

„Jetzt hör mal zu, Ronald. Ich weiß deine Sorge zu schätzen, aber ich nehme keine Befehle von dir an."

„Ich weiß. Du gibst sie mir."

Bevor sie antworten konnte, senkte er die Lippen auf ihre, sanft, federleicht, warm. Mit einem kleinen entzückten Laut ließ sie sich hineinsinken.

Er hatte geglaubt, es würde leicht sein, nur eine flüchtige Kostprobe zu nehmen. Doch seine Hand ballte sich zu einer Faust, während er das Verlangen nach mehr bekämpfte. Sie war jetzt so verletzlich. Er wollte besänftigen, nicht erregen … wollte trösten, nicht verführen. Doch innerhalb von Sekunden war er erregt und verführt.

Als er zurückwich, murmelte sie einen Protest und

zog ihn wieder an sich. Sie brauchte diese Zärtlichkeit von ihm, brauchte sie mehr als jede Medizin.

„Sachte“, sagte Ronald und kämpfte um Selbstbeherrschung. „Meine Willenskraft ist ein bisschen geschwächt, und du brauchst Ruhe.“

„Ich hätte lieber dich.“

Sie lächelte ihn an, und sein Magen verkrampfte sich. „Machst du alle Männer verrückt?“

„Ich glaube nicht.“ Charity strich sich das Haar aus der Stirn. „Jedenfalls bist du der Erste, der mich das fragt.“

„Wir reden später darüber.“ Entschlossen, das Beste für sie zu tun, reichte er ihr die Pille. „Nimm sie.“

„Später.“

„Jetzt.“

Mit einem Seufzer steckte sie die Pille in den Mund, nippte an dem erkaltenden Tee. „Da. Zufrieden?“

Er musste grinsen. „Ich bin alles andere als zufrieden, seit ich dich das erste Mal gesehen habe, Baby. Heb die Zunge!“

„Wie bitte?“

„Du hast es gehört.“ Er legte eine Hand unter ihr Kinn. „Du bist ziemlich gut, aber ich bin besser.“

Sie wusste, dass sie geschlagen war. Sie nahm die Pille aus dem Mund, schluckte sie dann betont auffällig. Sie berührte ihre Lippen mit der Zungenspitze. „Sie könnte immer noch da sein. Willst du mich danach durchsuchen?“

„Was ich will, ist, dass du im Bett bleibst.“ Er küsste sie sanft. „Keine Anrufe, kein Papierkram.“ Er ließ den Mund zu ihrem Hals wandern, nahm dann ihr Ohrläppchen zwischen die Lippen und spürte sie erschauern – und sich selbst. „Versprich es.“

„Ja.“ Ihre Lippen öffneten sich unter seinen. „Ich verspreche es.“

„Gut.“ Ronald richtete sich auf und nahm das Tablett. „Wir sehen uns später.“

„Aber …“ Charity biss die Zähne zusammen, als er zur Tür ging. „Du spielst unfair, Ronald DeWinter.“

„Ja.“ Er blickte zu ihr zurück. „Und um zu gewinnen.“ Er verließ sie in der Gewissheit, dass sie ihr Versprechen nicht brechen würde. Er hatte sich um seine eigenen Angelegenheiten zu kümmern.

7. KAPITEL

Ein wichtiger Aspekt von Ronalds Ausbildung hatte darin bestanden zu lernen, einen Auftrag auf gründliche und sachliche Art durchzuführen. Er hatte es stets als seine zweite Natur empfunden, beides zu tun. Bisher. Doch jetzt beabsichtigte er aus sehr persönlichen Gründen, gründlich zu sein.

Nachdem er Charity verließ, erwartete er, Bob allein im Büro vorzufinden, und er hoffte, ihn dort allein vorzufinden. Er wurde nicht enttäuscht.

Bob saß vor dem eingeschalteten Computerbildschirm, den Telefonhörer am Ohr. Geistesabwesend winkte er Ronald zu und setzte dann das Telefonat fort. „Gut, Mr. Parkington. Also ein Doppelzimmer für den fünfzehnten und sechzehnten Juli. Ich habe es notiert."

„Legen Sie auf", verlangte Ronald.

Bob hielt nur einen Finger hoch, signalisierte damit, er sei gleich durch mit dem Gespräch. „Ja, einschließlich Bad und Frühstück. Ihre Reservierung …"

Ronald schlug mit einer Hand auf das Telefon, unterbrach die Verbindung.

„Was, zum Teufel, tun Sie da?"

„Ich frage mich wirklich, ob ich mir die Mühe machen soll, mit Ihnen zu reden, oder ob ich Sie lieber gleich umbringe."

Bob sprang vom Stuhl auf und brachte hastig den Schreibtisch zwischen sich und Ronald. „Hören Sie, ich weiß, dass Sie einen unangenehmen Morgen hatten …"

„Wirklich? Unangenehm. Das ist ein nettes, höfliches Wort dafür. Aber Sie sind auch ein netter, höflicher Mann, nicht wahr?"

Bob blickte zur Tür und fragte sich, ob er die Chance hatte, sie zu erreichen. „Wir sind alle ein bisschen gereizt wegen Charitys Unfall. Sie könnten wahrscheinlich einen Drink vertragen."

Ronald trat zu einem Stapel Computerhandbücher und förderte einen silbernen Flachmann zu Tage. „Ihrer?" fragte er. Bob starrte ihn an. „Ich nehme an, Sie halten ihn hier versteckt für die langen Abende, wenn Sie bis spät arbeiten – und allein. Wundern Sie sich nicht, wieso ich wusste, wo er zu finden ist?" Er stellte die Flasche ab. „Ich bin darauf gestoßen, als ich vor ein paar Nächten hier eingebrochen bin und die Bücher durchgesehen habe."

„Sie sind eingebrochen?" Bob wischte sich mit dem Handrücken über die plötzlich trockenen Lippen. „Das ist eine miese Art, Charity zu danken, dass sie Ihnen einen Job gegeben hat."

„Ja, da haben Sie Recht. Fast so mies, wie Charitys Gasthaus zu benutzen, um Falschgeld in Umlauf und Verbrecher aus dem Land zu bringen."

„Ich weiß nicht, wovon Sie reden." Bob machte einen vorsichtigen Schritt zur Tür. „Verschwinden Sie hier, DeWinter. Wenn ich Charity erzähle, was Sie getan haben …"

„Aber Sie werden es ihr nicht erzählen. Sie werden ihr gar nichts erzählen – noch nicht. Aber Sie werden es mir erzählen." Ein einziger Blick ließ Bob reglos in seinem vorsichtigen Schritt zu Tür verharren. „Versuchen Sie, zur Tür zu kommen, und ich breche Ihnen ein Bein." Ronald schüttelte eine Zigarette aus der Schachtel. „Setzen Sie sich."

„Ich brauche mir das nicht gefallen zu lassen." Bob machte einen Schritt zurück, fort von der Tür, fort von Ronald. „Ich werde die Polizei rufen."

„Nur zu." Ronald entzündete die Zigarette und beobachtete Bob durch eine Rauchwolke. „Ich war sehr versucht, dem Sheriff heute Morgen alles zu erzählen, was ich weiß. Aber das hätte mir die Genugtuung genommen, persönlich mit Ihnen und Ihren Komplizen abzurechnen." Er schob das Telefon über den Schreibtisch in Bobs Richtung. „Aber rufen Sie ihn nur an. Ich werden einen Weg finden, mit Ihnen abzurechnen, auch wenn Sie im Knast sitzen."

„Hören Sie, ich weiß, dass Sie aufgeregt sind …"

„Sehe ich aufgeregt aus?" murmelte Ronald.

Nein, dachte Bob, er sieht eiskalt aus. Kaltblütig genug, um zu töten. Oder Schlimmeres. Sein Magen verkrampfte sich. Doch es musste einen Ausweg geben. Es gab immer einen. „Sie haben etwas von Falschgeld gesagt. Warum erzählen Sie mir nicht, worum es geht, und wir versuchen es in aller Ruhe …"

Bevor er aussprechen konnte, zerrte Ronald ihn am Kragen vom Stuhl hoch. „Wollen Sie sterben?"

„Nein."

„Dann lassen Sie den Quatsch." Ronald stieß ihn zurück auf den Stuhl. „Es gibt zwei Dinge, die Charity hier nicht erledigt. Nur zwei. Sie kocht nicht, und sie arbeitet nicht mit dem Computer. Besser gesagt, sie kann nicht. Sie kann nicht kochen, weil Mae es ihr nicht beigebracht hat. Es ist recht leicht zu erraten, warum. Mae will in der Küche regieren, und Charity lässt sie gewähren. Es ist genauso leicht zu erraten, warum sie nicht mit einem elementaren Bürocomputer umgehen kann. Sie haben es ihr nicht beigebracht, oder Sie haben die Lektionen so kompliziert und widersprüchlich gestaltet, dass sie es nie verstanden hat. Wollen Sie mir verraten, warum Sie das getan haben?"

„Sie hat sich eigentlich nie dafür interessiert." Bob schluckte schwer. „Sie kann die Grundbegriffe ausführen, wenn sie muss, aber Sie kennen Charity ja. Sie interessiert sich mehr für Menschen als für Maschinen. Ich zeige ihr alle Ausdrucke."

„Alle? Sie und ich wissen, dass Sie ihr nicht alle zeigen. Soll ich Ihnen sagen, was meiner Ansicht nach auf den Disketten ist, die Sie in der Schublade versteckt halten?"

Mit nervösen Fingern holte Bob ein Taschentuch hervor und wischte sich über die Stirn. „Ich weiß wirklich nicht, wovon Sie reden."

„Sie führen die Bücher für das Gasthaus und für das kleine Nebengeschäft, das Sie und Ihre Freunde betreiben. Ich kann mir denken, dass ein Mann wie Sie Unterlagen aufbewahrt. Als kleine Rückversicherung für den Fall, dass die Leute, für die Sie arbeiten, auf Sie verzichten wollen." Ronald öffnete eine Schublade und nahm eine Diskette heraus. „Wir sehen sie uns später an", sagte er und warf sie auf den Schreibtisch. „Zwei- oder dreitausend werden die Woche hier ‚gewaschen'. Bei zweiundfünfzig Wochen im Jahr ergibt das eine recht ordentliche Ausbeute. Nimmt man dazu die Gebühren, die Sie berechnen, um jemanden innerhalb der Reisegruppe über die Grenze zu schmuggeln, dann ergibt das eine hübsche Summe."

„Das ist doch verrückt." Bob zerrte an seinem Hemdkragen. „Sie müssen wissen, dass es verrückt ist."

„Wussten Sie, dass Ihre Referenzen hier immer noch in den Akten sind?" fragte Ronald im Plauderton. „Das Problem ist nur, dass sie nicht stimmen. Sie haben nie in einem Hotel in San Francisco gearbeitet."

„Also habe ich meine Chancen ein bisschen aufgepolstert. Das beweist gar nichts."

„Ich glaube, wir stoßen auf etwas Interessanteres, wenn wir Ihre Unterlagen durchgehen."

Bob starrte hinab auf die Diskette. „Kann ich einen Schluck haben?"

Ronald warf ihm den Flachmann zu. „Sie halten mich für einen Cop, stimmt's? Oder zumindest waren Sie besorgt genug, um die Ohren offen zu halten. Sie haben mich die falschen Fragen stellen hören, und Sie hatten Angst, ich könnte Charity von dem Unternehmen erzählen."

„Es kam mir komisch vor." Bob nahm einen Schluck Wodka, wischte sich die Lippen ab und trank erneut. „Sie haben mich von Anfang an nervös gemacht."

„Warum?"

„Wenn man in meinem Geschäft ist, lernt man, Cops zu erkennen. Im Supermarkt, auf der Straße, im Wäschegeschäft. Wo auch immer, man erkennt sie."

Ronald dachte an sich selbst und die Jahre, die er auf der anderen Seite verbracht hatte. Auch er hatte Cops entlarvt, und er konnte es immer noch. „Okay. Was haben Sie also getan?"

„Ich habe Block gesagt, dass ich Sie für einen Spitzel halte, aber er meinte, ich sei nur hysterisch. Ich wollte aussteigen, bis Sie wieder weg sind, aber er wollte nicht auf mich hören. Gestern Abend, als Sie zum Dinner unten waren, habe ich Ihr Zimmer durchsucht. Ich habe eine Schachtel Patronen gefunden. Keine Waffe, nur die Patronen. Das hieß, dass Sie sie bei sich hatten. Ich habe Block angerufen und ihm gesagt, dass Sie mit Sicherheit ein Cop sind. Sie haben viel Zeit mit Charity verbracht, und deshalb dachte ich mir, dass sie mit Ihnen zusammenarbeitet."

„Also haben Sie versucht, sie umzubringen."

„Nein, nicht ich." In Panik drückte Bob sich an die Stuhllehne zurück. „Ich schwöre es. Ich bin kein gewalttätiger Mensch, DeWinter. Teufel, ich mag Charity. Ich wollte mich zurückziehen, eine Verschnaufpause einlegen. Wir haben schon einen anderen Platz eingerichtet, in den Olympic Mountains. Ich dachte, wir könnten ein paar Wochen lang legal vorgehen und dann umziehen. Block hat nur gesagt, dass er sich um die Sache kümmern will, und ich dachte, er meinte damit, wir würden bei der Reisegruppe in der nächsten Woche reell vorgehen. Das hätte mir Zeit gegeben, hier alles zu regeln und auszusteigen. Wenn ich gewusst hätte, was er vorhatte …"

„Was dann? Hätten Sie Charity gewarnt?"

„Ich weiß es nicht." Bob leerte den Flachmann, doch der Alkohol half kaum, seine Nerven zu beruhigen. „Hören Sie, ich begehe Gaunereien, Hochstapelei. Ich bringe keine Leute um."

„Wer hat den Wagen gefahren?"

„Ich weiß es nicht. Ich schwöre es." Bob umklammerte die Armlehnen des Stuhls, als Ronald einen Schritt auf ihn zutrat. „Schauen Sie, nachdem es passiert war, habe ich mich mit Block in Verbindung gesetzt. Er hat gesagt, er hat jemanden angeheuert. Er selbst kann es nicht gewesen sein, weil er auf dem Festland war. Er sagte, dass der Bursche sie nicht umbringen wollte. Block wollte sie nur ein paar Tage aus dem Weg haben. Wir erwarten eine größere Lieferung, und …" Er brach ab in dem Wissen, dass er sich tiefer und tiefer hineinzog.

Ronald nickte nur. „Sie werden herausfinden, wer den Wagen gefahren hat."

„Okay, sicher." Bob gab das Versprechen, ohne zu wissen, ob er es halten konnte. „Ich werde es herausfinden."

„Sie und ich werden in den nächsten Tagen zusammenarbeiten."

„Aber … wollen Sie Royce nicht anrufen?"

„Lassen Sie Royce meine Sorge sein. Sie werden weiterhin das tun, was Sie am besten können. Lügen. Nur werden Sie jetzt Block belügen. Sie werden genau das tun, was ich Ihnen sage, wenn Sie am Leben bleiben wollen. Wenn Sie gute Arbeit leisten, lege ich bei meinen Vorgesetzten ein Wort für Sie ein. Vielleicht können Sie ein Abkommen treffen, wenn Sie der Anklage Beweise liefern." Ronald beugte sich vor. „Wenn Sie versuchen zu verschwinden, werde ich Sie aufspüren. Ich werde Sie finden, wo auch immer Sie sich verstecken, und wenn ich mit Ihnen fertig bin, werden Sie wünschen, ich hätte Sie getötet."

Bob blickte Ronald in die Augen. Er glaubte ihm. „Was soll ich tun?"

„Erzählen Sie mir von der nächsten Lieferung."

Charity war es leid. Es war schlimm genug, dass sie Ronald ihr Wort gegeben hatte und den ganzen Tag im Bett bleiben musste. Sie konnte nicht einmal das Telefon benutzen, um im Büro anzurufen und sich zu erkundigen, was in der Welt vorging.

Sie versuchte es mit Fassung zu tragen und blätterte durch die Bücher und Zeitschriften, die Lori ihr gebracht hatte. Sie gestand sich sogar ein, dass sie sich gelegentlich, wenn es im Gasthof besonders hektisch zugegangen war, den Luxus ersehnt hatte, einen müßigen Tag im Bett verbringen zu können. Nun konnte sie es, und sie hasste es.

Die Tablette, die Ronald sie zu schlucken gezwungen hatte, hatte sie schläfrig gemacht. Sie schlummerte immer wieder ein, um später zu erwachen und sich zu ärgern, dass sie nicht genug Beherrschung besaß, um wach zu bleiben und sich zu langweilen.

Er hat mich versprechen lassen, im Bett zu bleiben, dachte Charity und klopfte ungehalten auf das Kissen, und er hat nicht einmal genug Anstand, um mir fünf Minuten lang Gesellschaft zu leisten. Es lag nicht in ihrer Natur, untätig zu sein, und wenn sie es noch fünf Minuten länger sein musste, würde sie schreien.

Sie lächelte ein wenig bei dieser Vorstellung. Was würde er tun, wenn sie einen Grauen erregenden Schrei ausstieße? Es würde interessant sein, das herauszufinden. Sie nickte und holte tief Luft.

„Was tust du da?"

Sie atmete langsam wieder aus, als Ronald eintrat. Freude stieg in ihr auf, aber sie verbarg sie schnell hinter Groll. „Das fragst du mich ständig."

„Wirklich?" Er brachte wieder ein Tablett, mit Maes köstlicher Hühnersuppe und selbst gebackenen Brötchen. „Also, was hast du getan?"

„Mich zu Tode gelangweilt. Ich glaube, ich würde lieber erschossen werden." Sie beschloss, ein wenig freundlicher zu sein. Nicht aus Freude, ihn zu sehen, sagte sie sich, sondern weil es inzwischen dämmerte und sie seit Stunden nichts gegessen hatte. „Ist das für mich?"

„Wahrscheinlich." Ronald stellte das Tablett auf ihren Schoß, blieb in ihrer Nähe stehen und betrachtete sie lange und gründlich. Er konnte den Zorn nicht beschreiben, den er beim Anblick der Prellungen und Bandagen verspürte. Ebenso wenig, wie er die Freude und Erleichterung beschreiben konnte, die er verspürte, als er die Verärgerung in ihrem Blick und die Farbe auf ihren Wangen sah. „Ich glaube, du irrst dich, Charity. Du wirst überleben."

„Was ich nicht dir zu verdanken habe." Sie machte sich über die Suppe her. „Erst entlockst du mir ein Versprechen, und dann lässt du mich zwölf Stunden lang verrotten. Du hättest ruhig mal für eine Minute heraufkommen können, um nachzusehen, ob ich nicht im Koma liege."

Er war heraufgekommen, aber sie hatte geschlafen. Dennoch war er fast eine halbe Stunde geblieben und hatte sie nur angesehen. „Ich war ein bisschen beschäftigt", sagte er und brach sich ein halbes Brötchen ab.

„Darauf wette ich." Charity entriss ihm das Brötchen wieder. „Da du gerade hier bist, könntest du mir sagen, wie es unten läuft."

„Alles unter Kontrolle", murmelte er und dachte an Bob und die Telefonate, die er selbst bereits geführt hatte.

„Es ist erst Bonnies zweiter Tag. Sie hat nicht …"

„Sie kommt gut zurecht", warf er ein. „Mae bewacht sie wie ein Adler. Wo kommen die alle her?" Er deutete auf das halbe Dutzend Vasen mit frischen Blumen.

„Die Gänseblümchen hat Lori gebracht. Dann sind die Ladys mit den Veilchen gekommen. Sie hätten eigentlich nicht all die Treppen steigen sollen." Sie rasselte weitere Namen von Leuten herunter, die ihr Blumen gebracht oder geschickt hatten.

Ich hätte ihr welche bringen sollen, dachte Ronald. Er stand auf und steckte die Hände in die Hosentaschen. Es war ihm gar nicht in den Sinn gekommen. Solche Dinge fielen ihm nicht ein. Nicht die kleinen, romantischen Dinge, die einer Frau wie Charity zustanden.

„Ronald?"

„Was?"

„Bist du den ganzen Weg heraufgekommen, nur um die Pfingstrosen anzustarren?"

„Nein." Er hatte nicht einmal deren Namen gewusst. Er wandte sich von den dicken rosa Blüten ab. „Willst du noch etwas essen?"

„Nein." Sie klopfte mit dem Löffel an die leere Schale. „Ich will nicht mehr essen, ich will keine Zeitschriften mehr, und ich will nicht, dass sonst noch jemand kommt und mir die Hand tätschelt und mir sagt, dass ich viel Ruhe brauche. Wenn du das im Sinn hattest, kannst du gleich wieder gehen."

„Du bist eine charmante Patientin, Charity." Er beherrschte sich eisern und nahm das Tablett fort.

„Nein, ich bin eine miserable Patientin." Wütend gab

sie ihre Selbstbeherrschung auf, und genauso wütend warf sie ihm ein Taschenbuch an den Kopf. Zum Glück verfehlte sie ihr Ziel. „Und ich bin es leid, hier eingesperrt zu sein, so als hätte ich eine ansteckende Krankheit. Ich habe eine Beule am Kopf, keinen Gehirntumor."

„Ich glaube nicht, dass ein Gehirntumor ansteckend ist."

„Sei kein solcher Schlaumeier." Mit finsterem Blick kreuzte sie die Arme vor der Brust. „Ich bin es leid, hier zu liegen, und noch mehr leid, gesagt zu kriegen, was ich tun soll."

„Das verträgst du nicht besonders gut, oder? Ganz gleich, wie gut es für dich ist?"

Gerade jetzt wollte sie nichts weniger hören als die Wahrheit. „Ich habe ein Gasthaus zu führen, und das kann ich nicht vom Bett aus."

„Heute Abend brauchst du das nicht."

„Es ist mein Gasthaus, wie es mein Körper und Kopf ist." Charity warf die Decke beiseite. Doch während sie begann, aus dem Bett zu steigen, lastete ihr Versprechen wie eine Kette auf ihr. Sie ließ sich wieder zurück in die Kissen fallen.

Ronald musterte sie abwägend. „Warum stehst du nicht auf?"

„Weil ich es versprochen habe. Und jetzt verschwinde, verdammt. Verschwinde und lass mich in Ruhe."

„Gut. Ich sage Mae und den anderen, dass du dich wieder besser fühlst. Sie waren besorgt um dich."

Sie warf ein anderes Buch nach ihm, doch sie traf nur die Tür, die sich hinter ihm schloss. Zum Teufel mit ihm, dachte sie und ließ das Kinn auf die Knie sinken. Zum Teufel mit allem.

Zum Teufel mit ihr, dachte Ronald. Er war nicht zu Charity hinaufgegangen, um sich zu streiten, und er hatte es nicht nötig, eine schlecht gelaunte Frau zu ertragen, die Dinge nach ihm warf, während er nichts zurückwerfen konnte. Auf halbem Weg die Treppe hinunter kehrte er um und stieg wieder hinauf.

Charity blies Trübsal, als er die Tür öffnete. Sie wusste es, sie hasste es, und sie wünschte in Ruhe gelassen zu werden, um damit fortfahren zu können. „Was ist?"

„Steh auf."

Sie richtete sich im Bett auf. „Warum?"

„Steh auf", wiederholte Ronald. „Zieh dich an. Es muss doch einen Fußboden zu wischen oder einen Papierkorb zu leeren geben."

Sie reckte das Kinn vor. „Ich habe gesagt, dass ich nicht aufstehe, und ich werde es auch nicht tun."

„Entweder stehst du allein auf, oder ich zerre dich aus dem Bett."

Zorn verdunkelte ihre Augen und ließ sie das Kinn noch mehr vorstrecken. „Das würdest du nicht wagen." Sie bereute ihre Worte, noch während sie sprach. Sie hatte bereits erkannt, dass er ein Mann war, der alles wagte. Und sie hatte Recht.

Ronald trat zum Bett und ergriff ihren Arm. Charity hielt sich an einem Bettpfosten fest. Dennoch gelang es ihm, sie auf die Knie hochzuziehen. Bevor das Tauziehen weitergehen konnte, begann sie zu kichern.

„Das ist albern." Sie schlang den Arm um den Bettpfosten. „Wirklich albern. Hör auf, Ronald. Sonst falle ich noch auf den Kopf und hole mir ein Loch."

„Du wolltest aufstehen. Also steh auf."

„Nein, ich wollte mir selbst Leid tun. Und es ist mir auch ganz gut gelungen. Ronald, du wirst mir noch die Schulter auskugeln."

„Du bist die trotzigste, eigensinnigste, unvernünftigste Frau, die mir je begegnet ist", sagte er. Doch er ließ sie los.

„Den ersten beiden muss ich zustimmen, aber unvernünftig bin ich normalerweise nicht." Sie lächelte zu ihm auf und kreuzte die Beine im Indianer-Stil. Der Sturm war vorüber. Zumindest auf ihrer Seite. Sie erkannte den Zorn, der noch immer seine Augen verdunkelte. Sie stieß einen langen Seufzer aus. „Ich habe gerade eine tolle Mitleidsparty für mich abgehalten, als du hereinkamst. Es tut mir Leid, dass ich es an dir ausgelassen habe."

„Ich brauche keine Entschuldigung."

„Doch." Sie hätte ihm die Hand geboten, aber sie bezweifelte, dass er zu einem Friedensabkommen bereit war. „Ich bin es nicht gewöhnt, von den Vorgängen abgeschnitten zu sein. Ich bin fast nie krank, und deswegen habe ich nicht viel Übung darin, es tapfer zu ertragen." Sie warf ihm einen verstohlenen Seitenblick zu. „Es tut mir wirklich Leid, Ronald. Willst du böse auf mich bleiben?"

„Das wäre vielleicht die beste Lösung." Verärgerung hatte nichts mit dem zu tun, was er im Moment fühlte. Sie sah so reizvoll aus mit dem halben Lächeln auf dem Gesicht, dem zerzausten Haar, dem hochgeschlossenen Nachthemd, den halb entblößten Schenkeln.

„Willst du mir eine runterhauen?"

„Vielleicht." Es war hoffnungslos. Er lächelte und setzte sich neben sie. „Wenn du wieder auf den Beinen bist, tue ich es vielleicht einmal."

„Es war nett von dir, dass du mir das Dinner gebracht hast. Ich habe mich nicht einmal bedankt."

„Nein, das hast du nicht."

Sie beugte sich vor und küsste ihn auf die Wange. „Danke."

„Gern geschehen."

Charity blies sich die Haare aus der Stirn. „Hatten wir heute Abend viele Gäste?"

„Ich habe dreißig Tische bedient."

„Ich werde dir eine Gehaltserhöhung geben müssen. Hat Mae ihren Schokoladencremekuchen gebacken?"

„Ja."

„Ich nehme an, es ist keiner übrig."

„Nicht ein Krümel. Er war köstlich."

„Du hast welchen gehabt?"

„Die Mahlzeiten sind ein Teil meiner Bezahlung."

Charity fühlte sich benachteiligt und lehnte sich zurück an die Kissen. „Stimmt."

„Willst du jetzt wieder schmollen?"

„Nur eine Minute. Ich wollte dich fragen, ob der Sheriff etwas Neues über den Wagen weiß."

„Nicht viel. Er hat ihn etwa zehn Meilen von hier gefunden, verlassen." Ronald strich eine Falte zwischen ihren Brauen fort. „Sorg dich deswegen nicht."

„Das tue ich auch eigentlich nicht. Ich bin nur froh, dass der Fahrer sonst niemanden verletzt hat. Lori sagt, dass dein Arm verwundet ist."

„Ein bisschen." Ihre Hände waren miteinander verschlungen. Er wusste nicht, ob er ihre oder sie seine genommen hatte.

„Bist du gerade spazieren gegangen, als es passierte?"

„Ich habe auf dich gewartet."

„Oh." Charity lächelte erneut.

„Du solltest dich jetzt lieber ausruhen." Er fühlte sich verlegen und linkisch. Keine andere Frau hatte ihm je eine der beiden Reaktionen entlockt.

Widerstrebend ließ sie seine Hand los. „Sind wir wieder Freunde?"

„Das könnte man wohl sagen. Gute Nacht, Charity."

„Gute Nacht."

Er ging zur Tür und öffnete sie. Aber er konnte nicht über die Schwelle treten. Er stand dort, kämpfte mit sich selbst. Obwohl es nur wenige Sekunden waren, erschien es beiden wie Stunden. „Ich kann nicht." Er drehte sich wieder um, schloss leise die Tür.

„Was?"

„Ich kann nicht gehen."

Ihr Lächeln erblühte, in den Augen, auf den Lippen. Sie öffnete die Arme für ihn, wie er es erwartet hatte. Zu ihr zurückzugehen war beinahe so schwer, wie fortzugehen. Er nahm ihre Hände und hielt sie fest.

„Ich bin nicht gut für dich, Charity."

„Und ich glaube, du bist sogar sehr gut für mich." Sie führte ihre vereinten Hände an die Wange und fuhr fort: „Und das wiederum bedeutet, dass einer von uns beiden sich irren muss."

„Wenn ich könnte, würde ich fortgehen."

Sie spürte den Stich und akzeptierte ihn. Sie hatte nie

erwartet, dass es schmerzlos wäre, Ronald zu lieben. „Warum?“

„Aus Gründen, die ich dir nicht erklären kann. Aber ich kann nicht fortgehen. Früher oder später wirst du wünschen, ich hätte es getan.“

„Nein.“ Sie zog ihn auf das Bett hinab. „Was auch passiert, ich werde froh sein, dass du geblieben bist.“ Nun strich sie die Falten von seiner Stirn fort. „Ich habe dir doch gesagt, dass es nur dann passieren wird, wenn es richtig ist.“ Sie verschränkte die Hände hinter dem Nacken. „Ich liebe dich, Ronald. Heute Nacht ist etwas, was ich will, etwas, was ich beschlossen habe.“

Charity zu küssen war, wie in einem Traum versinken. Sanft, betörend, zu schön, um wahr zu sein. Ronald wollte sie umhegen, wollte ihr Zärtlichkeit schenken, ihr nicht wehtun, und wusste doch, dass er letztlich keine andere Wahl hatte, als ihr wehzutun.

Doch in dieser Nacht, für ein paar kostbare Stunden, gab es keine Zukunft. Mit ihr könnte er sein, was er nie zuvor zu sein versucht hatte. Sanft, liebevoll, zärtlich. Mit ihr könnte er glauben, dass Liebe genug war.

Er liebte sie. Obgleich er nie gewusst hatte, dass er zu diesem starken und zerbrechlichen Gefühl fähig war, verspürte er es mit ihr. Es durchströmte ihn, schmerzlos und süß, heilte vergessene Wunden, linderte Schmerzen, mit denen er stets gelebt hatte. Wie hätte er ahnen können, dass sie seine Rettung sein würde? In der kurzen Zeit, die ihm blieb, wollte er es ihr zeigen. Und indem er es ihr zeigte, gab er sich selbst etwas, das er nie erwartet hatte.

Er gab ihr das Gefühl, schön zu sein. Und zart, dachte Charity, während seine Lippen sie liebkosten. Sie hörte ihr Seufzen, dann seines, als sie die Hände an seinem Rücken hinaufgleiten ließ. Sanft lehnte er sie zurück, berührte sie kaum, während sich der Kuss ausdehnte. Obwohl sie ihn so liebte, hatte sie nicht gewusst, dass er zu solcher Zärtlichkeit fähig sein könnte. Und sie konnte auch nicht wissen, dass er selbst es soeben erst entdeckt hatte.

Das Lampenlicht glühte warm. Ronald hatte nicht daran gedacht, die Kerzen zu entzünden. Aber er konnte Charity im Schein der Lampe sehen, die Augen dunkel, die Lippen vor Sehnsucht leicht geöffnet, als er seine auf ihren Mund senkte. Er hatte nicht daran gedacht, Musik anzustellen. Doch ihr Nachthemd wisperte, als sie die Arme um ihn schlang. Es war ein Geräusch, an das er sich stets erinnern würde. Ein Windhauch drang zum geöffneten Fenster herein, brachte den Duft der Blumen mit sich. Doch es war der Duft ihrer Haut, der ihm zu Kopf stieg.

Leicht, so als fürchte er, sie mit seiner Berührung zu verletzen, umschmiegte er ihre Brüste mit den Händen.

Ihr stockte der Atem, und dann stöhnte sie auf. Nichts hatte ihn je so erregt.

Dann waren ihre Hände an seinem Hemd, sie öffnete die Knöpfe, während ihre Augen in seine blickten. Sie waren so dunkel, so tief wie das Wasser, das ihr Haus umgab. In ihnen konnte er alles lesen, was sie empfand.

„Ich will dich berühren“, sagte Charity, während sie ihm das Hemd von den Schultern streifte. Ihr Herz begann zu rasen, als sie ihn anblickte, seine festen Muskeln, seine straffe Haut.

Es war eine Stärke an ihm, die sie erregte, vielleicht weil sie ahnte, dass er rücksichtslos sein konnte. Es war eine Härte in seinem Körper, die sie erkennen ließ, dass er ein Mann war, der gekämpft hatte, der weiter kämpfen würde. Aber seine Hände waren zärtlich, beinahe zögernd. Ihre Erregung wuchs.

„Mir scheint, dass ich dich mein ganzes Leben lang so berühren wollte.“ Sanft strich sie mit den Fingerspitzen über den Verband an seinem Arm. „Tut es weh?“

„Nein.“ Jeder Muskel in Ronalds Körper spannte sich, als sie die Hände von seiner Taille zu seiner Brust gleiten ließ. Es war ihm unverständlich, wie jemand ihm so viel Frieden und Qual zur selben Zeit bringen konnte. „Charity …“

„Küss mich nur, Ronald“, murmelte sie.

Er konnte es ihr nicht abschlagen. Er fragte sich, um was sie ihn bitten würde, wüsste sie, dass er machtlos war, ihr in diesem Moment irgendetwas zu verweigern. Er kämpfte gegen eine Woge der Verzweiflung, streichelte sie leicht und zart, bis er sie erschauern spürte.

Er wusste, dass er ihr lustvolles Vergnügen bereiten konnte, dass er ihre Leidenschaft entfachen konnte. Der Drang, es zu tun, loderte in ihm wie ein Buschfeuer. Er wusste, dass er sie schwach oder stark, wild oder matt machen konnte. Doch es war kein Gefühl der Macht, das dieses Wissen in ihm weckte. Es war Scheu.

Sie würde ihm geben, worum auch immer er bat, ohne Fragen, ohne Vorbehalte. Diese starke, wundervolle Frau war sein. Es war kein Traum, aus dem er verzweifelt mitten in der Nacht erwachen würde. Es war wirklich. Sie war wirklich, und sie wartete auf ihn.

Er hätte ihr das Nachthemd mit einem Ruck vom Körper reißen können. Stattdessen öffnete er einen winzigen Knopf nach dem anderen, folgte dem schmalen Pfad mit sanften Küssen. Sie konnte nur aufstöhnen, als seine Zunge ihre Haut befeuchtete, aufreizend und erhitzend. Die Nachtluft streifte sie, als er sie auszog. Dann hob er sie hoch, schmiegte sie in seine Arme.

Charity war um ihn geschlungen. Ihr Herz pochte heftig an seinen Lippen. Er brauchte einen Moment, um sich zurückzuhalten, sich zu beherrschen. Er wandte all sein Geschick an, um sie über die Grenze der Vernunft zu bringen.

Ihr Körper war gespannt an seinem. Er beobachtete, wie sie benommen die Augen öffnete. Sie wisperte seinen Namen, und dann bedeckte er ihren Mund mit seinem und fing ihr langes, leises Stöhnen auf, als ihr Körper schlaff wurde.

Es schien unmöglich. Unmöglich, so viel zu spüren und dennoch mehr zu brauchen. Blindlings griff sie nach ihm. Erneutes Verlangen stieg in ihr auf. Sie war eine Gefangene, eine willige Gefangene der heftigen Empfindungen, die er in ihr entfachte. Sie wollte sich um ihn schlingen, ihn festhalten, für immer. Er führte sie in einer langen, gemächlichen Reise an Orte, die sie nie gesehen hatte, an Orte, die sie nie wieder verlassen wollte.

Als er in sie glitt, hörte sie sein leises Aufstöhnen. Also war er genauso gefangen wie sie.

Das Gesicht an ihren Hals gepresst, bekämpfte er den Drang, der Erlösung entgegenzustürmen. Er war gefangen zwischen Himmel und Hölle, und er genoss es. Genoss sie. Er hörte sie seinen Namen flüstern, fühlte die Stärke in sie strömen. Sie war mit ihm, wie niemand zuvor es gewesen war.

Charity schlang die Arme um Ronald, um zu verhindern, dass er zurückwich. „Beweg dich nicht."

„Ich tue dir weh."

„Nein." Sie stieß einen langen, langen Seufzer aus. „Nein, tust du nicht."

„Ich bin zu schwer", beharrte er und rollte sich mit ihr herum, so dass ihre Positionen vertauscht waren.

Zufrieden bettete sie den Kopf an seine Schulter. „Du bist der unglaublichste Liebhaber."

Er versuchte nicht einmal, ein Lächeln zu unterdrücken. „Danke." Besitz ergreifend streichelte er über ihre Hüfte. „Hattest du viele?"

Nun lächelte Charity. Die Spur von Eifersucht in seiner Stimme war eine großartige Ergänzung zu der bereits herrlichen Nacht. „Definiere ‚viele'."

Er unterdrückte einen Anflug von Verärgerung, der in ihm aufstieg, und ging auf ihr Spiel ein. „Mehr als drei. Drei sind ein paar. Mehr als drei sind viele."

„Aha. Nun, in dem Fall …" Sie wünschte beinahe, sie könnte lügen und eine ganze Horde erfinden. „Dann hatte ich wohl weniger als ein paar. Das bedeutet aber nicht, dass ich einen unglaublichen nicht erkenne, wenn ich ihn finde."

Er hob den Kopf und starrte sie an. „Ich habe in meinem Leben nichts getan, um dich zu verdienen."

„Sei nicht dumm." Sie hob den Kopf und küsste ihn flüchtig. „Und wechsle nicht das Thema."

„Welches Thema?"

„Du bist clever, Ronald DeWinter, aber nicht so clever.“ Sie musterte ihn im Lampenschein. „Jetzt bin ich an der Reihe, dich zu fragen, ob du viele Geliebte hattest.“

Diesmal lächelte er nicht. „Zu viele. Aber nur eine, die mir etwas bedeutet.“

Die Belustigung schwand aus ihren Augen, bevor Charity sie schloss. „Du bringst mich zum Weinen“, murmelte sie und senkte den Kopf wieder auf seine Brust.

Noch nicht, dachte Ronald und streichelte ihr Haar. Schon bald, aber noch nicht. „Warum hast du nie geheiratet?“ wunderte er sich laut. „Und keine Kinder?“

„Was für eine komische Frage! Ich habe vorher niemanden genug geliebt.“ Sie zuckte zusammen über ihre eigenen Worte, zwang sich dann zu einem Lächeln, als sie den Kopf hob. „Das war kein Wink.“

Aber es war genau das, was er hören wollte. Er wusste, dass es verrückt war, so zu denken, wenn auch nur für ein paar Stunden, aber er wollte sich vorstellen, dass sie ihn genug liebte, um zu verzeihen, zu akzeptieren und zu versprechen. „Wie steht es mit den Reisen, die du unternehmen wolltest? Sollten die nicht zuerst kommen?“

Sie zuckte die Schultern und schmiegte sich wieder an ihn. „Vielleicht bin ich nie gereist, weil ich im Innern weiß, dass es mir missfallen würde, all die Orte allein zu sehen. Was ist schon schön an Venedig, wenn man niemanden hat, mit dem man in einer Gondel fahren kann? Oder Paris, wenn niemand da ist, um Händchen zu halten?“

„Du könntest mit mir hinfahren.“

Bereits halb eingeschlafen, lachte sie. Sie vermutete, dass er kaum mehr besaß als den Preis für die Überfahrt mit der Fähre. „Gut. Lass mich wissen, wann ich packen soll.“

„Würdest du es tun?“ Er hob ihr Kinn und blickte in ihre schläfrigen Augen.

„Natürlich.“ Sie küsste ihn, kuschelte den Kopf erneut an seine Schulter und schlief ein.

Ronald knipste die Lampe neben dem Bett aus. Lange Zeit hielt er Charity fest und starrte in die Dunkelheit.

8. KAPITEL

Langsam schlug Charity die Augen auf und wunderte sich, warum sie sich nicht bewegen konnte. Verschlafen starrte sie in Ronalds Gesicht. Es war nur wenige Zentimeter von ihrem entfernt. Er hatte sie im Schlaf an sich gezogen, hielt ihre Arme und Beine wirkungsvoll mit seinen gefangen. Obgleich sein Griff recht beengend wirkte, empfand sie ihn als unglaublich süß. Sie ignorierte die Unbequemlichkeit, lag still und nutzte die Gelegenheit, um ihn ausgiebig zu betrachten.

Sie hatte stets geglaubt, dass die Leute im Schlaf sanfter, verletzlicher aussahen. Nicht Ronald. Er hatte den Körper eines Kämpfers und die Augen eines Mannes, der es gewöhnt war, sich Schwierigkeiten direkt zu stellen. Nun waren seine Augen geschlossen, und sein Körper entspannt. Beinahe.

Dennoch fand sie, dass er, ob wach oder schlafend, knallhart aussah. War es immer so? fragte sie sich. Hatte er so sein müssen? Lächeln verlieh seinem Gesicht allerdings einen gewissen Charme. Es linderte das Misstrauen in seinen Augen. Ihrer Ansicht nach lächelte er viel zu selten.

Das werde ich ändern, dachte Charity. Jetzt spielte um ihre Lippen ein Lächeln, während sie ihn beobachtete. Mit der Zeit wollte sie ihm, sanft, beibringen, sich zu entspannen, zu genießen, zu vertrauen. Sie würde ihn glücklich machen. So zu lieben wie sie, ohne dass diese Liebe erwidert wurde, war nicht dankbar. Und es war auch nicht dankbar zu teilen, was sie während der Nacht geteilt hatten, ohne dass sein Herz ebenso verloren war wie ihres. Früher oder später würde er dahinter kommen, wie gut sie zusammenpassten.

Ich lasse dich nicht gehen, sagte sie ihm im Stillen. Du weißt es noch nicht, aber ich habe Einfluss auf dich, und der ist überhaupt nicht leicht zu brechen.

Ronald ist fähig zu geben, dachte sie. Nicht nur körperlich, obgleich sie sich nicht schämte einzugestehen, dass sein Geschick sie entzückt hatte. Er war ein Mann voller Gefühle, von denen zu viele unterdrückt waren. Was ist mit ihm geschehen, wunderte sie sich, dass er sich so vor der Liebe hütet und sich so sehr fürchtet, sie zu geben?

Sie liebte ihn zu sehr, um eine Antwort zu fordern. Es war eine Frage, die er von sich aus beantworten musste. Eine Frage, die er beantworten würde, sobald er ihr genug vertraute. Dann brauchte sie ihm nur zu zeigen, dass nichts davon zählte. Von nun an zählte nur noch, was sie füreinander empfanden.

Charity beugte sich über Ronald und küsste ihn leicht auf den Mund. Sofort öffnete er die Augen. Fasziniert beobachtete sie, wie deren Ausdruck sich von Misstrauen in Verlangen verwandelte. „Du hast einen leichten Schlaf“, sagte sie. „Ich habe nur …“

Bevor sie aussprechen konnte, presste er seinen Mund hungrig und beharrlich auf ihren. Sie stöhnte leise auf, als sie sich seinem Kuss hingab.

Es war der einzige Weg, den er kannte, um ihr zu sagen, wie viel es ihm bedeutete, aufzuwachen und sie warm und willig an seiner Seite vorzufinden. An zu vielen Morgenden war er allein in fremden Betten in leeren Räumen erwacht.

Jahrelang hatte er sich bewusst von jedem abgesondert, der versucht hatte, ihm nahe zu kommen. Er hatte sich eingeredet, es sei wegen des Jobs. Aber das war eine Lüge, eine von vielen. Er hatte es vorgezogen, allein zu bleiben, weil er nicht hatte riskieren wollen, erneut zu verlieren. Erneut zu trauern. Nun, über Nacht, hatte sich alles geändert.

Er würde alles in Erinnerung behalten – die blassen Lichtstrahlen, die sich in den Raum stahlen, das erste Zwitschern, Trällern und Singen der Vögel, die die aufgehende Sonne begrüßten, den Duft von Charitys Haut, die sich an seiner erwärmte. Und den Geschmack ihres Mundes, der sich begierig unter seinem öffnete.

Es steckten so tiefe, dunkle Bedürfnisse in ihm. Charity spürte sie, verstand sie und begegnete ihnen bedingungslos. Während das Morgengrauen die Nacht vertrieb, erweckte er ihre eigenen Bedürfnisse, bis sie seine widerspiegelten.

Langsam, mit Leichtigkeit, schlüpfte er in sie. Mit einem Seufzer hieß sie ihn willkommen.

Charity fühlte sich so stark wie ein Ochse und so zufrieden wie eine Katze, die Sahne geschleckt hat. Mit geschlossenen Augen streckte sie die Arme. „Wenn ich bedenke, dass ich Joggen für die beste Art hielt, den Tag zu beginnen!“ Lachend kuschelte sie sich wieder an Ronald. „Ich muss dir danken, dass du mir gezeigt hast, wie sehr ich mich geirrt habe.“

„Es war mir ein Vergnügen.“ Er spürte sein Herz noch immer wie einen Hammer an seine Rippen pochen. „Gib mir eine Minute, und ich zeige dir den besten Grund, um morgens im Bett zu bleiben.“

Es war verlockend. Doch bevor ihr Blut sich erhitzen konnte, schüttelte sie den Kopf und setzte sich auf. „Vielleicht hast du etwas Zeit, wenn ich zurückkomme.“

Er umfasste ihr Handgelenk mit lockerem Griff. „Von wo?“

„Von Ludwigs Auslauf.“

„Nein.“

„Was, nein?“ hakte Charity nach.

Er kannte den Ton. Sie war wieder die Chefin, obgleich ihr Gesicht noch vom Liebesspiel glühte und sie nackt bis zur Taille war, wo das Laken sie umhüllte. Sie war wieder die Frau, die keine Befehle annahm. Er beschloss ihr zu zeigen, dass sie sich wiederum irrte. „Nein, du gehst nicht mit dem Hund hinaus."

Weil sie vernünftig sein wollte, lächelte sie. „Doch, natürlich. Ich habe mein Versprechen gehalten und bin den ganzen Tag im Bett geblieben. Und die ganze Nacht. Jetzt heißt es zurück an die Arbeit."

Innerhalb des Gasthauses war es ihm nur recht. Je früher alles wieder seinen normalen Gang nahm, desto besser. Aber auf keinen Fall wollte er sie allein auf einer verlassenen Straße herumwandern lassen. „Du bist nicht in der Verfassung, eine Meile zu laufen."

„Drei Meilen, und ich bin sehr wohl in der Verfassung."

„Drei?" Ronald zog eine Augenbraue hoch und strich mit einer Hand über ihren Schenkel. „Kein Wunder, dass du so herrlich feste Muskeln hast."

„Das tut nichts zur Sache." Sie wich zurück, bevor seine Berührung sie schwächen konnte.

„Du hast einen unglaublichen Körper."

Sie schob seine forschenden Hände beiseite. „Ronald … wirklich?"

Seine Lippen verzogen sich zu einem Lächeln. So gefielen sie Charity am besten. „Absolut. Lass es mich dir zeigen."

„Nein, ich …" Sie hielt seine Hände fest, die ihre Schenkel streichelten. „Wir bringen uns womöglich um, wenn wir das noch einmal versuchen."

„Ich riskiere es."

„Ronald, ich meine es ernst." Ihr stockte der Atem, als er mit den Zähnen über ihre Haut strich. Es ist unmöglich, dachte sie, unmöglich, dass dieses tiefe Verlangen erneut erwacht. „Ronald …"

„Fabelhafte Beine", murmelte er und streichelte ihre Kniekehle mit der Zunge. „Ich habe ihnen letzte Nacht längst nicht genug Beachtung geschenkt."

„Doch. Du versuchst nur, mich abzulenken."

„Ja."

„Das kannst du nicht." Charity schloss die Augen. Er konnte es, und er tat es. „Ludwig braucht seinen Auslauf."

„Prima." Ronald setzte sich auf und umfing ihre Taille mit den Händen. „Ich führe ihn aus."

„Du?" Sie wandte den Kopf ab, um seinem Kuss zu entgehen, und erschauerte, als seine Lippen über ihren Hals wanderten. „Das ist nicht nötig. Ich bin völlig … Ronald …" Sie flüsterte seinen Namen schwach, als er die Daumen über ihre Brüste kreisen ließ.

„Ja, ein wirklich unglaublicher Körper", murmelte

er. „Rank und schlank und unglaublich ansprechend. Ich kann dich nicht anfassen, ohne dich zu begehren.“

„Du versuchst mich zu verführen.“

„Dir entgeht auch gar nichts, oder?“

Sie war dabei zu verlieren, wurde beschämend schwach. Sie wusste, dass sie sich später darüber ärgern würde, doch nun konnte sie sich nur an ihn klammern und ihn seinen Willen durchsetzen lassen. „Ist das deine Antwort auf alles?“

„Nein.“ Ronald hob ihre Hüften und führte sie zu ihm. „Aber es reicht.“

Unfähig zu widerstehen, schlang sie Arme und Beine um ihn und ließ das Verlangen von beiden Besitz ergreifen. Als es gestillt war, sank sie kraftlos zurück auf das Bett. Sie widersprach nicht, als Ronald die Decke über ihre Schultern hochzog.

„Bleib hier“, sagte er und küsste ihr Haar. „Ich komme zurück.“

„Die Leine hängt am Haken unter der Treppe“, murmelte Charity. „Er bekommt zwei Messlöffel Futter, nachdem ihr zurück seid. Und frisches Wasser.“

„Ich glaube, ich kann mit dem Hund umgehen, Charity.“

Sie gähnte und zog die Decke höher. „Er jagt gern die Nachbarskatze, aber keine Sorge, er erwischt sie nicht.“

„Das erleichtert mich ungemein.“ Ronald band sich

die Schuhe zu. „Sonst noch etwas, das ich wissen sollte?“

„Hmm.“ Sie kuschelte sich in die Kissen. „Ich liebe dich.“

Wie immer erschütterte es ihn, sie es sagen zu hören und zu wissen, dass sie es ernst meinte. Schweigend ging er hinaus.

Charity war nicht müde, aber sie gab Ronald Recht. Schlaf war nicht der beste Grund, um morgens im Bett zu bleiben. Trotz ihrer Prellungen und Abschürfungen hatte sie sich noch nie besser gefühlt. Dennoch gönnte sie es sich, liegen zu bleiben und zu träumen, bis ihr Gewissen sie schließlich zum Aufstehen drängte.

Automatisch stellte sie die Stereoanlage an und machte das Bett. Im Wohnzimmer sah sie die Notizen durch, die sie sich gemacht hatte, und fügte noch einige hinzu. Dann stellte sie sich unter die Dusche.

Sie summte Tschaikowskys Violin-Konzert mit, als sich plötzlich raschelnd der Vorhang öffnete. „Ronald!“ Sie presste beide Hände aufs Herz und lehnte sich gegen die Kacheln. „Du könntest mich genauso gut erschießen wie mich zu Tode erschrecken. Hast du noch nie vom Bates-Motel gehört?“

„Ich habe mein Fleischermesser in der anderen Hose gelassen.“ Sie hatte das Haar auf dem Kopf zu einem witzig aussehenden Knoten gesteckt und ein Stück duftender Seife in der Hand. Ihre Haut glänzte nass. Er zog sich das Hemd aus und warf es beiseite. „Hast du nie daran gedacht, deinem Hund beizubringen, bei Fuß zu gehen?“

„Nein.“ Grinsend beobachtete Charity, wie er seine Jeans öffnete. „Ich nehme an, du kannst eine Dusche gebrauchen.“ Schweigend warf er die Hose zum Hemd. Sie musterte ihn lange und gründlich. „Nun, offensichtlich hat dich der Lauf nicht ... ermüdet.“ Sie lachte, als er zu ihr unter die Dusche stieg.

Es war fast eine Stunde später, als Charity in die Eingangshalle hinunterging. Sie blieb am Empfang stehen und lächelte. „Guten Morgen, Bob.“

„Charity.“ Er spürte, wie seine Handflächen feucht wurden, als er Ronald hinter ihr entdeckte. „Wie fühlen Sie sich? Sie sind schrecklich früh auf den Beinen.“

„Mir geht es gut.“ Flüchtig sah sie die Papiere auf dem Pult durch. „Es tut mir Leid, dass ich Sie gestern habe hängen lassen.“

„Das ist doch Unsinn.“ Angst verkrampfte ihm den Magen, als er die Wunde an ihrer Stirn musterte. „Wir waren besorgt um Sie.“

„Danke, aber es besteht kein Grund zur Sorge mehr.“ Sie lächelte Ronald an. „Ich habe mich nie im Leben besser gefühlt.“

Bob fing ihren Blick auf, und sein Herz sank. Wenn der Cop verliebt in sie ist, dachte er, wird alles nur noch brenzliger. „Freut mich zu hören. Aber …"

Charity unterbrach seinen Protest, indem sie eine Hand hob. „Gibt es irgendetwas Dringendes?"

„Nein." Er blickte erneut zu Ronald. „Nein, nichts."

„Gut." Sie legte die Papiere beiseite und musterte ihn. „Was ist los, Bob?"

„Nichts. Was sollte sein?"

„Sie sehen ein bisschen blass aus. Sie werden doch hoffentlich nicht krank, oder?"

„Nein, nein, es ist alles bestens. Wir haben ein paar neue Reservierungen. Der Juli ist fast ausgebucht."

„Großartig. Ich sehe es mir nach dem Frühstück an. Bis später." Sie nickte ihm zu und betrat den Speisesaal.

Drei Tische waren bereits besetzt. Bonnie nahm die Bestellungen entgegen. Das Frühstücksmenü war sauber auf der Tafel aufgelistet, und im Hintergrund spielte sanfte Musik. Die Blumen auf den Tischen waren frisch, und der Kaffee war heiß.

„Ist etwas nicht in Ordnung?" fragte Ronald.

„Nein." Charity zupfte den Kragen ihrer Bluse zurecht. „Was sollte nicht in Ordnung sein? Es scheint alles bestens zu sein." Sie fühlte sich nutzlos und ging in die Küche.

Es gab keinen Streit zu schlichten. Mae und Dolores

arbeiteten Seite an Seite, und Lori belud ihr Tablett mit der ersten Bestellung.

„Wir brauchen mehr Butter für den Französischen Toast“, rief Mae.

„Kommt sofort.“ Munter wie ein Vogel, formte Dolores hübsche Butterbällchen. Als sie Lori die gefüllte Schale reichte, erblickte sie Charity in der Tür. „Guten Morgen.“ Ihr schmales Gesicht verzog sich zu einem Lächeln. „Ich habe nicht erwartet, Sie schon auf den Beinen zu sehen.“

„Es geht mir gut.“

„Setz dich, Mädchen.“ Mae blickte kaum auf und fuhr fort, Käse für ein Omelette zu reiben. „Dolores wird dir Tee geben.“

Charity lächelte trotz zusammengebissener Zähne. „Ich will keinen Tee.“

„Wollen oder brauchen sind zwei verschiedene Dinge.“

„Es freut mich, dass es Ihnen besser geht“, sagte Lori, während sie mit ihrem Tablett hinauseilte.

Bonnie kam herein, mit einem Bestellblock in der Hand. „Oh, hallo, Charity, wir dachten, Sie würden sich noch einen Tag ausruhen. Geht es Ihnen besser?“

„Mir geht es gut“, antwortete Charity knapp. „Sehr gut.“

„Prima. Zwei Omelettes mit Schinken, Mae. Einen

Französischen Toast mit Würstchen, zwei Kräutertees, ein Rosinenbrötchen. Und der Kaffee geht zur Neige." Nachdem sie die Bestellzettel auf einen Haken am Herd gespießt hatte, eilte sie hinaus.

Charity griff nach einer Schürze, doch Mae schob sie fort. „Ich habe dir gesagt, dass es mir gut geht. Ich werde helfen, Order aufzunehmen."

„Die einzigen Order, die du heute erhältst, sind die von mir. Jetzt setz dich." Mae streichelte ihr über den Arm. Niemand verstand es besser als sie, diesen trotzigen Blick zu erkennen und mit ihm umzugehen. „Sei ein liebes Mädchen. Ich sorge mich weniger, wenn ich weiß, dass du ordentlich gefrühstückt hast. Du willst doch nicht, dass ich mich sorge, oder?"

„Nein, natürlich nicht, aber …"

„So ist es richtig. Jetzt setz dich. Ich mache dir einen Französischen Toast. Den magst du doch am liebsten."

Charity setzte sich.

Dolores stellte ihr eine Tasse Tee hin. „Sie haben uns gestern einen gehörigen Schreck eingejagt. Setzen Sie sich, Ronald. Ich bringe Ihnen Ihren Kaffee."

„Danke." Er blickte Charity an und murmelte: „Du schmollst."

„Tue ich nicht."

„Der Doc kommt heute Morgen und sieht noch einmal nach dir."

„Herrje, Mae …“

„Du wirst nichts tun, bis er sein Okay gibt.“ Mit einem Nicken begann Mae Bonnies Bestellung vorzubereiten. „Wir brauchen dich hundertprozentig auf dem Posten. Gestern war es schwer genug.“

Charity hörte auf, in ihren Tee zu starren, und blickte auf. „Ach, wirklich?“

„Jeder hat Fragen gestellt, die keiner beantworten konnte. Ein ganzer Stapel Bettwäsche ging verloren.“

„Verloren? Aber …“

„Ich habe ihn gefunden.“ Mae machte für Dolores Platz am Herd. „Aber es war eine Zeit lang sehr verwirrend. Und dann die Dinnerschicht … Wir hätten ein zusätzliches Paar Hände gut gebrauchen können.“ Über Charitys Kopf hinweg zwinkerte sie Ronald zu. „Wir werden alle mächtig froh sein, wenn Doc sein Okay gibt. Dolores, lass den Schinkenspeck knusprig werden.“

„Er ist knusprig.“

„Nicht genug.“

„Soll ich ihn verbrennen?“

Charity lächelte und nippte an ihrem Tee. Es war schön, wieder dabei zu sein.

Es war bereits Nachmittag, als Charity Ronald wieder sah. Sie hatte einen Bleistift hinter dem Ohr, einen Notizblock in einer Tasche und einen Staublappen in der anderen, und sie stürmte den Flur entlang zu ihren Räumen.

„Hast du es eilig?"

„Oh." Sie blieb lange genug stehen, um ihn anzulächeln. „Ja. Ich habe ein paar Papiere in meinem Zimmer, die im Büro sein sollten."

„Wozu das?" Er zupfte am Staublappen.

„Eins der Zimmermädchen ist an Grippe erkrankt. Ich habe es nach Hause geschickt." Sie blickte zur Uhr und runzelte die Stirn. Sie konnte etwa zwei Minuten für ein Gespräch erübrigen. „Ich hoffe nur, dass Bob nicht das Gleiche hat."

„Was ist mit Bob?"

„Ich weiß nicht. Er sieht einfach nicht gut aus." Charity warf ihr Haar zurück, ließ damit die schlanken Goldspiralen an ihren Ohren tanzen. „Jedenfalls fehlt uns ein Zimmermädchen, und heute kommen Gäste für die Häuser 3 und 5. Die Garsons sind heute Morgen aus Zimmer 5 ausgezogen. Sie verdienen nicht gerade eine Medaille für Sauberkeit."

„Der Arzt hat gesagt, dass du dich heute Nachmittag eine Stunde hinlegen sollst."

„Ja, aber … Woher weißt du das?"

„Ich habe ihn gefragt." Ronald zog das Staubtuch aus ihrer Tasche. „Ich reinige Haus 5."

„Sei nicht albern. Das ist nicht deine Aufgabe."

„Meine Aufgabe ist es, Sachen in Ordnung zu bringen. Ich werde Haus 5 in Ordnung bringen." Er nahm ihr Kinn zwischen zwei Finger. „Wenn ich damit fertig bin, komme ich hinauf. Wenn du dann nicht im Bett liegst, hole ich dich."

„Das klingt ja wie eine Drohung."

Er beugte sich hinab und küsste sie hart. „Das ist es auch."

„Ich bin völlig verängstigt", sagte sie und rannte die Treppe hinauf.

Es lag nicht daran, dass Charity die Anordnung des Arztes missachten wollte. Ein kurzer Nachmittagsschlaf stand nur ganz unten auf ihrer Liste all der Dinge, die sie zu erledigen hatte.

Dazu kam außerdem noch, dass Bob zerstreut und durcheinander war. Besorgt, dass er krank war oder sich mit einem privaten Problem herumschlug, übernahm sie die Hauptlast seiner Arbeit.

Zweimal fasste sie ernsthaft den Entschluss, eine Pause einzulegen und in ihre Räume hinaufzugehen, und beide Male wurde sie von eintreffenden Gästen aufgehalten. Sie vertraute darauf, dass Ronald Haus 5 in Ordnung gebracht hatte, und führte ein frisch verheiratetes Paar hinein.

„Von hier haben Sie einen herrlichen Ausblick auf den Garten“, bemerkte Charity, während sie verstohlen prüfte, ob frische Handtücher da waren. Ronald hatte sie auf die Stange gehängt, wie es sich gehörte. Das Bett war mit militärischer Präzision gemacht worden, an der sie nichts aussetzen konnte.

„Jeden Nachmittag um fünf Uhr wird Wein im Gesellschaftsraum serviert. Wir empfehlen Ihnen, einen Tisch zu reservieren, wenn Sie bei uns das Dinner einnehmen möchten – vor allem, da heute Sonnabend ist. Das Frühstück wird zwischen halb acht und zehn serviert. Wenn Sie …“ Charity brach ab, als Ronald eintrat. „Ich komme gleich“, sagte sie ihm und wandte sich wieder an die Flitterwöchner.

„Entschuldigung.“ Ronald nickte beiden freundlich zu, bevor er Charity auf die Arme hob. „Miss Ford wird woanders gebraucht. Einen wunderschönen Aufenthalt hier.“

Sobald Charity den ersten Schreck überwunden hatte, wehrte sie sich. „Bist du verrückt geworden? Lass mich runter!“

„Das habe ich vor – sobald wir bei deinem Bett angekommen sind.“

„Du kannst doch nicht einfach …“ Ihre Worte endeten in einem Aufstöhnen, als er sie durch den Gesellschaftsraum trug.

Zwei Männer, die auf dem Sofa saßen, stellten abrupt ihr Gespräch ein. Eine Familie, die gerade von einem Spaziergang zurückkehrte, starrte von der Tür aus herüber. Miss Millie und Miss Lucy unterbrachen ihr tägliches Scrabble-Spiel am Fenster.

„Ist das nicht höchst romantisch?“ bemerkte Miss Millie, während Ronald mit Charity im Westflügel verschwand.

„Du hast mich völlig blamiert“, schimpfte Charity.

Er trug sie die Treppe hinauf. „Du kannst von Glück sagen, dass ich nur das getan habe.“

„Du hattest kein Recht, mich zu unterbrechen, als ich gerade Gäste empfing. Und dann musstest du auch noch Rhett Butler spielen!“

„Wenn ich mich recht erinnere, hatte er etwas anderes im Sinn, als er eine trotzige Frau zum Bett trug.“ Ronald ließ sie nicht besonders sanft auf die Matratze fallen. „Du wirst dich ausruhen.“

„Ich bin sehr versucht, dich zum Teufel zu jagen.“

Er beugte sich zu ihr herunter und nahm ihr Gesicht zwischen die Hände. „Nur zu!“

„Meine Manieren sind zu fest verwurzelt, um es mir zu gestatten“, entgegnete sie hoheitsvoll.

„Welch ein Glück für mich!“ Ronald beugte sich ein wenig näher. Belustigung lag nun in seinem Blick, so dass sie die Zähne zusammenbeißen musste, um nicht zu lachen. „Ich will, dass du sechzig Minuten lang nicht aus diesem Bett aufstehst."

„Oder?"

„Oder … ich hetze dir Mae auf den Hals."

„Das ist ein Tiefschlag."

Er drückte ihr einen Kuss auf die Stirn. „Schalte eine Stunde ab, Baby. Es wird dich nicht umbringen."

Sie spielte mit dem obersten Knopf seines Hemdes. „Es würde mir besser gefallen, wenn du zu mir kämst."

„Ich sagte abschalten, nicht anturnen." Als das Telefon im Wohnzimmer zu klingeln begann, hielt er sie mit einer Hand zurück. „Du bleibst liegen. Ich gehe ran."

Sie verdrehte die Augen hinter seinem Rücken, als er nach nebenan ging.

„Ja? Sie ruht. Sagen Sie ihm, dass sie in einer Stunde zurückruft. Stellen Sie bis vier Uhr keine Gespräche durch." Ronald blickte gedankenverloren auf einen Katalog hinunter, der aufgeschlagen auf dem Schreibtisch lag. Charity hatte ein Goldarmband mit einem quadratischen roten Stein eingekreist. „Kümmern Sie sich um alles, was in der nächsten Stunde anfällt."

„Was war?" rief Charity vom Schlafzimmer aus.

„Ich sage es dir in einer Stunde."

„Verdammt, Ronald, wenn es nun wichtig ist …"

Er blieb im Türrahmen stehen. „Ist es nicht."

Sie warf ihm einen vernichtenden Blick zu. „Woher willst du das wissen?“

„Ich weiß, dass es nicht wichtiger ist als du. Nichts ist wichtiger.“ Er schloss die Tür vor ihrer verblüfften Miene.

Ich muss Bob fest an der Leine halten, dachte Ronald, während er die Treppe hinunterging. Solange er mehr Angst vor mir als vor Block hat, geht alles klar.

Er musste den Druck nur noch ein paar Tage lang aufrechterhalten. Block und „Vision Tours“ sollten am Dienstag eintreffen. Wenn sie sich am Donnerstagmorgen abmeldeten, wollte er die Falle zuschnappen lassen.

Ronald öffnete die Bürotür und sah Bob auf den Computerbildschirm starren und hastig Kaffee trinken. „Für jemanden, der sich den Lebensunterhalt durch Betrug verdient, sind Sie reichlich nervös.“

Bob nahm noch einen Schluck. „Ich habe noch nie mit einem Cop im Nacken gearbeitet.“

„Sehen Sie mich einfach als Ihren neuen Partner an“, riet Ronald. Er nahm ihm den Becher aus der Hand und roch daran. „Und lassen Sie das Saufen sein.“

„Haben Sie etwas Nachsicht mit mir.“

„Ich bin nachsichtiger, als Sie es verdienen. Charity macht sich Sorgen, dass Sie sich etwas eingefangen haben – etwas anderes als einen Aufenthalt im Gefängnis. Ich will nicht, dass sie sich sorgt."

„Hören Sie, Sie verlangen von mir, dass ich Block belüge, dass ich ihn reinlege." Bobs Hand zitterte, als er sich durch das Haar strich. „Sie wissen nicht, zu was dieser Mann fähig ist. Ich weiß nicht, wozu er fähig ist." Er blickte zum Becher, den Ronald außer Reichweite gestellt hatte. „Ich brauche etwas, das mir über die nächsten Tage hinweghilft."

„Seien Sie sich über eines im Klaren." Ronald steckte sich ruhig eine Zigarette an. „Bringen Sie die Sache zu Wege, und ich setze mich für Sie ein. Vermasseln Sie es, und ich sorge dafür, dass Sie lange Zeit im Knast sitzen. Und jetzt machen Sie eine Pause."

„Was?"

„Ich sagte, machen Sie eine Pause. Gehen Sie spazieren. Trinken Sie einen richtigen Kaffee."

„Gewiss." Während Bob aufstand, wischte er sich die Handflächen an der Hose ab. „Hören Sie, DeWinter, ich treibe ein ehrliches Spiel mit Ihnen. Ich erwarte von Ihnen, wenn es zum Endspurt kommt, dass Sie mir Block vom Leibe halten."

„Ich werde mich um Block kümmern." Es war ein Versprechen, das Ronald zu halten gedachte. Als er zum Telefon griff, schloss sich die Tür hinter Bob. „DeWinter", meldete er sich, als die Verbindung hergestellt war.

„Machen Sie es kurz“, sagte Conby. „Ich habe Freunde zu Besuch.“

„Ich werde versuchen, Ihren Martini nicht warm werden zu lassen. Ich will wissen, ob Sie den Fahrer ausfindig gemacht haben.“

„DeWinter, ein kleiner Handlager ist kaum wichtig für uns.“

„Für mich ist er wichtig. Haben Sie ihn gefunden?“

„Ein Mann, auf den die Beschreibung Ihres Informanten passt, wurde heute Morgen in Tacoma festgenommen. Er wird zum Verhör bei der Lokalpolizei festgehalten. Wir benutzen unseren Einfluss, um die Prozedur zu verlängern. Ich fliege am Montag hinüber“, fuhr Conby fort. „Am Dienstagvormittag werde ich im Gasthaus eintreffen. Wie man mir sagte, bekomme ich ein Zimmer mit Blick auf einen Fischteich. Das klingt sehr malerisch.“

„Ich will Ihr Wort, dass Charity aus der Sache herausgehalten wird.“

„Wie ich bereits erklärte, gibt es keinen Anlass zur Sorge, falls sie unschuldig ist. Wie gesagt, falls sie wirklich unschuldig ist.“

„Es geht nicht um ‚falls‘.“ Ronald zügelte mühsam sein Temperament und drückte seine Zigarette aus. „Sie ist unschuldig. Wir haben Beweise dafür.“

„Das Wort eines winselnden kleinen Buchhalters.“

„Sie wurde beinahe umgebracht, und sie weiß nicht einmal, warum."

„Dann behalten Sie sie gut im Auge. Wir haben nicht den Wunsch, sie verletzt zu sehen oder sie mehr als nötig hineinzuziehen. Da draußen gibt es einen Polizisten, der dieselbe leidenschaftliche Meinung über Miss Ford hegt wie Sie. Sheriff Royce hat Ihre Spur zu uns verfolgt."

„Wie hat er es angestellt?"

„Er ist ein schlauer Cop mit Beziehungen. Er hat einen Cousin oder Schwager oder so was Ähnliches bei uns im FBI. Er war nicht gerade erfreut, dass wir ihn im Dunkeln gelassen haben."

„Das kann ich mir denken."

„Ich nehme an, dass er Ihnen bald einen Besuch abstatten wird. Gehen Sie vorsichtig mit ihm um, DeWinter, aber werden Sie mit ihm fertig."

Gerade als Ronald das Klicken in der Leitung hörte, öffnete sich die Tür. Ausnahmsweise hat Conby ins Schwarze getroffen, dachte er und legte den Hörer auf, bevor er sich auf dem Stuhl zurücklehnte. „Sheriff."

„Ich will wissen, was, zum Teufel, hier vorgeht, Agent DeWinter."

„Schließen Sie die Tür. Und ich wäre Ihnen sehr dankbar, wenn Sie den ‚Agent' vorläufig wegließen."

Royce stützte nur beide Handflächen auf den

Schreibtisch. „Ich will wissen, was ein getarnter FBI-Agent in meinem Territorium zu suchen hat."

„Er befolgt Befehle. Wollen Sie sich nicht setzen?" Ronald deutete auf den Stuhl.

„Ich will wissen, an was für einem Fall Sie arbeiten."

„Was hat man Ihnen denn gesagt?"

Royce schnaubte verächtlich. „Selbst mein Cousin hat mich an der Nase herumgeführt, DeWinter, aber mir bleibt nichts anderes übrig, als anzunehmen, Ihr Hiersein hat etwas damit zu tun, dass Charity gestern beinahe überfahren wurde."

„Ich bin hier, weil ich hierher beordert wurde." Ronald wartete einen Moment, maß Royce mit einem langen direkten Blick. „Aber mein Hauptanliegen besteht darin, Charity zu beschützen."

Royce arbeitete nicht schon seit fast zwanzig Jahren als Gesetzesvertreter, ohne einen Mann beurteilen zu können. Er fällte sein Urteil über Ronald, und er war zufrieden. „Ich habe aus Washington eine Menge Unsinn darüber gehört, dass gegen Charity ermittelt wird."

„Es wurde gegen sie ermittelt. Jetzt nicht mehr. Aber sie könnte in Schwierigkeiten geraten. Sind Sie bereit zu helfen?"

„Ich kenne das Mädchen schon ihr ganzes Leben lang." Royce nahm seinen Hut ab und strich sich mit den Fingern durch das Haar. „Warum hören Sie nicht auf, dumme Fragen zu stellen, und sagen mir endlich, was vorgeht?"

Ronald informierte ihn über den Sachverhalt, hielt ein- oder zweimal inne, um Royce Zwischenfragen stellen zu lassen. „Ich habe keine Zeit, nähere Einzelheiten zu erläutern. Ich möchte wissen, wie viele Ihrer Männer Sie am Donnerstagmorgen erübrigen können."

„Alle", erwiderte Royce spontan.

„Ich will nur die erfahrensten. Ich bin informiert worden, dass Block nicht nur das Falschgeld, sondern auch einen Mann mitbringt, der sich als Jack Marshall eintragen wird. Sein richtiger Name lautet Dupont. Vor einer Woche hat er zwei Banken in Ontario ausgeraubt, einen Wächter erschossen und einen Zivilisten verletzt. Block wird ihn innerhalb der Reisegruppe aus Kanada herausschmuggeln, ihn ein paar Tage hier behalten und dann in Etappen nach Südamerika schicken. Für den Reiseservice von Männern wie Dupont kassiert er ein ganz schön hohes Honorar. Wir werden Agenten hier im Gasthaus haben, aber es sind auch Zivilisten hier. Es gibt keine Möglichkeit, das Lokal zu räumen, ohne den beiden einen Wink zu geben."

„Es ist ein riskantes Spiel, das Sie treiben."

„Ich weiß." Ronald dachte an Charity. „Es ist die einzige Art, auf die ich es zu spielen verstehe."

9. KAPITEL

Als Ronald feststellte, dass Charity sich weder im Büro noch in der Küche oder sonst wo im Gasthaus aufhielt, verlor er die Beherrschung.

„Sie hat einige Gäste zur Fähre gefahren", teilte Mae ihm mit. Dann beobachtete sie fasziniert, wie er seiner Wut freien Lauf ließ. „Du meine Güte", sagte sie, als er sich wieder einigermaßen beruhigt hatte. „Sie hat es aber schlimm erwischt, Junge."

„Warum haben Sie Charity gehen lassen?"

„Sie gehen lassen?" Mae stieß ein lautes Lachen aus. „Ich habe das Mädchen nichts mehr tun lassen, seit sie laufen kann. Sie tut es einfach." Sie musterte ihn. „Gibt es irgendeinen Grund, warum sie nicht zur Fähre hätte fahren sollen?"

„Nein."

„Dann ist ja alles gut. Beruhigen Sie sich. Sie wird in einer halben Stunde zurück sein."

Unruhig marschierte Ronald auf und ab, ohne Unterlass. Mae und Dolores tauschten Blicke über den Raum hinweg. Es würde viel zu schwatzen geben, sobald sie die Küche wieder für sich selbst hatten.

Mae dachte daran, wie Charity am Morgen gelächelt hatte. Das Mädchen war förmlich in die Küche getanzt. Sie behielt Ronald im Auge, während er brütend eine

Tasse Kaffee trank und fortwährend zur Uhr sah. In der Tat, dachte sie, den Jungen hat es schlimm erwischt. „Sie haben heute frei, oder?“

„Wie bitte?“

„Es ist Sonntag“, sagte sie geduldig. „Es ist Ihr freier Tag, oder?“

„Ja, ich nehme es an.“

„Ein schöner Tag. Gutes Wetter für ein Picknick.“ Mae begann Roastbeef zu schneiden. „Haben Sie was vor?“

„Nein.“

„Charity liebt Picknicks. Sehr sogar. Wissen Sie, ich glaube, das Mädchen war seit über einem Monat keinen Tag von hier fort.“

„Haben Sie Dynamit?“

„Wozu denn das?“ warf Dolores ein.

„Ich nehme an, es braucht Dynamit, um Charity einen Tag lang aus dem Gasthaus zu vertreiben.“

Es dauerte einen Moment, aber dann begriff Dolores den Scherz. Sie kicherte. „Hast du das gehört, Mae? Er will Dynamit.“

„Dummköpfe“, murmelte Mae, während sie ihren Schokoladenkuchen anschnitt. „Dem Mädchen kann man nicht mit Dynamit oder Drohungen oder Befehlen beikommen. Da kann man genauso gut mit dem Kopf gegen die Wand rennen. Wenn man etwas von ihr will, muss man sie glauben lassen, dass sie einem einen Gefallen tut. Sie glauben lassen, dass es einem wichtig ist. Dolores, hol mir den großen Korb aus dem Hinterzimmer. Junge, wenn Sie weiter so herumlaufen, wetzen Sie mir noch den Fußboden durch."

„Sie hätte inzwischen zurück sein müssen."

„Sie wird schon kommen. Können Sie mit einem Boot umgehen?"

„Ja, warum?"

„Charity hat Picknicks auf dem Wasser immer geliebt. Sie war seit langer Zeit nicht mehr in einem Boot draußen. Zu lange."

„Ich weiß. Sie hat es mir erzählt."

Mae drehte sich zu ihm um. Ihre Miene war entschlossen. „Wollen Sie mein Mädchen glücklich machen?"

Ronald versuchte es mit einem Schulterzucken abzutun, aber er konnte nicht anders. „Ja. Ja, das will ich."

„Dann fahren Sie mit ihr im Boot hinaus. Lassen Sie sie nicht Nein sagen."

„In Ordnung."

Zufrieden drehte Mae sich wieder um. „Gehen Sie in den Keller und holen Sie eine Flasche Wein. Französischen. Sie mag das französische Zeug."

„Sie kann von Glück sagen, dass sie Sie hat."

Maes breites Gesicht rötete sich ein wenig, aber sie

sagte kurz angebunden: „Hier bei uns haben wir einander. Sie sind in Ordnung“, fügte sie hinzu. „Ich war mir nicht sicher, als Sie hier ankamen, aber Sie sind in Ordnung.“

Ronald wartete bereits, als Charity zurückkehrte. Während sie aus dem Lieferwagen stieg, ging er ihr schon entgegen, den Korb in der Hand. „Hallo.“

„Hallo.“ Sie begrüßte ihn mit einem Lächeln und einem schnellen Kuss. Obwohl zwei Teenager in der Nähe spielten, schlang er einen Arm um sie und zog sie hart an sich. Sie bemerkte, dass er einen weiten schwarzen Pullover über die Jeans gezogen hatte und einen Korb trug. „Was ist das?“

„Ein Korb. Mae hat mir ein paar Sachen eingepackt. Heute ist mein freier Tag.“

„Oh.“ Charity warf ihr Haar zurück. „Stimmt ja. Wohin willst du?“

„Hinaus aufs Wasser, wenn ich das Boot benutzen darf.“

„Gewiss.“ Sie blickte zum Himmel hinauf, ein wenig sehnsüchtig. „Es ist ein großartiger Tag dafür. Leichte Brise, kaum eine Wolke.“

„Dann lass uns gehen.“

„Uns? Ach, Ronald, ich kann nicht. Ich habe heute Nachmittag Dutzende von Dingen zu erledigen. Und ich …“ Sie wollte nicht eingestehen, dass sie nicht bereit war, wieder aufs Wasser hinauszufahren. „Ich kann nicht.“

„Ich bringe dich vor der Dinnerschicht zurück.“ Er legte eine Hand an ihre Wange. „Ich brauche dich bei mir, Charity. Ich muss ein bisschen Zeit mit dir verbringen, allein.“

„Vielleicht könnten wir eine Spazierfahrt machen. Du hast die Berge noch nicht gesehen.“

„Bitte.“ Er stellte den Korb ab und nahm ihre Arme. „Tu es für mich.“

Hat er je zuvor „bitte“ gesagt? fragte sie sich. Sie bezweifelte es. Mit einem Seufzer blickte sie zum Boot hinüber, das sanft am Pier schaukelte. „Also gut. Vielleicht für eine Stunde. Ich gehe mich umziehen.“

Der rote Sweater und die Jeans halten sie warm genug, entschied er. Und das wusste sie auch. Sie wollte nur Zeit schinden. „Du siehst gut aus, wie du bist.“ Er behielt ihre Hand in seiner, während sie den Pier hinuntergingen. „Er könnte ein bisschen Instandhaltung gebrauchen.“

„Ich weiß.“ Sie wartete, bis Ronald ins Boot gestiegen war. Als er ihr eine Hand reichte, zögerte sie. Dann zwang sie sich, ihm zu folgen. „Ich habe keinen Schlüssel an meinem Bund.“

„Mae hat mir einen gegeben.“

„Aha." Charity setzte sich ans Heck. „Ich verstehe. Eine Verschwörung."

Er brauchte nur zweimal zu reißen, um den Motor anzuwerfen. „Nach allem, was du mir neulich erzählt hast, hätte dein Großvater nicht gewollt, dass du ewig um ihn trauerst."

„Nein." Sie blickte zum Gasthaus zurück, während ihre Augen feucht wurden. „Nein, das hätte er nicht gewollt. Aber ich hatte ihn so lieb." Sie holte tief Luft. „Ich mache die Leinen los."

Bevor Ronald das Boot in Gang setzte, nahm er ihre Hand und zog sie neben sich. Nach einem Moment lehnte sie den Kopf an seine Schulter.

„Bist du oft Boot gefahren?"

„Gelegentlich. Als ich noch ein Kind war, haben wir jeden Sommer ein paar Mal ein Boot gemietet und sind über den Fluss gefahren."

„Wer ist wir?" Sie beobachtete, wie seine Miene sich verschloss. „Welcher Fluss?" fragte sie stattdessen.

„Der Mississippi." Er lächelte und legte einen Arm um ihre Schultern. „Ich komme aus St. Louis. Weißt du nicht mehr?"

„Der Mississippi." Augenblicklich sah sie im Geiste Dampfschiffe und Jungen auf Holzflößen vor sich. „Den möchte ich gern sehen. Weißt du, was großartig wäre? Den ganzen Weg hinabzufahren, von St. Louis bis nach New Orleans. Das muss ich in meine Akte aufnehmen."

„Deine Akte?"

„Die Akte über Dinge, die ich gern tun möchte." Mit einem Lachen winkte sie einem vorüberziehenden Segelboot zu, bevor sie sich vorbeugte und Ronald einen Kuss auf die Wange drückte. „Danke."

„Wofür?"

„Dass du mich überredet hast. Es hat mir immer Spaß gemacht, einen Nachmittag hier draußen zu verbringen, andere Boote zu beobachten, die Häuser zu betrachten. Es hat mir gefehlt."

„Hast du je daran gedacht, dass du dem Gasthaus zu viel gibst?"

„Nein. Man kann etwas, das man liebt, nicht zu viel geben." Sie drehte sich um. Wenn sie die Augen mit der Hand beschattete, konnte sie das Gasthaus gerade noch in der Ferne sehen. „Wenn ich nicht so starke Gefühle dafür hätte, würde ich es verkaufen und eine Stelle in einem modernen Hotel in Seattle oder Miami oder sonst wo annehmen. Acht Stunden pro Tag und bezahlter Urlaub." Allein die Idee brachte sie zum Lachen. „Ich würde ein ordentliches, strenges Kostüm und vernünftige Schuhe tragen, ein eigenes Büro haben und allmählich verrückt werden." Sie griff in ihre Tasche nach der Sonnenbrille. „Du müsstest das eigentlich verstehen. Du hast geschickte Hände und einen scharfen Verstand. Warum bist du nicht Obertischler bei einer großen Konstruktionsfirma?“

„Als es an der Zeit war, habe ich vielleicht die falsche Wahl getroffen.“

Mit geneigtem Kopf musterte sie ihn nachdenklich durch die getönten Gläser. „Nein, das glaube ich nicht. Nicht für dich.“

„Du weißt nicht genug von mir, Charity.“

„Doch, natürlich. Ich lebe seit einer Woche mit dir. Das ist wahrscheinlich vergleichbar mit einer flüchtigen Bekanntschaft von sechs Monaten. Ich weiß, dass du sehr ernst und verschlossen bist. Du hast ein hitziges Temperament, das selten mit dir durchgeht. Du bist ein ausgezeichneter Tischler, der einen angefangenen Job gern zu Ende führt. Du kannst sehr galant zu netten alten Damen sein.“ Sie lachte ein wenig und hielt das Gesicht gegen den Wind. „Du trinkst den Kaffee schwarz, du schreckst nicht vor harter Arbeit zurück, du hast großes Geschick beim Schreinern … und du bist ein wundervoller Liebhaber.“

„Und das reicht dir?“

Sie hob die Schultern. „Ich glaube nicht, dass du viel mehr von mir weißt. Ich sterbe vor Hunger“, sagte sie abrupt. „Willst du nicht essen?“

„Such einen Platz aus.“

„Fahr dort hinüber. Siehst du den kleinen Landvorsprung da drüben? Da können wir ankern."

Der Landvorsprung bestand aus einem schmalen Streifen Sand. Dahinter erhoben sich große glatte Felsen, die dicht mit Pinien bewachsen waren. Charity breitete die Decke, die Ronald mitgebracht hatte, am Fuß der Felsen aus. Sie kniete sich darauf nieder und blickte sich um. Wenige Schritte entfernt umspülte das Wasser einen großen Stein, der glatt gewetzt war von Wind und Zeit. Ein einsames Boot kreuzte in der Ferne, mit geblähten weißen Segeln.

Charity öffnete den Korb, erblickte eine Flasche Champagner und holte sie mit hochgezogenen Augenbrauen hervor. „Oh, das scheint ja ein tolles Picknick zu werden."

„Mae hat gesagt, dass du das französische Zeug magst."

„Das stimmt. Aber ich habe noch nie Champagner bei einem Picknick getrunken."

„Dann wird es Zeit." Ronald nahm die Flasche, ging zum Wasser und steckte sie in den feuchten Sand. „Wir lassen sie noch ein bisschen kühlen." Er kehrte zurück und nahm Charitys Hand, bevor sie den Korb weiter erforschen konnte. Er kniete sich nieder, zog sie an sich und schloss den Mund über ihrem.

Ihr stockte der Atem, als er den Kuss vertiefte. Sie

schlang die Arme um ihn, ließ dann die Hände hinaufgleiten und umfasste seine Schultern. Verlangen erwachte wie eine Flutwelle, schwoll rasch an, zog sie mit sich.

Er brauchte es, sie so festzuhalten, die Hitze der Leidenschaft mit ihren Lippen zu schmecken, ihr Herz an seinem klopfen zu spüren. Seine Hände wühlten in ihrem Haar, während er sie wild und heftig küsste.

Es war eine Unruhe in ihm, ein Zorn, den sie nicht verstand. Sie reagierte auf beides, presste sich an ihn, bot ihm ohne Zögern, was immer er brauchte. Vielleicht war es genug. Allmählich wurde sein Mund sanfter. Dann hielt er sie nur noch fest.

„Das ist eine sehr nette Art, ein Picknick zu beginnen", brachte Charity hervor, als sie ihre Stimme wiederfand.

„Ich kann anscheinend nicht genug von dir bekommen."

„Das ist mir recht."

Ronald umfasste ihr Gesicht mit den Händen. Ihre Augen wirkten ruhig und verständnisvoll. Es wäre besser, dachte er, und gewiss sicherer, sie einfach die Sandwiches herausholen zu lassen. Sie könnten über das Wetter reden, über das Wasser und die Leute im Gasthaus. Es gab so vieles, was er ihr nicht sagen konnte. Aber als er ihr in die Augen blickte, erkannte er, dass er ihr genügend über sich erzählen musste, damit sie eine Wahl treffen konnte. „Setz dich“, sagte er.

Etwas in seinem Ton beunruhigte sie. Er will mir sagen, dass er fortgeht, dachte sie. „In Ordnung.“ Sie verschlang die Hände miteinander und schwor sich, einen Weg zu finden, ihn zum Bleiben zu veranlassen.

„Ich war nicht fair zu dir.“ Ronald lehnte sich zurück an einen Felsen. „Es gibt da gewisse Dinge über mich, die du wissen solltest, die du hättest wissen sollen, bevor es zwischen uns so weit gekommen ist.“

„Ronald …“

„Es wird nicht lange dauern. Ich komme aus St. Louis. Ich bin in einem Viertel aufgewachsen, das du nicht einmal annähernd begreifen würdest. Rauschgift, Zuhälter, Nutten.“ Er blickte hinaus auf das Wasser. Das Segelboot hatte Fahrt aufgenommen. „Ein riesiger Unterschied zu diesem Ort, Baby.“

Also, er fasst Vertrauen, dachte Charity. Sie wollte dafür sorgen, dass er es nicht bereute. „Es ist nicht wichtig, woher du kommst, sondern wo du jetzt bist.“

„Das stimmt nicht ganz. Ein Teil der Herkunft bleibt hängen.“ Er drückte flüchtig ihre Hand, ließ sie dann los. „Wenn mein Vater nüchtern genug war, fuhr er Taxi. Wenn er nicht nüchtern genug war, hockte er in der Wohnung herum. Eine meiner ersten Erinnerungen ist, dass ich nachts aufwachte, weil meine Mutter ihn anschrie. Alle paar Monate drohte sie, ihn zu verlassen. Dann riss er sich zusammen, bis es ihn wieder überkam. Also hörte sie schließlich auf, ihm zu drohen, und ging fort."

„Wohin seid ihr gegangen?"

„Ich sagte, sie ging fort."

„Aber … hat sie dich denn nicht mitgenommen?"

„Ich nehme an, sie rechnete sich aus, dass es schwer genug für sie allein sein würde, auch ohne sich mit einem Zehnjährigen abzugeben."

Charity schüttelte den Kopf und kämpfte mit einem tiefen, brennenden Zorn. Sie hatte Mühe zu verstehen, wie eine Mutter ihr Kind verlassen konnte. „Sie muss sehr verwirrt und verängstigt gewesen sein. Nachdem sie …"

„Ich habe sie nie wieder gesehen", sagte Ronald. „Du musst begreifen, dass nicht jeder bedingungslos liebt. Nicht jeder liebt überhaupt."

„Oh, Ronald." Sie wollte ihn an sich ziehen, doch er hielt sie von sich ab.

„Ich blieb weitere drei Jahre bei meinem Vater. Eines Abends betrank er sich, bevor er ins Taxi stieg. Er brachte sich selbst und einen Fahrgast um."

„Oh, Himmel." Charity streckte eine Hand nach ihm aus, doch er schüttelte den Kopf.

„Damit wurde ich Mündel unter Amtsvormundschaft, was mir nicht besonders lag. Also machte ich mich davon, trieb mich auf der Straße herum."

„Mit dreizehn?" warf Charity entsetzt ein.

„Dort hatte ich ohnehin die meiste Zeit gelebt."

„Aber wovon?"

Ronald schüttelte eine Zigarette aus seiner Schachtel, entzündete sie und nahm einen tiefen Zug, bevor er wieder sprach. „Ich nahm Gelegenheitsarbeiten an, wenn ich welche fand. Wenn nicht, dann stahl ich. Nach ein paar Jahren war ich so gut im Stehlen, dass ich mich nicht mehr besonders um anständige Jobs kümmerte. Ich brach in Häuser ein, schloss Wagen kurz, klaute Handtaschen. Verstehst du, was ich dir sage?"

„Ja. Dass du allein und verzweifelt warst."

„Ich war ein Dieb. Verdammt, Charity, ich war kein armes, irregeleitetes Kind. Ich hörte auf, ein Kind zu sein, als ich nach Hause kam und feststellte, dass mein Vater sinnlos betrunken und meine Mutter fort war. Ich wusste, was ich tat. Ich suchte es mir aus."

Sie hielt seinem Blick offen stand, bekämpfte den Drang, ihn in die Arme zu schließen. „Wenn du erwartest, dass ich ein Kind verdamme, weil es einen Weg zum Überleben gesucht hat, dann muss ich dich enttäuschen."

Sie sieht es zu romantisch, dachte Ronald und schnippte die Zigarettenkippe ins Wasser.

„Stiehlst du immer noch?"

„Was ist, wenn ich Ja sage?“

„Dann müsste ich dir sagen, dass du dumm bist. Du wirkst auf mich nicht dumm, Ronald.“

Ronald zögerte einen Moment, bevor er sich entschloss, Charity den Rest zu erzählen. „Ich war in Chicago. Ich war gerade sechzehn geworden. Es war Januar und so kalt, dass die Augen nicht tränen konnten. Ich beschloss, genügend zusammenzubringen, um einen Bus nach Süden nehmen zu können. Ich nahm mir vor, in Florida zu überwintern und die reichen Touristen zu schröpfen. Damals lernte ich John Brody kennen. Ich brach in seine Wohnung ein und fand mich plötzlicher einer 45er gegenüber. Er war ein Cop.“

Die Erinnerung an jenen Moment brachte ihn noch immer zum Lachen. „Ich weiß nicht, wer überraschter war. Er gab mir drei Möglichkeiten zur Auswahl. Die erste, mich dem Jugendgericht zu übergeben. Die zweite, mich gehörig zu verprügeln. Die dritte, mir etwas zu essen zu geben.“

„Für was hast du dich entschieden?“

„Es ist schwer, den harten Burschen zu markieren, wenn ein Hundert-Kilo-Mann eine 45er auf einen richtet. Ich aß eine Dose Suppe. Er ließ mich auf der Couch schlafen.“ In der Erinnerung sah er sich selbst, dünn und voller Bitterkeit, schlaflos auf dem durchgesessenen Sofa liegen. „Ich sagte mir immer wieder, dass er ein sentimentaler Dummkopf sei und ich ihn so ausnehmen sollte, wie ich nur konnte, und dann abhauen würde. Aber ich habe es nicht getan. Und als Nächstes schickte er mich zur Schule.“ Ronald hielt einen Moment inne und blickte zum Himmel hinauf. „Er baute immer Sachen unten im Keller des Gebäudes. Er brachte mir bei, mit einem Hammer umzugehen.“

„Er muss ein außergewöhnlicher Mensch gewesen sein.“

„Er war erst fünfundzwanzig, als ich ihn kennen lernte. Er war auf der verkehrten Straßenseite aufgewachsen, hatte sich an Jugendbanden beteiligt. Irgendwann ist er dann umgekehrt. So beschloss er, auch mich zu bekehren. In gewisser Weise gelang es ihm. Als er ein paar Jahre später heiratete, kaufte er ein heruntergekommenes Haus am Stadtrand. Wir richteten es Zimmer für Zimmer her. Er sagte immer, dass ihm nichts besser gefalle, als auf einer Baustelle zu leben. Wir waren gerade dabei, seine Werkstatt herzurichten, als er getötet wurde. In Ausübung seines Dienstes. Er war zweiunddreißig. Er hinterließ einen dreijährigen Sohn und eine schwangere Witwe.“

„Ronald, es tut mir so Leid.“ Charity beugte sich zu ihm vor und nahm seine Hände.

„Es hat etwas in mir abgetötet. Es ist mir nie gelungen, es zurückzubekommen.“

„Ich verstehe." Sie hielt ihn fest, als er zurückweichen wollte. „Wenn du jemanden verlierst, der so sehr Teil deines Lebens war, dann wird immer etwas fehlen. Ich denke immer noch dauernd an Pop. Es macht mich immer noch traurig. Manchmal macht es mich auch zornig, weil ich ihm noch so viel sagen wollte."

„Du lässt einiges aus. Denk daran, was ich war, woher ich kam. Ich war ein Dieb."

„Du warst ein Kind."

Er nahm ihre Schultern und schüttelte sie. „Mein Vater war ein Trinker."

„Ich weiß nicht einmal, wer mein Vater war. Sollte ich mich deswegen schämen?"

„Es ist nicht wichtig, nicht wahr? Wo ich war, was ich getan habe?"

„Nicht besonders. Mich interessiert mehr, was du jetzt bist."

Ronald konnte ihr nicht sagen, was er jetzt war. Zu ihrer eigenen Sicherheit musste er die Täuschung noch einige Tage aufrechterhalten. Aber da war etwas, was er ihr sagen konnte. Wie die Geschichte, die er soeben erzählt hatte, war es etwas, was er niemals zu einem anderen gesagt hatte. „Ich liebe dich."

Ihre Hände wurden schlaff in seinen, ihre Augen riesig. „Würdest du …" Sie holte tief Luft. „Würdest du das bitte wiederholen?"

„Ich liebe dich."

Mit einem unterdrückten Schluchzen warf sie sich ihm in die Arme. Ich werde nicht weinen, sagte sie sich und presste die Augen gegen die drohenden Tränen fest zu. Sie wollte nicht weinerlich sein in diesem wundervollsten und aufregendsten Moment ihres Lebens. „Halt mich nur einen Moment fest, ja?" Überwältigt presste sie das Gesicht an seine Schulter. „Ich kann es noch nicht fassen."

„Da bist du nicht die Einzige", sagte Ronald, doch er lächelte, während er ihr Haar streichelte. Es war gar nicht so schwer, es zu sagen, erkannte er. Er könnte sich sogar leicht daran gewöhnen, es mehrmals am Tag zu sagen.

„Vor einer Woche kannte ich dich noch nicht einmal." Charity lehnte den Kopf zurück, bis ihre Lippen sich trafen. „Und jetzt kann ich mir mein Leben ohne dich nicht mehr vorstellen."

„Sag das nicht. Du könntest deine Ansicht ändern."

„Auf keinen Fall."

„Versprich es." Überwältigt von einem plötzlichen Gefühl der Dringlichkeit, nahm er ihre Hände. „Ich will, dass du es mir versprichst."

„Also gut, ich verspreche es. Ich werde meine Ansicht darüber, dass ich dich liebe, nicht ändern."

„Ich binde dich an dieses Versprechen, Charity." Er zog sie fest an sich. „Willst du mich heiraten?"

Sie wich zurück, rang nach Atem. „Was? Wie bitte?"

„Ich will, dass du mich heiratest – heute, jetzt." Er war verrückt, und er wusste es. Es war falsch. Und doch, als er sie wieder an sich zog, wusste er, dass er einen Weg finden musste, sie zu halten. „Du musst doch jemanden kennen, einen Pfarrer, einen Friedensrichter, der es tun kann."

„Nun, ja, aber …" Sie legte eine Hand an ihren wirren Kopf. „Da ist der Papierkram, und die Genehmigungen. Oje, ich kann gar nicht denken."

„Denk nicht. Sag nur, dass du willst."

„Natürlich will ich, aber …"

„Kein Aber." Ronald presste den Mund auf ihren. „Ich will, dass du zu mir gehörst. Ich brauche es, zu dir zu gehören. Glaubst du mir das?"

„Ja." Atemlos berührte sie seine Wange mit einer Hand. „Ronald, wir sprechen über Heirat, über ein Leben lang. Ich beabsichtige, es nur einmal zu tun." Sie fuhr sich mit der Hand durch das Haar und setzte sich wieder. „Vermutlich sagt das jeder, aber ich muss daran glauben können. Es muss mit mehr anfangen als mit ein paar Worten von einem Standesbeamten. Einen Moment, bitte", sagte sie, bevor er sie unterbrechen konnte. „Du hast mich völlig verblüfft, und ich möchte, dass du mich richtig verstehst. Ich liebe dich, und ich kann mir nichts vorstellen, was ich mir mehr wünsche, als zu dir zu gehören. Es geht auch nicht darum, dass ich eine riesige, pompöse Hochzeitsfeier brauche."

„Worum geht es dann?"

„Ich möchte Blumen und Musik und Freunde, Ronald." Sie umschmiegte mit den Händen sein Gesicht. „Ich möchte neben dir stehen und wissen, dass ich hübsch aussehe, damit alle sofort erkennen können, wie stolz ich darauf bin, deine Frau zu werden."

„Wie lange brauchst du?"

„Kann ich zwei Wochen haben?"

Er hatte Angst, ihr zwei Tage zu geben. Aber so ist es am besten, dachte er. Er würde sie nie halten können, wenn noch Lügen zwischen ihnen standen. „Ich gebe dir zwei Wochen, wenn du anschließend mit mir fortgehst."

„Wohin?"

„Überlass es mir."

„Ich liebe Überraschungen." Sie lächelte. „Und du … du bist bisher die größte Überraschung."

„In zwei Wochen." Er nahm fest ihre Hände in seine. „Egal, was auch passiert."

„Du lässt es so klingen, als müssten wir in der Zwischenzeit eine Naturkatastrophe überstehen." Sie hauchte einen Kuss auf seine Wange und lächelte erneut. „Es wird alles gut, Ronald, für uns beide. Das ist ein weiteres Versprechen. Und jetzt möchte ich den Champagner trinken."

Während er die Flasche aus dem Wasser holte, nahm sie die Gläser aus dem Korb. Als sie wieder zusammen auf der Decke saßen, ließ er den Korken knallen.

„Auf neue Anfänge“, sagte sie und ließ ihr Glas an seinem klirren.

Er wollte daran glauben, dass es möglich war. „Ich werde dich glücklich machen, Charity.“

„Das hast du bereits.“ Sie kuschelte sich an ihn, den Kopf an seine Schulter gelegt. „Das ist das schönste Picknick, das ich je erlebt habe.“

Er küsste sie auf das Haar. „Du hast noch nichts gegessen.“

„Wer braucht schon Essen?“ entgegnete sie mit einem Seufzer. Er verschränkte seine Hand mit ihrer, und gemeinsam blickten sie zum Horizont hinaus.

An der Rezeption war es am Dienstag so hektisch wie nur selten. Charity teilte Zimmer und Häuser ein, beantwortete Fragen, holte einen Keks für ein jammerndes Kleinkind und wartete, dass der Ansturm vorüberging.

Sie war die Erste, die zugab, dass sie gewöhnlich den Lärm, die Probleme und das Gedränge der Gäste brauchte, weil es den Erfolg des Gasthauses bewies. Doch jetzt fiel es ihr schwer, sich auf die Arbeit zu konzentrieren, weil sie den Kopf voller Pläne für ihre Hochzeit hatte.

Sollte sie Chopin oder Beethoven nehmen? Würde das Wetter beständig bleiben, so dass sie die Zeremonie im Garten abhalten konnten, oder wäre es besser, eine gemütlich Feier im Gesellschaftsraum zu planen? Wann konnte sie sich endlich einen Nachmittag freinehmen, um das richtige, das perfekte Kleid zu kaufen? Etwas Knöchellanges, mit romantischem Spitzenbesatz. In Eastsound gab es eine Boutique, die sich auf Kleidung spezialisiert hatte, wie sie ihr vorschwebte. Wenn sie doch nur …

„Wollen Sie das nicht unterschreiben?"

„Entschuldigung, Roger." Charity schreckte aus ihren Überlegungen auf und lächelte ihn an. „Ich scheine heute Morgen nicht ganz hier zu sein."

„Kein Problem." Block tätschelte ihre Hand, als sie seinen Dienstplan unterzeichnete. „Frühlingsgefühle?"

„So könnte man es nennen." Sie warf ihr Haar zurück. „Wir sind ein bisschen im Verzug. Der Computer spinnt mal wieder. Der arme Bob kämpft seit gestern damit."

„Es sieht so aus, als hätten Sie auch einen Kampf gehabt."

Sie schob eine Hand an die heilende Wunde an ihrer Schläfe. „Ich hatte letzte Woche einen Unfall."

„Hoffentlich nichts Ernstes?"

„Nein, eigentlich nur unangenehm. Irgendein Idiot hat mich fast überfahren."

„Das ist ja schrecklich.“ Er musterte sie aufmerksam und setzte eine ernste Miene auf. „Wurden Sie schwer verletzt?“

„Nein, nur ein paar Prellungen und eine Platzwunde. Der Schreck war am schlimmsten.“

„Das kann ich mir denken. Derartige Dinge erwartet man in dieser Gegend nicht. Hoffentlich hat man ihn geschnappt.“

„Nein, noch nicht.“ Da Charity den Zwischenfall bereits abgehakt hatte, zuckte sie gelassen mit den Schultern. „Um die Wahrheit zu sagen, bezweifle ich, dass er je geschnappt wird. Ich nehme an, er hat die Insel verlassen, sobald er wieder nüchtern war.“

„Betrunkene Fahrer.“ Block stieß einen verächtlichen Laut aus. „Nun, Sie haben das Recht, nach so einer Sache zerstreut zu sein.“

„Ich habe noch einen angenehmeren Grund. Ich werde bald heiraten.“

„Was Sie nicht sagen!“ Ein breites Lächeln trat auf Blocks Gesicht. „Wer ist denn der Glückliche?“

„Ronald DeWinter. Ich weiß nicht, ob Sie ihn kennen gelernt haben. Er führt die Renovierungsarbeiten im Westflügel aus.“

„Das ist ja sehr praktisch, nicht wahr?“ Er lächelte weiterhin. Die Romanze erklärte vieles. Ein Blick in Charitys Gesicht verdrängte jeglichen Rest von Zweifeln. Er beschloss, ein nettes langes Gespräch mit Bob über dessen voreilige Schlüsse zu führen. „Ist er von hier?“

„Nein, aus St. Louis.“

„Nun, ich hoffe, dass er Sie uns nicht wegnimmt.“

„Sie wissen doch, dass ich das Gasthaus niemals aufgeben würde, Roger.“ Ihr Lächeln verblasste ein wenig. Das war ein Punkt, über den sie und Ronald nie gesprochen hatten. „Jedenfalls verspreche ich, mich besser auf meine Arbeit zu konzentrieren. Sechs von Ihren Leuten möchten Boote ausleihen. Ich kann sie gegen Mittag zum Yachthafen bringen lassen.“

„Ich werde ihnen Bescheid geben.“

Die Eingangstür öffnete sich, und Charity blickte auf. Sie sah einen kleinen, schlanken Mann mit gut frisiertem, rotbraunem Haar eintreten. Er trug ein adrettes Sporthemd und eine kleine Ledertasche. „Guten Morgen.“

„Guten Morgen.“ Er blickte sich flüchtig in der Eingangshalle um, während er an den Empfang trat. „Conby, Richard Conby. Ich habe reserviert.“

„Ja, Mr. Conby, wir haben Sie erwartet.“ Charity wühlte in den Papieren auf dem Pult und betete insgeheim, dass Bob den Computer bald reparieren würde. „Wie war Ihre Reise?“

„Nichts Besonderes.“ Er trug sich ins Register ein,

mit Wohnsitz in Seattle. Seine sorgfältig manikürten Fingernägel wirkten auf Charity belustigend und beeindruckend zugleich. „Ich habe gehört, dass dieser Gasthof ruhig und erholsam sein soll. Ich möchte mich ein paar Tage entspannen."

„Ich bin sicher, dass Sie sich hier ausgezeichnet entspannen werden." Sie nahm einen Schlüssel aus der Schublade. „Ich führe Sie jetzt gern zu Ihrem Zimmer, Mr. Conby. Wenn Sie Fragen über das Gasthaus oder die Insel haben, dann wenden Sie sich einfach an mich oder an jemanden vom Personal." Sie trat hinter dem Pult hervor und ging voraus zur Treppe.

„Oh, das werde ich ganz gewiss tun", sagte Conby und folgte ihr.

10. KAPITEL

Um fünf Minuten nach zwölf hört Conby ein Klopfen und öffnete seine Zimmertür. „Pünktlich wie immer, DeWinter.“ Er blickte forschend auf Ronalds Werkzeuggürtel. „Sehr arbeitsam, wie ich sehe.“

„Dupont ist in Haus 3.“

„Konnten Sie ihn eindeutig identifizieren?“

„Ich habe sein Gepäck getragen.“

„Sehr gut. Wir schnappen ihn uns wie geplant am Donnerstagmorgen, bevor wir uns Block vornehmen.“

„Was ist mit dem Fahrer des Wagens, der Charity zu töten versucht hat?“

Conby ging ins angrenzende Badezimmer und wusch sich sorgsam die Hände „Sie zeigen ein ungebührliches Interesse für diesen kleinen Handlanger.“

„Haben Sie ein Geständnis von ihm?“

„Ja.“ Conby trocknete sich die Hände mit einem weißen Handtuch. „Er hat gestanden, sich letzte Woche mit Block getroffen und fünftausend kassiert zu haben – um Miss Ford aus dem Weg zu räumen. Eine sehr geringe Summe für einen Mord.“ Er warf das Handtuch über die Stange und kehrte in den Wohnraum zurück. „Wenn Block großzügiger gewesen wäre, hätte er vielleicht mehr Erfolg gehabt.“

Ronald packte ihn am Kragen und hob ihn auf die Zehenspitzen hoch. „Seien Sie vorsichtig“, warnte er sanft.

„Das sollte ich wohl eher zu Ihnen sagen.“ Conby befreite sich und zupfte sein Hemd zurecht. In den fünf Jahren, die er Ronalds Vorgesetzter war, hatte er dessen Methoden stets als grob und seine Haltung als arrogant empfunden. Das Problem war nur, dass die Ergebnisse unverändert exzellent waren. „Sie verlieren den Scharfblick in diesem Fall, Agent DeWinter.“

„Nein. Es hat eine Weile gedauert – vielleicht zu lange –, aber ich sehe jetzt sehr scharf. Sie haben genug Beweise gegen Block, um ihn wegen Mordkomplott festzunehmen. Und Dupont haben wir praktisch in der Tasche. Warum also warten?“

„Ich brauche Sie wohl nicht daran zu erinnern, wer diesen Fall leitet.“

„Das wissen wir beide, Conby. Aber es ist ein Unterschied, ob man hinter einem Schreibtisch sitzt oder an der Front kämpft. Wenn wir die beiden jetzt festnehmen, in aller Stille, dann besteht ein geringeres Risiko, dass unschuldige Menschen gefährdet werden.“

„Ich habe nicht die Absicht, jemanden der Gäste zu gefährden. Oder vom Personal“, fügte Conby hinzu, denn er glaubte zu wissen, worum es Ronald ging. „Ich habe ebenso meine Anweisungen wie Sie. Wir arbeiten mit den kanadischen Behörden zusammen, und wir wollen Block festnageln, wenn er gerade das Geld übergibt. Was die Anklage wegen Mordkomplott angeht, liegt uns nur die Aussage eines billigen, gedungenen Mörders vor. Es braucht vielleicht ein bisschen mehr, um damit durchzukommen."

„Sie werden schon damit durchkommen. Wie viele Leute haben Sie hier?"

„Morgen werden vier Agenten eintreffen. Es müsste eigentlich alles glatt gehen."

„Das sollte es auch. Wenn ihr irgendetwas zustößt, werde ich Sie zur Rechenschaft ziehen."

Charity stürmte mit einem beladenen Tablett in die Küche. „Ich verstehe gar nicht, wie die Dinge so plötzlich außer Kontrolle geraten können. Hatten wir jemals am Mittwochabend ein volles Haus?" Sie holte ihren Bestellblock hervor. „Zwei Spezial mit Naturreis, eins mit gebackener Kartoffel und einen Kinderteller Rippchen mit Fritten." Sie eilte zur Bar, um die Getränke selbst einzuschenken.

„Immer mit der Ruhe", riet Mae. „Die Leute werden nicht weglaufen, bevor sie gegessen haben, das wäre wirklich das erste Mal."

„Das ist ja das Problem." Charity belud ihr Tablett. „Ausgerechnet jetzt muss Lori krank sein." Sie wich abrupt zurück, um nicht mit Ronald zusammenzustoßen. „Entschuldige."

„Soll ich dir helfen?"

„Sehr gern!" Sie lächelte, beugte sich über das Tablett und küsste ihn. „Die Salate gehen an Tisch 5."

„Vier Salate des Hauses." Dolores summte den Hochzeitsmarsch, während sie Ronald das Tablett reichte.

Fünf Minuten später begegnete Charity ihm erneut im Türrahmen. „Komische Gäste heute", murmelte sie.

„Wieso?"

„Der Mann an Tisch 2 ist so nervös, als hätte er eine Bank ausgeraubt. Und das Paar an Tisch 8, angeblich in den zweiten Flitterwochen, verbringt mehr Zeit damit, alle anderen anzusehen als einander."

Ronald sagte nichts. In weniger als dreißig Minuten hatte sie Dupont sowie zwei von Conbys Agenten ausgemacht.

„Und dann der kleine Mann im dreiteiligen Anzug an Tisch 4. Anzug und Krawatte. Ist gekommen, um sich zu entspannen, sagt er. Wie kann man sich in einem dreiteiligen Anzug entspannen? Behauptet, aus Seattle zu kommen, und dabei spricht er mit östlichem Dialekt. Sieht aus wie ein Wiesel."

„Findest du?" Ronald gestattete sich ein Lächeln über ihre Beschreibung von Conby.

„Ein sehr gepflegtes Wiesel“, fügte Charity hinzu und schüttelte sich. „Wenn jemand so geschniegelt ist, bekomme ich immer eine Gänsehaut.“

Aber Pflicht war Pflicht, und das Wiesel saß in ihrem Bereich.

„Möchten Sie jetzt bestellen?“ fragte sie Conby mit einem strahlenden Lächeln.

Er nahm den letzten Schluck seines Wodka-Martini. „Auf der Karte steht, dass die Forelle fangfrisch ist.“

„Ja, Sir.“ Darauf war sie besonders stolz. Der eigene Teich war ihre Idee gewesen. „Das ist sie ganz gewiss.“

„Sie war wohl frisch, als sie heute Morgen geliefert wurde.“

„Nein.“ Charity senkte den Bestellblock, doch sie lächelte weiterhin. „Wir züchten unsere Forellen selbst.“

Conby zog eine Augenbraue hoch und tippte an sein leeres Glas. „Ihr Fisch mag besser sein als Ihr Wodka, aber ich bezweifle, dass er wirklich frisch ist. Doch er scheint das einzig Interessante auf Ihrer Karte zu sein. Daher werde ich mich damit begnügen müssen.“

„Der Fisch ist frisch“, wiederholte Charity mit bewundernswerter Ruhe, wie sie fand.

„Sicherlich sehen Sie es so. Ihre Auffassung von frisch könnte jedoch von meiner abweichen.“

„Ja, Sir. Entschuldigen Sie mich bitte einen Moment."

Sie mag unschuldig sein, dachte Conby, aber tüchtig ist sie nicht gerade.

„Wo brennt's denn?" fragte Mae, als Charity in die Küche stürmte.

„In meinem Kopf." Sie stemmte die Hände in die Hüften. „Der Winzling da draußen behauptet, dass unser Wodka schlecht, unsere Speisekarte langweilig und unser Fisch nicht frisch sei."

Mae schnaubt empört. „Was hat er denn gegessen?"

„Noch nichts. Ein Drink, und schon maßt er sich ein Urteil an."

„Der Bursche an Tisch 4 will noch einen Wodka-Martini", verkündete Ronald, der mit einem beladenen Tablett hereinkam.

Charity wirbelte herum. „Ach, will er das wirklich?"

Er konnte sich nicht erinnern, jemals ein derart zorniges Funkeln in ihren Augen gesehen zu haben. „Ja, das will er."

„Nun, ich habe vorher etwas anderes für ihn", rief Charity und stürmte hinaus.

„Habe ich etwas verpasst?" fragte Ronald.

„Der Mann hat Nerven! Bezeichnet unser Essen als langweilig, bevor er es überhaupt probiert hat", schimpfte Mae. „Ich hätte Lust, ihm eine ordentliche

Hand voll Curry in sein Essen zu mischen. Langweilig? Ha! Das wollen wir doch mal sehen!“

Alle drehten sich um, als Charity zurückkehrte. Sie trug einen großen Teller, und darauf zappelte eine Forelle.

„Oje!“ Dolores schlug beide Hände vor den Mund.

Grinsend wandte Mae sich wieder dem Herd zu.

„Charity.“ Ronald griff nach ihrem Arm, doch sie entwich ihm. Kopfschüttelnd folgte er ihr zur Tür.

Einige der Gäste starrten Charity nach, als sie den zappelnden Fisch durch den Speisesaal trug. Sie trat an Tisch 4 und hielt das Tablett vor Conbys Nase.

„Ihre Forelle, Sir.“ Kurzerhand stellte sie ihm den Teller hin. „Frisch genug?“ fragte sie mit einem höflichen Lächeln.

Im Türrahmen bog Ronald sich förmlich vor Lachen. Er hätte ein Jahresgehalt für ein Foto von Conby und dem Fisch gegeben, die sich verdutzt anstarrten.

Als Charity in die Küche zurückkehrte, reichte sie Dolores das Tablett. „Sie können den Fisch zurückbringen. Tisch 4 hat sich für ein Schweineschnitzel entschieden. Ich wünschte, ich hätte ein Schwein zur Hand.“ Sie lachte laut auf, als Ronald sie vom Boden hochhob.

„Du bist die Beste.“ Er presste die Lippen auf ihre und ließ sie dort, lange nachdem er Charity wieder abgesetzt hatte. „Die absolut Beste.“ Er lachte noch immer, während er sie fest in die Arme schloss. „Stimmt's nicht, Mae?"

„Sie hat ihr guten Momente." Mae wollte nicht zeigen, wie gut es ihr tat, die beiden einander anlächeln zu sehen. „Und jetzt hört ihr zwei auf, euch in meiner Küche zu betätscheln, und geht wieder an die Arbeit."

Charity hob das Gesicht zu einem letzten Kuss. „Ich sollte ihm jetzt lieber den Martini mixen. Er sah aus, als könnte er einen gebrauchen."

Da sie nicht nachtragend war, bediente sie Conby während des gesamten Mahls äußerst aufmerksam und freundlich. Und weil sie bemerkte, dass er sich auch bis zum Nachtisch nicht entspannt hatte, brachte sie ihm ein Stück Schwarzwälder Kirschtorte auf Kosten des Hauses. „Ich hoffe, Sie haben Ihr Mahl genossen, Mr. Conby."

Es war ihm unmöglich einzugestehen, dass er niemals, nicht einmal in Washingtons feinsten Restaurants, besser gegessen hatte. „Es war recht gut, danke."

Sie lächelte, während sie ihm Kaffee einschenkte. „Vielleicht kommen Sie ein andermal wieder und versuchen die Forelle."

Selbst für Conby war es schwer, ihrem Lächeln zu widerstehen. „Vielleicht. Sie führen ein interessantes Haus, Miss Ford."

„Wir geben uns Mühe. Leben Sie schon lange in Seattle?"

Er goss weiterhin Sahne in seinen Kaffee, doch er war sehr auf der Hut. „Warum fragen Sie?“

„Ihr Dialekt. Er klingt sehr östlich.“

Conby überlegte nur Sekunden. Er wusste, dass Dupont den Speisesaal bereits verlassen hatte, aber Block saß an einem Tisch in der Nähe und unterhielt einige Mitglieder seiner Reisegruppe mit Geschichten, die Conby als langweilig empfand. „Sie haben ein gutes Ohr. Ich wurde vor achtzehn Monaten nach Seattle versetzt. Aus Maryland. Ich bin im Marketing tätig.“

„Maryland. Angeblich haben Sie dort die besten Krabben des Landes.“

„Das haben wir. Das kann ich Ihnen versichern.“ Der reichhaltige Kuchen und der köstliche Kaffee hatten ihn besänftigt. Er lächelte sogar. „Schade, dass ich Ihnen keine mitgebracht habe.“

Lachend legte Charity ihm freundlich eine Hand auf den Arm. „Sie sind ein netter Kerl, Mr. Conby. Einen schönen Abend.“

Mit gespitzten Lippen blickte Conby ihr nach, als sie davonging. Er konnte sich nicht erinnern, jemals als „netter Kerl“ bezeichnet worden zu sein. Eigentlich gefiel es ihm.

„Es sind nur noch drei Tische mit Unentwegten besetzt“, verkündete Charity, als sie erneut die Küche betrat. „Und ich komme um vor Hunger.“ Sie öffnete den Kühlschrank und suchte nach etwas zu essen.

Doch Mae schloss die Tür wieder. „Du hast keine Zeit.“

„Keine Zeit?“ Charity presste die Hand auf den Magen. „Mae, bei der Hektik heute Abend konnte ich nicht einmal zwischendurch etwas naschen.“

„Ich mache dir ein Sandwich, aber du hattest einen Anruf. Etwas wegen der morgigen Lieferung.“

„Der Lachs. Verdammt.“ Charity blickte zur Uhr. „Inzwischen ist geschlossen.“

„Ich glaube, es ist eine Nummer für den Notfall angegeben worden. Der Zettel liegt oben.“

„Schon gut, schon gut. Ich bin in zehn Minuten zurück.“ Sie warf einen letzten sehnsüchtigen Blick auf den Kühlschrank. „Mach mir lieber zwei Sandwiches.“

Als Charity ihre Zimmertür öffnete, blieb sie wie angewurzelt stehen und starrte verblüfft in den Raum. Leise Musik erklang. Kerzen brannten, und Blumen standen auf einem Tisch am Fußende des Bettes. Er war für zwei gedeckt.

Ronald hatte sie erwartet. Er nahm eine Flasche Wein aus einem gläsernen Kübel und zog den Korken. „Ich dachte schon, du würdest nie kommen.“

Sie lehnte sich mit dem Rücken gegen die geschlossene Tür. „Wenn ich gewusst hätte, was mich erwartet, wäre ich viel früher gekommen."

„Du hast gesagt, dass du Überraschungen magst."

„Ja." In ihren Augen lag Überraschung und Freude, als sie sich das zerzauste Haar aus der Stirn strich. „Und ob ich das mag." Sie nahm ihre Schürze ab und trat an den Tisch, während Ronald den Wein einschenkte, der golden im Kerzenschein funkelte. „Danke", murmelte sie, als er ihr ein Glas reichte.

„Ich wollte dir etwas geben." Er nahm ihre Hand, drückte sie und versuchte, nicht daran zu denken, dass es ihr letzter gemeinsamer Abend war, bevor all die Fragen beantwortet werden mussten. „Ich bin nicht besonders gut in romantischen Gesten."

„Oh doch, du bist sehr gut. Champagner-Picknicks, nächtliche Dinner." Sie schloss einen Moment die Augen. „Mozart."

„Aufs Geradewohl ausgesucht", gab er zu. Er fühlte sich töricht nervös. „Ich habe etwas für dich."

Sie blickte zum Tisch. „Noch etwas anderes?"

„Ja." Er griff hinab zu seinem Stuhl und hob eine kleine quadratische Schachtel auf. „Es ist heute gekommen." Er drückte ihr die Schachtel in die Hand.

„Ein Geschenk?" Ihr gefiel stets die Vorfreude ebenso wie das Geschenk selbst. Daher musterte sie einen Moment die Schachtel und schüttelte sie. Doch sobald der Deckel geöffnet war, nahm sie hastig das Armband heraus. „Oh, Ronald, es ist herrlich." Verblüfft musterte sie das schimmernde Gold und den funkelnden quadratischen Amethyst. „Es ist herrlich", sagte sie erneut. „Ich könnte schwören, dass ich es schon einmal gesehen habe. Letzte Woche", erinnerte sie sich. „In einer der Zeitschriften, die Lori mir gebracht hat."

„Sie lag auf deinem Schreibtisch."

Charity nickte überwältigt. „Ja, ich hatte dieses Armband umkreist. Das mache ich oft bei schönen Dingen, von denen ich weiß, dass ich sie mir nie kaufen werde." Sie holte tief Luft. „Ronald, es ist wundervoll und sehr romantisch von dir, aber …"

„Dann verdirb es nicht." Er nahm das Armband und legte es ihr an. „Ich brauche Übung."

„Nein." Sie schlang die Arme um ihn und lehnte die Wange an seine Schulter. „Du hast den Dreh heraus."

Ronald hielt sie fest, ließ die Musik, Charitys Duft, den Augenblick auf sich einwirken. Mit ihr konnte es anders sein.

„Weißt du eigentlich, wann ich mich in dich verliebt habe, Ronald?"

„Nein." Er küsste ihr Haar. „Ich habe eher über das Warum als über das Wann nachgedacht."

Mit einem sanften Lachen kuschelte sie sich an ihn.

„Zuerst dachte ich, es war, als du mit mir getanzt und mich geküsst hast, bis ich ganz schwach wurde."

„So?" Er drehte ihren Kopf, begegnete ihren Lippen mit seinen. Sanft entfachte er ihr Feuer.

„Ja." Sie lehnte sich an ihn, die Augen geschlossen. „Genau so. Aber da ist es nicht passiert. Da habe ich es erkannt, aber das war nicht der Moment, in dem ich mich in dich verliebt habe. Erinnerst du dich noch, als du mich nach dem Ersatz gefragt hast?"

„Dem was?"

„Dem Ersatz. Du wolltest wissen, wo der Ersatz ist, damit du meinen Reifen wechseln konntest." Sie lehnte sich zurück und lächelte über seine verblüffte Miene. „Ich kann es wohl nicht Liebe auf den ersten Blick nennen, denn ich kannte dich schon zwei oder drei Minuten."

Er streichelte über ihre Wangen, ihr Haar, ihren Hals. „Einfach so?"

„Ja. Ich brauchte nur einen platten Reifen zu haben. Der Rest war ganz einfach."

Einen Platten, erinnerte Ronald sich, der vorsätzlich arrangiert worden war, ebenso wie ihr plötzlicher Bedarf an einem Faktotum. So wie alles arrangiert worden ist, dachte er und verstärkte den Griff um sie. Alles, außer dass er sich in sie verliebt hatte.

„Charity ..." Er hätte alles dafür gegeben, ihr die

Wahrheit sagen zu können, die ganze Wahrheit. Aber ihre Unwissenheit bedeutete Sicherheit. „Ich wollte nicht, dass es passiert", sagte er bedächtig. „Ich wollte niemals so für jemanden empfinden."

„Tut es dir Leid?"

„Vieles tut mir Leid, aber nicht, dass ich dich liebe." Er gab sie frei. „Dein Dinner wird kalt."

„Wenn wir für etwa eine Stunde eine andere Beschäftigung finden, können wir es Mitternachts-Dinner nennen." Sie ließ die Hände an seiner Brust hinaufgleiten und spielte mit dem obersten Hemdknopf. „Möchtest du Schach spielen?"

„Nein."

Sie öffnete den Knopf und arbeitete sich langsam, beständig hinab. „Scrabble?"

„Auch nicht."

„Jetzt weiß ich." Sie strich mit einem Finger hinab über seine Brust, bis zum Verschluss seiner Jeans. „Wie wäre es mit einer sensationellen Partie Canasta?"

„Ich kann nicht spielen."

Grinsend öffnete sie den Verschluss. „Oh, ich habe das Gefühl, dass du sehr schnell kapieren würdest." Ihr Lachen wurde von seinem Mund gedämpft.

Charitys Absicht, ihn zu verführen, schwand dahin, als er ihren Kopf zurückbog und sie wild küsste. Es war nicht die sanfte, zärtliche Leidenschaft, die er ihr bisher gezeigt hatte. Es war ein raues, heftiges Bedürfnis, und es enthielt eine Spur von Zorn, einen Anflug von Verzweiflung. Benommen drängte sie sich an ihn, ließ sich gehen.

Ronald hatte sie zuvor gebraucht. Er wusste inzwischen, dass er sie bereits gebraucht hatte, lange bevor er sie kennen gelernt hatte. Doch an diesem Abend war es anders. In ein paar Stunden würde sie alles erfahren. So oft er sich auch sagte, dass er alles in Ordnung bringen würde, so fürchtete er dennoch sehr, dass sie ihm nicht würde verzeihen können. Ihm blieb nur dieser Abend.

Atemlos klammerte sie sich an ihn, als sie zusammen auf das Bett fielen. Nun war er der rastlose, rücksichtslose Liebhaber, den sie in ihm neben dem sanften, geduldigen vermutet hatte. Und er erregte sie ebenso sehr. So fieberhaft wie er, zog sie ihm das Hemd aus und genoss das Gefühl seiner Haut unter ihren Händen.

Sie spürte, wie seine Muskeln sich spannten, während er die Lippen hungrig über ihr Gesicht wandern ließ. Mit einem kehligen Lachen zog sie an seiner Jeans, während sie über das Bett rollten. Wenn es ein Spiel war, das sie veranstalteten, dann wollte sie, dass beide gewannen.

Ein Stöhnen entschlüpfte ihm, als ihre forschenden Hände ihn dem Delirium nahe brachten. Er packte ihre Handgelenke, zog sie über ihren Kopf. Schwer atmend beobachtete er ihr Gesicht, während er in den Ausschnitt ihrer Bluse griff und sie mit einem Ruck entzweiriss.

Ihr stockte der Atem, als er den Mund aufreizend und quälend langsam auf ihre Haut senkte. Sie bog sich ihm entgegen. Als ihre Hände wieder frei waren, presste sie ihn nur noch fester an sich und schrie auf, als er begierig an ihrer Brust saugte.

Sie wurde von wilden, heftigen Gefühlen beherrscht, die jedoch nie die schmale Linie zwischen Lust und Schmerz überschritten. Sie fühlte sich mitgerissen, tiefer und tiefer in einen endlosen Tunnel des unermesslichen Entzückens.

Ungeduldig zerrte er die Hose über ihre Hüften hinab, kostete begierig jeden Zentimeter ihres enthüllten Körpers. Sie klammerte sich an ihn, streichelte über seine Haut. Sie war unfähig zu denken, fühlte nur noch. Immer wieder formten ihre Lippen seinen Namen.

Dann presste er den Mund auf ihren, schluckte ihren Schrei der Erlösung, dämpfte ihr Stöhnen der Hingabe, während er in sie drang.

Schnell, wild, hemmungslos bewegten sie sich im Einklang. Getrieben von der Liebe, verloren in Leidenschaft, klammerten sie sich aneinander. Selbst als sie in die Wirklichkeit zurückkehrten, hielten sie einander umschlungen.

Mit halb geschlossenen Augen stieß Charity einen langen Seufzer aus. „Das war wundervoll."

Ronald füllte ihr Weinglas auf. „Meinst du das Essen oder die Einleitung?"

Sie lächelte. „Beides. Ich glaube, wir sollen Mitternachts-Dinner zu einem regelmäßigen Ereignis machen."

Es war weit nach Mitternacht. Sogar kalter Fisch schmeckte köstlich mit Wein und Liebe. Er hoffte, dass es immer so bleiben konnte. „Als du mich das erste Mal so angesehen hast, hat es mir den Atem geraubt."

Sie blickte ihm weiterhin in die Augen. „Wie?"

„So, als wüsstest du genau, was ich denke. Was ich will und versuche, nicht zu wollen. Du machst mir Angst."

Ihr Lächeln schwand. „Wirklich?"

„Mit dir ist alles anders. Völlig anders." Er nahm ihre Hände und wünschte, schöne Worte parat zu haben, ein wenig Poesie. „Jedes Mal, wenn du in ein Zimmer kommst …" Aber er hatte keine schönen Worte, keine Poesie. „Es ist anders."

„Ich bin verrückt nach dir. Wenn ich jemanden gesucht hätte, um mein Leben mit ihm zu teilen, mein Heim und meine Träume, dann wärst du es gewesen." Sie sah den Anflug von Besorgnis in seinem Blick. In dieser Nacht war kein Raum für Sorgen in ihrem Leben.

Mit einem verwegenen Lächeln knabberte sie an seinen Fingern. „Weißt du, was ich möchte?“

„Mehr Schwarzwälder Kirschtorte?“

„Das auch.“ Charity blickte ihn über ihre verschlungenen Hände hinweg an. „Ich möchte die ganze Nacht damit verbringen, dich zu lieben, mit dir zu reden, Wein zu trinken und Musik zu hören.“

„Was möchtest du als Erstes tun?“

Sie musste lachen. Es war wunderbar, ihn so entspannt zu sehen, so glücklich. „Eigentlich möchte ich mir dir über etwas reden.“

„Ich habe dir schon gesagt, dass ich einen Anzug tragen werde und keinen Smoking.“

Lächelnd strich sie mit einem Finger über seinen Handrücken. „Darum geht es nicht. Ich weiß zwar, dass du in einem Smoking wunderbar aussehen würdest, aber ich finde einen Anzug angemessener für eine zwanglose Gartenhochzeit. Ich möchte mit dir darüber reden, was nach der Hochzeit geschehen soll.“

„Ich beabsichtige, dich nach der Hochzeit vierundzwanzig Stunden lang zu lieben.“

„Oh.“ Nachdenklich nippte sie an ihrem Wein, so als würde sie es in Erwägung ziehen. „Damit kann ich mich einverstanden erklären. Worüber ich sprechen möchte, ist langfristiger. Es geht um etwas, das Block neulich zu mir gesagt hat.“

„Block?“ hakte er nach. Er war alarmiert.

„Es war nur so eine Bemerkung, aber sie gab mir zu denken.“ Sie war beunruhigt, das sah er daran, wie sie die Schultern bewegte. „Ich habe erwähnt, dass wir heiraten werden, und er hat gesagt, dass er hofft, du nimmst mich nicht fort von hier. Mir war plötzlich aufgegangen, dass du vielleicht nicht hier leben möchtest, auf Orcas.“

Ronald spürte die Spannung verebben. „Das ist alles?“

„Es ist gar nicht so unwichtig. Dir könnte der Gedanke nicht behagen, in einer Art öffentlichem Haus zu leben, wo ständig Leute kommen und gehen, mit Störungen und …“ Sie ließ ihre Worte verklingen. „Ich meine, ich muss wissen, was du davon hältst, hier auf der Insel zu bleiben, im Gasthaus zu leben.“

„Was hältst du davon?“

„Es geht nicht mehr darum, was ich davon halte. Es geht darum, was wir beide davon halten.“

Es erstaunte ihn, dass sie so leicht sein Herz rühren konnte. Er nahm an, dass es immer so bleiben würde. „Es ist sehr lange her, seit ich mich irgendwo zu Hause gefühlt habe. Hier tue ich es, hier bei dir.“

Sie lächelte. „Bist du müde?“

„Nein.“

„Gut.“ Charity stand auf und verkorkte den Wein. „Ich hole nur schnell die Schlüssel.“

„Was für Schlüssel?“

„Für den Wagen“, sagte sie, während sie ins Nebenzimmer ging.

„Fahren wir irgendwo hin?“

„Ich kenne den schönsten Ort auf der Insel, um den Sonnenaufgang zu beobachten.“ Sie kam mit einer Decke und den Schlüsseln zurück. „Willst du die Sonne mit mir aufgehen sehen, Ronald?“

„Aber du hast nur einen Bademantel an.“

„Ja und? Es ist zwei Uhr morgens. Vergiss den Wein nicht.“ Lachend öffnete sie die Tür und schlich die Treppe hinunter. Sie verzog ein wenig das Gesicht, als sie den ersten Schritt auf den Kies tat. Kurzerhand hob Ronald sie auf die Arme. „Mein Held“, murmelte sie.

„Gewiss.“ Er setzte sich auf den Fahrersitz. „Wohin geht's?“

„Zum Strand.“

Langsam fuhr er vom Parkplatz und bog auf die Straße ein.

„Es ist eine wundervolle Nacht.“

„Ein wundervoller Morgen.“

„Wie auch immer.“ Tief atmete sie die frische Luft ein. „Ich hatte nie Zeit für große Abenteuer. Also muss ich mich in die kleinen stürzen, wenn ich die Chance dazu habe.“

„Steht uns das bevor? Ein Abenteuer?“

„Gewiss. Wir werden den Wein austrinken, uns unter den Sternen lieben und die Sonne über dem Wasser aufgehen sehen."

Stunden später kuschelte Charity sich eng an Ronald. Die Flasche Wein war leer, und die Sterne verloschen einer nach dem anderen. „Ich werde heute völlig nutzlos sein", murmelte sie schläfrig. „Und es kümmert mich nicht einmal."

Er zog die Decke über sie. Die Morgen waren noch immer kühl. Er hatte es nicht geplant, aber die lange Liebesnacht gab ihm neue Hoffnung. Wenn es ihm gelang, Charity zu überreden, den Vormittag über zu schlafen, dann konnte er seinen Auftrag vollenden und ihr danach alles erklären. Auf diese Weise würde er sie von der Gefahr fern halten und am Anfang beginnen.

„Es ist kurz vor Morgengrauen", murmelte sie.

Sie sprachen nicht, während sie den Tagesanbruch beobachteten. Der Himmel wurde blass. Die Nachtvögel verstummten. Einen Moment lang schien die Zeit still zu stehen. Dann, allmählich, sickerten Farben über den Horizont, spiegelten sich im Wasser. Die Schatten verblassten, und die Baumwipfel leuchteten golden. Der erste Morgenvogel verkündete den neuen Tag. Ronald zog Charity an sich, um sie unter dem aufhellenden Himmel zu lieben.

Sie schlummerte auf dem Beifahrersitz, während er zurückfuhr. Der Himmel war von einem blassen, milchigen Blau, doch im Gasthaus war noch alles still.

Als er sie aus dem Wagen hob, seufzte sie und lehnte den Kopf an seine Schulter. „Ich liebe dich, Ronald."

„Ich weiß." Zum ersten Mal im Leben wollte er an nächste Woche denken, an nächsten Monat, sogar an nächstes Jahr – an alles, außer dem bevorstehenden Tag. Er trug sie die Stufen hinauf in ihr Schlafzimmer. „Ich liebe dich auch, Charity."

Es kostete ihn wenig Mühe, sie zu überzeugen, sich in das Bett zu kuscheln und zu schlafen, nachdem er ihr versprochen hatte, Ludwig zu seinem täglichen Auslauf hinauszuführen.

11. KAPITEL

Duponts Festnahme erwies sich als ein Muster an gut organisierter Polizeiarbeit. Um 7:45 war sein abgelegenes Haus von den besten Leuten umstellt, die Sheriff Royce und das FBI zu bieten hatten. Ronald hatte Conbys Einwände gegen das Hinzuziehen der Lokalpolizei ignoriert und ihm geraten, aus dem Weg zu bleiben.

Als die Männer positioniert waren, begab Ronald sich zur Tür, die Waffe in einer Hand. Er klopfte. Als keine Antwort kam, signalisierte er seinen Männern, die Waffen zu ziehen und sich zu nähern. Mit dem Schlüssel, den er von Charitys Bund genommen hatte, öffnete er die Tür.

Drinnen ließ er den Blick durch den Raum schweifen, die Beine gespreizt, die Waffe fest in beiden Händen. Mit einer Kopfbewegung signalisierte er seiner Rückendeckung „vorwärts".

Vorsichtig näherte er sich dem Schlafzimmer. Zum ersten Mal trat ein Lächeln – ein grimmiges Lächeln – auf sein Gesicht. Dupont war in der Dusche. Und er sang.

Das Gesinge endete abrupt, als Ronald den Vorhang aufriss.

„Machen Sie sich nicht die Mühe, die Hände zu heben.“ Mit erhobener Waffe warf er Dupont ein Handtuch zu. „Das Haus ist umstellt, Kumpel. Warum trocknen Sie sich nicht ab, während ich Ihnen Ihre Rechte vorlese?“

„Gut gemacht“, bemerkte Conby, als der Gefangene in Handschellen abgeführt wurde. „Wenn Sie den Rest auch so glatt erledigen, sorge ich dafür, dass Sie eine Beförderung bekommen.“

„Behalten Sie sie.“ Ronald steckte seine Waffe ein. Es gab nur noch eine Hürde zu nehmen, bevor er die Vergangenheit von der Zukunft trennen konnte. „Wenn dieser Fall erledigt ist, steige ich aus.“

„Sie sind seit über zehn Jahren bei der Polizei, De-Winter. Sie werden nicht aufhören.“

„Warten Sie’s ab“, entgegnete Ronald, und damit eilte er zum Gasthaus zurück, um zu beenden, was er begonnen hatte.

Bob hockte im Büro und trank gierig Kaffee mit Schuss. Kurzerhand nahm Ronald ihm den Becher aus der Hand und schüttete den Inhalt in den Abfalleimer.

„Ich brauchte einfach ein bisschen etwas, um es zu überstehen“, verteidigte sich Bob. Doch er hatte eindeutig mehr als ein bisschen getrunken. Er lallte, und seine Augen waren glasig.

Selbst unter den günstigsten Umständen fiel es Ronald schwer, Sympathie für einen Betrunkenen aufzubringen. Er zerrte Bob am Hemd vom Stuhl hoch. „Reißen Sie sich zusammen, und zwar schnell. Wenn Block kommt, fertigen Sie ihn und seine kleine Gruppe ab. Wenn Sie ihn warnen – wenn Sie auch nur mit einer Wimper zucken, hänge ich Sie zum Trocknen auf."

„Charity erledigt die Anmeldungen", brachte Bob zwischen klappernden Zähnen hervor.

„Heute nicht. Sie werden hinaus ans Pult gehen und es erledigen. Und Sie werden gute Arbeit leisten, weil Sie wissen, dass ich hier drinnen bin und Sie beobachte."

Gerade als Ronald von Bob zurücktrat, öffnete sich die Bürotür. „Tut mir Leid, dass ich zu spät komme." Trotz ihrer schweren Augenlider strahlte Charity Ronald an. „Ich habe verschlafen."

Sein Herz setzte einen Schlag lang aus und sank. „Du hast nicht genug geschlafen."

„Das musst du mir gerade sagen." Ihr Lächeln schwand, als sie Bob anblickte. „Was ist los?"

Er ergriff die Gelegenheit mit beiden Händen. „Ich habe Ronald gerade gesagt, dass ich mich nicht besonders gut fühle."

„Sie sehen auch nicht gut aus." Besorgt trat sie zu Bob und befühlte seine Stirn, die feucht war und ihre Sorge verstärkte. „Wahrscheinlich haben Sie sich auch den Virus eingefangen, der gerade umgeht."

„Das befürchte ich auch."

„Sie hätten heute gar nicht kommen sollen. Vielleicht sollte Ronald Sie nach Hause fahren."

„Nein, ich schaffe es schon." Mit zitternden Knien ging Bob zur Tür. „Es tut mir Leid, Charity." Er drehte sich um und sandte ihr einen letzten Blick. „Sehr Leid."

„Seien Sie nicht albern. Geben Sie nur auf sich Acht."

„Ich helfe ihm", murmelte Ronald und folgte Bob hinaus. Als sie gerade die Eingangshalle durchquerten, trat Block ein.

„Guten Morgen." Das übliche Lächeln trat auf Blocks Gesicht, doch seine Augen blickten argwöhnisch. „Gibt es ein Problem?"

„Grippe." Bobs Gesicht war leicht grünlich vor Angst. „Hat mich heute Morgen ziemlich schwer erwischt."

„Ich habe Dr. Mertens angerufen", verkündete Charity, als sie hinter das Pult trat. „Gehen Sie gleich nach Hause, Bob. Er kommt zu Ihnen."

„Danke", murmelte Bob. Doch einer von Conbys Agenten folgte ihm hinaus, und er wusste, dass er lange Zeit nicht nach Hause kommen würde.

„Dieser Virus ist eine richtige Plage hier in der Gegend." Charity schenkte Block ein entschuldigendes Lächeln. „Mir fehlt ein Zimmermädchen, eine Kellnerin und jetzt Bob. Ich hoffe, niemand von Ihrer Gruppe hatte Beschwerden wegen des Service."

„Kein Einziger." Wieder entspannt, stellte Block seinen Aktenkoffer auf das Pult. „Es ist mir immer ein Vergnügen, mit Ihnen Geschäfte zu tätigen, Charity."

Ronald sah hilflos zu, wie die beiden plauderten und routinemäßig die Listen und Zahlen durchgingen. Sie sollte eigentlich oben in Sicherheit sein, fest schlafen und von ihrer gemeinsamen Nacht träumen. Verzweifelt ballte er die Hände zu Fäusten. Nun war sie mittendrin im Geschehen, ganz gleich, was er auch unternahm.

Er hörte sie lachen, als Block den zappelnden Fisch erwähnte, den sie durch den Speisesaal getragen hatte. Und er stellte sich vor, wie ihr Gesicht aussehen würde, wenn die Agenten zuschlugen und den Mann verhafteten, den sie für einen Reiseleiter und Freund hielt.

Charity las die Gesamtsumme vor. Ronald zwang sich zur Ruhe.

„Ich komme auf ... 22,50 Dollar weniger." Block begann die Einzelbeträge in seinen Rechner einzugeben. Mit gerunzelter Stirn ging Charity erneut ihre Liste durch, Punkt für Punkt.

„Guten Morgen, meine Liebe."

„Hmm." Zerstreut blickte Charity auf. „Oh, guten Morgen, Miss Millie."

„Ich bin gerade auf dem Weg nach oben, um zu packen. Ich wollte Ihnen sagen, welch herrliche Zeit wir hier hatten.“

„Es tut uns immer Leid, Sie abreisen zu sehen. Es hat uns alle gefreut, dass Sie und Miss Lucy ein paar Tage länger geblieben sind.“

Miss Millie strahlte Ronald an und ließ flirtend ihre Wimpern flattern, bevor sie zur Treppe ging. Oben steht jetzt ein Beamter, dachte er, und wird dafür sorgen, dass sie und die anderen Gäste aus dem Weg bleiben.

„Ich komme wieder auf dieselbe Summe, Roger.“ Verwirrt tippte Charity mit dem Bleistift auf die Liste. „Ich würde es gern durch den Computer laufen lassen, aber ... Ah, ich glaube, das ist es. Haben Sie den Wein für die Wentworths in Haus 1 berechnet? Sie haben ihn vorgestern bestellt.“

„Wentworth, Wentworth ...“ Aufreizend langsam ging Block seine Liste durch. „Nein, nichts.“

„Lassen Sie mich die Rechnung suchen.“ Sie öffnete eine Schublade und blätterte die Akten durch. Ronald spürte einen Schweißtropfen langsam über seinen Rücken rinnen. Einer der Agenten spazierte herbei und schaute sich Postkarten an.

„Ich habe tatsächlich beide Kopien“, sagte Charity kopfschüttelnd. „Dieser Virus macht uns wirklich zu schaffen.“ Sie legte ihre Kopie der Rechnung ab und gab Block seine.

„Kein Problem.“ Fröhlich wie immer, nahm er die neue Rechnung in Empfang. „Jetzt stimmt es überein.“

Mit der Behändigkeit langjähriger Übung rechnete Charity den Betrag in kanadische Währung um. „Das sind insgesamt 2.330 Dollar.“

Er öffnete seinen Aktenkoffer. „Es ist mir wie immer ein Vergnügen.“ Er begann das Geld in Zwanzigern vorzuzählen.

Sobald Charity die Rechnung als bezahlt quittiert hatte, griff Ronald ein. „Heben Sie die Hände. Langsam.“ Er presste Block den Lauf seiner Pistole in den Rücken.

„Ronald!“ Charity starrte ihn entsetzt an. „Was, um alles in der Welt, soll das?“

„Geh um das Pult herum“, wies er sie an. „Und dann nach draußen.“

„Bist du verrückt? Ronald, um Himmels willen …“

„Nun geh schon!“

Block befeuchtete sich nervös die Lippen. „Ist das ein Überfall?“

„Haben Sie es noch nicht kapiert?“ Mit der freien Hand zog Ronald seine Erkennungsmarke hervor und warf sie auf das Pult. Dann griff er nach den Handschellen. „Sie sind verhaftet.“

„Wie lautet die Anklage?“

„Mordkomplott, Falschmünzerei, Transport gesuchter Verbrecher über internationale Grenzen. Das reicht für den Anfang.“ Er zerrte einen von Blocks Armen hinunter und schloss die Handschelle um das eine Handgelenk.

„Wie konntest du nur?“ Charitys Stimme war kaum ein Flüstern. Sie hielt seine Erkennungsmarke in der Hand.

Er löste den Blick nur eine Sekunde lang von Block, um sie anzusehen. Eine Sekunde, die alles änderte.

„Wie dumm von mir“, murmelte Miss Millie, während sie in die Eingangshalle zurücktänzelte. „Ich war schon fast oben, als ich merkte …“

Für einen Mann seines Gewichtes bewegte Block sich überraschend schnell. Er zog Miss Millie an sich und hielt ein Messer an ihre Kehle, bevor jemand reagieren konnte. Die Handschelle baumelte an dem Handgelenk.

„Es würde nur einen Herzschlag dauern“, sagte er ruhig und starrte Ronald an, der die Waffe auf Blocks Stirn gerichtet hielt. „Überlegen Sie es sich gut.“ Block ließ den Blick durch die Halle schweifen, wo weitere Waffen gezückt worden waren. „Sonst schneide ich dieser netten kleinen Lady die Kehle durch.“

Miss Millie konnte sich nur an seinen Arm klammern und wimmern.

„Tun Sie ihr nichts.“ Charity trat vor, aber sie blieb

abrupt stehen, als sie sah, dass Block seinen Griff verstärkte. „Bitte, tun Sie ihr nichts." Es muss ein Traum sein, sagte sie sich. Ein Albtraum. „Ich will wissen, was hier vorgeht."

„Das Haus ist umstellt." Ronald hielt den Blick und die Waffe auf Block geheftet. Er wartete vergeblich, dass einer seiner Leute, die sich hinter ihm befanden, eingriff. „Ihr etwas anzutun würde Ihnen nichts nützen."

„Ihnen auch nicht. Denken Sie darüber nach. Wollen Sie eine tote Großmutter am Hals haben?"

„Sie wollen doch Ihrer Liste nicht Mord hinzufügen, Block", sagte Ronald gleichmütig und dachte, dass Charity zu nahe war, viel zu nahe.

Seine Stimme wurde mit jedem Wort lauter, während Blocks Augen den Raum überflogen. „Das ist mir egal. Und jetzt raus! Alle! Lassen Sie die Waffen fallen. Lassen Sie sie fallen und verschwinden Sie, bevor ich sie aufschlitze. Sofort!" Er ritzte mit der Klinge Miss Millies dünnen Hals.

„Bitte!" Erneut trat Charity einen Schritt vor. „Lassen Sie sie gehen. Ich bleibe bei Ihnen."

„Verdammt, Charity, geh zurück!"

Sie hatte für Ronald nicht einmal einen Blick übrig. „Bitte, Mr. Block." Vorsichtig trat sie noch einen Schritt vor. „Sie ist alt und gebrechlich. Ihr Herz könnte aussetzen." Verzweifelt trat sie zwischen Block und

Ronalds Waffe. „Ich mache Ihnen keine Schwierigkeiten."

Block brauchte nur einen Moment für die Entscheidung. Er schnappte sich Charity und presste ihr die Spitze der Klinge an den Hals. Miss Millie glitt kraftlos zu Boden.

„Lassen Sie die Pistole fallen." Block sah die Angst in Ronalds Augen und lächelte. Offensichtlich hatte er einen guten Tausch gemacht. „Zwei Sekunden, und es ist aus. Ich habe nichts zu verlieren."

Ronald hob die Hände, ließ die Waffe fallen. „Reden wir."

„Wir reden, wenn ich bereit dazu bin." Block legte die Klinge der Länge nach an Charitys Hals. Sie schloss die Augen, wartete darauf zu sterben. „Raus jetzt. Sobald jemand versucht, wieder reinzukommen, stirbt sie."

„Raus." Ronald deutete zur Tür. „Halten Sie sie zurück, Conby. Alle." Er wandte sich wieder an Block, hob vorsichtig seine Jacke, um zu zeigen, dass sein Halfter leer war. „Ich bin sauber. Lassen Sie mich hier bleiben. Dann haben Sie zwei Geiseln. Ein FBI-Agent gibt Ihnen ein größeres Druckmittel."

„Nur die Frau. Verschwinden Sie, DeWinter, oder ich bringe sie um, bevor Sie daran denken, wie Sie an mich herankommen. Sofort."

„Herrje, Ronald, bring Miss Millie hier fort. Sie braucht einen Arzt.“ Charity stockte der Atem, als die Messerspitze ihre Haut ritzte.

„Tun Sie es nicht.“ Ronald hob erneut die Hände, während er zu der zusammengebrochenen Gestalt neben dem Pult ging. Vorsichtig nahm er die schluchzende Miss Millie in die Arme. „Wenn Sie ihr etwas antun, werden Sie nicht lange genug leben, um es zu bereuen, Block“, sagte er.

Mit dieser verzweifelten Drohung ließ er Charity allein zurück.

Nachdem er Miss Millie in wartende Arme übergeben hatte, eilte er von der Veranda herab. „Niemand nähert sich den Türen oder Fenstern“, wies er an. „Gebt mir eine Waffe.“ Bevor jemand gehorchen konnte, entriss er einem von Royces Deputys die Pistole.

Mit einer Geste signalisierte Royce seinem Mann, still zu bleiben.

„Was sollen wir tun?“

Ronald starrte nur auf die Waffe in seiner Hand. Sie war geladen. Er war geübt. Und er war hilflos.

„DeWinter ...“, mischte Conby sich ein.

„Gehen Sie mir aus dem Weg!“ Als Conby wieder zum Sprechen ansetzte, wandte Ronald sich ihm zu. „Gehen Sie mir aus dem Weg.“

Ronald starrte zum Gasthaus. Er hörte Miss Millie

leise weinen, während jemand sie zu einem Wagen trug. Die Gäste, die bereits evakuiert worden waren, wurden in Sicherheit gebracht.

Charity.

Er steckte die Waffe ins Halfter und drehte sich um. „Lassen Sie die Straße in einer Meile Entfernung in beiden Richtungen sperren. Wir halten das Gasthaus aus einer Entfernung von fünfzig Fuß umstellt. Er wird nachdenken", sagte Ronald langsam. „Und wenn er damit anfängt, dann wird ihm klar, dass er eingekreist ist."

Ronald hob beide Hände und rieb sich das Gesicht. Er hatte schon Geiselnahmen erlebt. Er war dafür ausgebildet. Mit Zeit und einem kühlen Kopf standen die Chancen, eine Geisel aus einer derartigen Situation zu befreien, ausgezeichnet. Da die Geisel Charity war, war ausgezeichnet nicht annähernd gut genug.

„Ich will mit ihm reden."

„Agent DeWinter, unter den gegebenen Umständen habe ich ernsthafte Vorbehalte, dass Sie diese Operation leiten", erklärte Conby.

Ronald wirbelte zu ihm herum. „Wenn Sie sich mir in den Weg stellen, hänge ich Sie in Ihrer Seidenkrawatte auf, Conby. Warum, zum Teufel, waren Ihre Männer nicht hinter Block postiert?"

Weil Conbys Handflächen feucht waren, klang seine

Stimme nur noch kühler. „Ich hielt es für besser, sie draußen bereitzuhalten, für den Fall eines Fluchtversuchs."

Ronald bekämpfte die Woge des Zorns, die in ihm aufwallte. „Wenn ich Charity draußen habe, werde ich mich mit Ihnen befassen, Sie Bastard." Er wandte den Kopf an Royce. „Ich brauche eine Verbindung. Können Sie sich darum kümmern?"

„Geben Sie mir zwanzig Minuten."

Ronald nickte und drehte sich wieder zum Gasthaus um. Systematisch erwog und verwarf er vorhandene Zugänge.

Charity verspürte ein gewisses Maß an Erleichterung, als Block das Messer von ihrer Kehle entfernte. Irgendwie wirkte die Pistole, die er nun auf sie richtete, weniger persönlich. „Mr. Block …"

„Halten Sie den Mund. Halten Sie den Mund und lassen Sie mich nachdenken." Er wischte sich mit einem fleischigen Arm den Schweiß von der Stirn. Es hatte sich alles so schnell ereignet, zu schnell. Bisher hatte er nur aus Instinkt gehandelt. Wie Ronald einkalkuliert hatte, begann er nun zu denken. „Die haben mich hier in der Falle. Ich hätte Sie benutzen sollen, um einen Wagen zu bekommen, hätte wegfahren sollen." Dann lachte er und blickte sich wild in der Eingangshalle um. „Wir sind hier auf einer verdammten Insel. Man kann von einer Insel nicht wegfahren."

„Ich denke, wenn wir ..."

„Halten Sie den Mund!" schrie er. „Ich bin hier derjenige, der denken muss. FBI-Agenten. Der jammernde kleine Wurm hatte Recht, die ganze Zeit", murmelte er und dachte dabei an Bob. „Er hat DeWinter schon vor Tagen durchschaut. Und Sie?" Während er fragte, griff er in ihr Haar, riss ihren Kopf zurück und hielt den Pistolenlauf an ihre Kehle.

„Nein. Ich wusste es nicht. Ich verstehe es immer noch nicht." Sie konnte nur einen unterdrückten Schrei von sich geben, als er sie gegen die Wand stieß. Sie hatte noch nie Mord in den Augen eines Mannes gesehen, aber sie erkannte es. „Roger ... Mr. Block, überlegen Sie doch. Wenn Sie mich umbringen, haben Sie nichts mehr, um zu verhandeln." Sie schmeckte Angst auf der Zunge, als sie die Worte hervorzwang. „Sie brauchen mich."

„Ja." Er lockerte seinen Griff. „Bisher waren Sie nützlich. Sie müssen einfach weiterhin nützlich sein. Wie viele Ausgänge gibt es hier?"

„Ich ... ich weiß nicht." Charity rang nach Atem, als er erneut grausam an ihren Haaren zog.

„Sie wissen sogar, wie viele Balken dieses Haus hat."

„Fünf. Es sind fünf Ausgänge, die Fenster nicht mitgerechnet. Die Eingangshalle, der Gesellschaftsraum, die Außentreppe zu meinen Zimmern, eine Suite im Ostflügel und der Hinterausgang, durch den Allzweckraum hinter der Küche."

„Das ist gut." Er keuchte ein bisschen, während er die Möglichkeiten in Betracht zog. „Die Küche. Wir nehmen die Küche. Dort habe ich Wasser und Essen, falls es eine Weile dauert. Kommen Sie." Er behielt eine Hand in ihrem Haar und die Pistole in ihrem Nacken.

Den Blick auf den Gasthof geheftet, lief Ronald hinter der Barrikade aus Polizeiwagen auf und ab. Sie ist klug, redete er sich ein. Charity war eine kluge, vernünftige Frau. Sie würde nicht in Panik geraten. Sie würde nichts Dummes tun.

Aber sie musste schreckliche Angst haben. Er steckt sich eine Zigarette am Stummel einer anderen an, doch er fühlte sich nicht beruhigt, als der herbe Rauch in seine Lungen drang. „Wo ist das verdammte Telefon?"

„Fast fertig." Royce schob seinen Hut zurück und richtete sich von der Beobachtung des Leitungsmanns auf, der ein provisorisches Kabel einflickte. „Mein Neffe", erklärte er Ronald mit einem dünnen Lächeln. „Der Junge versteht seinen Job."

„Sie haben eine Menge Verwandte."

„Es wimmelt von ihnen. Ich habe gehört, dass Sie

und Charity heiraten wollen. Gehört das zu Ihrer Tarnung?"

„Nein." Ronald dachte an das Picknick am Strand, jenen einen klaren Augenblick. „Nein."

„In dem Fall werde ich Ihnen einen wichtigen Rat geben", sagte er, bevor Ronald sprechen konnte. „Sie brauchen ihn. Sie müssen ruhig werden, wirklich ruhig, bevor Sie zu dem Telefon greifen. Ein gefangenes Tier reagiert auf zwei Arten. Entweder duckt es sich und gibt auf, oder es greift alles an, was ihm in den Weg kommt." Royce nickte zum Gasthaus hinüber. „Block wirkt nicht wie der Typ, der schnell aufgibt, und Charity ist ihm verdammt im Weg. Ist die Leitung inzwischen fertig, Junge?"

„Jawohl." Die Hände des jungen Leitungsmannes waren verschwitzt vor Nervosität und Aufregung. „Sie können direkt durchwählen." Er reichte Ronald den feuchten Hörer.

„Ich weiß die Nummer nicht", murmelte Ronald. „Ich weiß die verdammte Nummer nicht."

„Ich weiß sie."

Ronald wirbelte zu Mae herum. In diesem Moment sah er alles, was er fühlte, in ihren Augen widergespiegelt. Später wird Zeit für Schuldgefühle sein, sagte er sich. Ein Leben lang. „Royce, Sie sollten diesen Bereich räumen."

„Maeflower zu entfernen ist wie einen Panzer zu entfernen."

„Ich rühre mich nicht vom Fleck, bis ich Charity sehe." Mae presste ihre zitternden Lippen fest zusammen. Als sie weitersprach, klang ihre Stimme gefasst. „Sie wird mich brauchen, wenn sie herauskommt. Es ist Zeitverschwendung, darüber zu reden", fügte sie hinzu. „Wollen Sie die Nummer?"

„Ja."

Sie gab sie ihm. Ronald warf seine Zigarette fort und wählte.

Charity fuhr förmlich vom Stuhl auf, als das Telefon klingelte. Block am Tisch gegenüber starrte es nur an. Er hatte Charity alles stapeln lassen, was sie hatte herbeischleppen können, um die beiden Eingänge zu blockieren: Stühle, Zwanzig-Pfund-Säcke Mehl und Zucker, der rollbare Fleischerklotz, gusseiserne Bratpfannen, all das häufte sich vor den beiden Türen.

In der stillen Küche schrillte das Telefon wieder und immer wieder, wie ein Schrei. Charity war wie erstarrt stehen geblieben und wagte nicht, sich zu rühren.

„Bleiben Sie, wo Sie sind." Block durchquerte den Raum und nahm den Hörer ab. „Ja?"

„DeWinter. Dachte mir, Sie könnten bereit sein zu verhandeln."

„Welche Art von Verhandlung?"

„Darüber müssen wir reden. Zuerst muss ich wissen, ob Sie Charity noch haben."

„Haben Sie sie herauskommen sehen?" spuckte Block in den Hörer. „Sie wissen verdammt gut, dass ich sie habe, sonst würden Sie nicht mit mir reden."

„Ich muss mich vergewissern, dass sie noch lebt. Lassen Sie mich mit ihr reden."

„Scheren Sie sich zur Hölle."

Drohungen, Beschimpfungen, Flüche stiegen wie Galle in Ronalds Kehle. Doch als er sprach, klang seine Stimme sachlich. „Ich überzeuge mich, dass Sie noch eine Geisel haben, Block, oder wir verhandeln nicht."

„Sie wollen mit ihr reden?" Block gestikulierte mit der Waffe. „Hierher", befahl er Charity. „Machen Sie es kurz. Es ist Ihr Freund", sagte er, als sie neben ihm stand. „Er will wissen, wie es Ihnen geht. Sagen Sie ihm, dass es Ihnen ausgezeichnet geht." Er ließ die Pistole an ihrer Wange hinaufgleiten und an ihrer Schläfe ruhen. „Verstanden?"

Mit einem Nicken beugte sie sich zum Telefon. „Ronald?"

„Charity." Zu viele Gefühle stürmten auf ihn ein, um sie zu messen. Er wollte sie beruhigen, ihr Versprechungen machen, sie bitten, vorsichtig zu sein. Aber er wusste, dass er nur wenige Sekunden hatte und dass Block jedes Wort mithörte. „Hat er dir wehgetan?"

„Nein." Sie schloss die Augen und unterdrückte ein Schluchzen. „Nein, es geht mir gut. Er lässt mich etwas zu essen machen."

„Haben Sie gehört, DeWinter? Es geht ihr gut." Wohl überlegt riss Block ihr den Arm auf den Rücken, bis sie aufschrie. „Aber das kann sich jederzeit ändern."

Ronald umklammerte hilflos den Hörer, während er Charity schluchzen hörte. Es kostete ihn all die Beherrschung, die er noch besaß, um die Angst aus seiner Stimme herauszuhalten. „Sie brauchen ihr nichts anzutun. Ich sagte bereits, dass wir über die Bedingungen reden werden."

„Wir reden über Bedingungen. Gut. Meine Bedingungen." Block ließ Charitys Arm los und ignorierte, dass sie zu Boden sank. „Sie besorgen mir einen Wagen. Ich will ungehinderte Fahrt zum Flughafen, DeWinter. Charity fährt. Ich will ein aufgetanktes Flugzeug bereitstehen haben. Sie wird mit mir an Bord gehen, also irgendwelche Tricks, und wir sind wieder da, wo wir angefangen haben. Wenn ich meinen Zielort erreicht habe, lasse ich sie frei."

„Wie groß soll das Flugzeug sein?"

„Versuchen Sie nicht, mich hinzuhalten."

„Warten Sie. Ich muss es wissen. Es ist ein kleiner Flughafen, Block. Das wissen Sie. Wenn Sie weit fliegen wollen …"

„Besorgen Sie mir nur ein Flugzeug."

„Okay." Ronald zwang sich zu einem gleichmütigen Tonfall. Er konnte Charity nicht länger hören, und das Schweigen war so beängstigend wie ihr Schluchzen. „Ich werde dabei den Dienstweg einhalten müssen. Anders geht es nicht."

„Zum Teufel mit Ihrem Dienstweg."

„Hören Sie, ich habe nicht die Befugnis, Ihnen zu besorgen, was Sie wollen. Ich muss die Genehmigung einholen. Dann muss ich den Flughafen räumen, einen Piloten besorgen. Sie müssen mir ein bisschen Zeit geben."

„Sie haben eine Stunde."

„Ich muss mich mit Washington in Verbindung setzen. Sie wissen, wie Bürokraten sind. Es könnte drei, vielleicht vier Stunden dauern."

„Zum Teufel damit! Sie haben zwei. Nach zwei Stunden werde ich anfangen, sie in Stücken hinauszuschicken."

Charity schloss die Augen, senkte den Kopf auf die gefalteten Arme und weinte aus panischer Angst.

„Wir haben zwei Stunden", murmelte Ronald, während er weiterhin das Gasthaus und den Grundriss musterte, den Royce ihm gegeben hatte. „Er ist nicht so schlau, wie ich dachte, oder vielleicht ist er zu sehr in Panik, um es zu durchdenken."

„Das könnte zu unserem Vorteil sein“, meinte Royce, als Ronald das Angebot einer Tasse Kaffee mit einem Kopfschütteln ablehnte. „Oder es könnte gegen uns arbeiten.“

Zwei Stunden. Ronald starrte auf das stille Schindelgebäude. Er konnte die Vorstellung nicht ertragen, dass Charity so lange mit einer Pistole bedroht wurde. „Er will einen Wagen, ungehinderte Fahrt zum Flughafen und ein Flugzeug.“ Er wandte sich an Conby. „Sorgen Sie dafür, dass er glaubt, er würde es bekommen.“

„Ich weiß, wie man bei Geiselnahmen vorzugehen hat, DeWinter.“

„Welcher Ihrer Männer ist der beste Schütze?“ erkundigte Ronald sich bei Royce.

„Ich bin es.“ Er blickte Ronald fest in die Augen. „Wo wollen Sie mich haben?“

„Block ist mit ihr in der Küche.“

„Hat er Ihnen das gesagt?“

„Nein, Charity. Sie hat mir gesagt, dass er sie etwas zu essen machen lässt. Da ich bezweifle, dass sie an Essen denkt, wollte sie mich ihre Position wissen lassen.“

Royce blickte hinüber zu Mae, die den Pier hinauf- und hinabwanderte. „Charity ist ein zähes Mädchen. Sie verliert den Kopf nicht.“

„Bisher nicht.“ Doch Ronald erinnerte sich nur zu gut an ihr gedämpftes Schluchzen. „Wir müssen zwei der Männer auf der Rückseite in Position bringen. Ich will, dass sie Distanz wahren und sich außer Sicht halten. Mal sehen, wie nahe wir herankommen." Er wandte sich wieder an Conby. „Geben Sie uns fünf Minuten. Dann rufen Sie ihn an. Sagen Sie ihm, wer Sie sind. Sie verstehen es, sich wichtig klingen zu lassen. Halten Sie ihn am Telefon fest, so lange wie möglich."

„Sie haben zwei Stunden, DeWinter. Wir können ein Sonderkommando aus Seattle kommen lassen."

„Wir haben zwei Stunden", betonte Ronald grimmig. „Charity hat sie vielleicht nicht."

„Ich kann die Verantwortung nicht …"

Ronald unterbrach ihn. „Sie werden sie verdammt noch mal übernehmen."

„Agent DeWinter, wenn es nicht eine Krisensituation wäre, würde ich Sie wegen Gehorsamsverweigerung festnehmen lassen."

„Großartig. Nehmen Sie es einfach in meine Akte auf." Er blickte zu dem Gewehr, das Royce zur Hand genommen hatte. Es war mit einem starken Zielfernrohr ausgestattet. „Greifen wir ein."

12. KAPITEL

Ich habe lange genug geweint, entschied Charity und holte tief und lange Luft. Es nützte ihr nichts. Wie ihr Bewacher musste sie nachdenken. Ihre Welt war zu einem einzigen Zimmer zusammengeschrumpft, mit Angst als ihrem ständigen Begleiter. So geht es nicht, sagte sie sich und drückte ihr Rückgrat durch. Ihr Leben wurde bedroht, und sie wusste nicht einmal, warum.

Sie erhob sich vom Fußboden, auf dem sie gekauert hatte. Block saß immer noch am Tisch, hielt die Waffe in einer Hand, während er mit der anderen monoton auf das geschrubbte Holz klopfte. Die baumelnden Handschellen klirrten. Er hat schreckliche Angst, erkannte sie, vielleicht genauso sehr wie ich. Es musste einen Weg geben, das auszunutzen.

„Mr. Block … möchten Sie Kaffee?"

„Ja. Das ist gut. Das ist eine gute Idee." Er umfasste die Pistole fester. „Aber werden Sie nicht gerissen. Ich beobachte jede Bewegung."

„Wird man Ihnen ein Flugzeug geben?" Sie drehte die Herdflamme auf klein. Die Küche ist voller Waffen, dachte sie. Messer, Hackbeile, Holzhammer. Sie schloss die Augen und fragte sich, ob sie den Mut hatte, eine davon zu benutzen.

„Man wird mir alles geben, solange ich Sie habe."

„Warum will man Sie verhaften?" Bleib ruhig, dachte Charity sich. Sie wollte ruhig und wachsam und am Leben bleiben. „Das verstehe ich nicht." Sie goss den heißen Kaffee in zwei Becher. Sie glaubte nicht, dass sie schlucken konnte, aber sie hoffte, dass diese kleine Gemeinsamkeit ihn ein wenig entspannen würde. „Die sagten etwas von Falschgeld."

Es spielte keine Rolle, was sie wusste. Auf jeden Fall hatte er hart gearbeitet, und er war stolz darauf. „Seit über zwei Jahren betreibe ich ein hübsches kleines Spiel über die Grenze hinweg. Zwanziger und Zehner in kanadischer Währung. Ich kann sie ausstanzen wie Flaschendeckel. Aber ich bin vorsichtig." Er schluckte den Kaffee. „Ein paar Tausend hier, ein paar Tausend dort, mit ‚Vision Tours' als Fassade. Wir führen eine gute Reisegesellschaft, stellen unsere Kunden zufrieden."

„Sie haben mich mit Falschgeld bezahlt?"

„Sie und ein paar andere Unternehmen. Aber Sie sind das langfristigste und beständigste." Block lächelte sie an – so freundlich wie immer, wenn man die Waffe in seiner Hand nicht berücksichtigte. „Sie haben ein besonders günstiges Unternehmen, Charity, still, abgelegen, in Privatbesitz. Sie verkehren mit einer kleinen lokalen Bank. Es hat hervorragend geklappt."

„Ja." Sie starrte auf ihre Tasse, mit verkrampftem Magen. „Das ist mir klar.“ Und Ronald war nicht gekommen, um Wale zu beobachten, sondern um an einem Fall zu arbeiten. Das war alles, was sie für ihn bedeutet hatte.

„Wir wollten hier nur noch ein paar Monate absahnen“, fuhr er fort. „Aber in letzter Zeit wurde Bob ängstlich.“

„Bob?“ Sie ballte ihre Hände zu Fäusten im Schoß. „Er wusste davon?“

„Er war nichts als ein kleiner Betrüger, bevor ich ihn übernahm. Beging lediglich geringfügige Unterschlagungen. Ich habe ihn hier eingesetzt und reich gemacht. Hat Ihnen auch nicht geschadet“, führte er mit einem Grinsen hinzu. „Sie standen auf recht wackligem finanziellen Boden, bevor ich kam.“

„All die Zeit über“, flüsterte sie.

„Ich hatte beschlossen, noch sechs Monate weiterzumachen und dann woanders zu operieren, aber Bob wurde richtig nervös wegen Ihres neuen Handwerkers. Der Bastard hat mich reingelegt.“ Er knallte die Tasse auf den Tisch. „Hat ein Abkommen mit dem FBI geschlossen. Ich hätte es merken müssen, so wie er nach der Fahrerflucht in Panik geriet.“

„Der Unfall … Sie wollten mich umbringen.“

„Nein.“ Er tätschelte ihre Hand, und sie schreckte zurück. „Ehrlich gesagt, ich habe Sie immer gemocht. Ich wollte Sie nur für eine Weile aus dem Weg haben.

Wollte nur wissen, wie DeWinter reagiert. Er ist gut“, sinnierte Block. „Richtig gut. Hat mich überzeugt, dass er nur an Ihnen interessiert wäre. Die Romanze war ein guter Einfall. Hat mich getäuscht.“

„Ja.“ Niedergeschmettert starrte Charity auf die Maserung der Tischplatte. „Das war clever.“

„Hat mich übertöpelt“, murmelte Block. „Ich wusste, dass Sie mich nicht hereingelegt haben. Sie haben nicht das Zeug dazu. Aber DeWinter … Wahrscheinlich haben sie Dupont schon geschnappt.“

„Wen?“

„Wir operieren nicht nur mit dem Geld. Es gibt Leute, die in aller Stille das Land verlassen müssen und eine Menge für unsere Dienste bezahlen. Sieht so aus, als müsste ich mich selbst als Kunden aufnehmen.“ Block lachte und leerte seine Tasse. „Wie steht es mit etwas zu essen?“

Sie erhob sich und ging zum Kühlschrank. Es war alles eine Lüge, dachte sie. Alles, was Ronald gesagt hatte, alles, was er getan hatte …

Der Schmerz ging tief und zwang sie, einen weiteren Tränenausbruch zu bekämpfen. Er hatte sie zum Narren gehalten, so gewiss und vollkommen, wie Roger Block es getan hatte. Beide hatten sie sie benutzt, sie und ihr Gasthaus benutzt. Sie würde es nie verzeihen. Sie rieb sich mit den Händen über die Augen, um sie zu klären. Und sie würde nie vergessen.

„Wie wäre es mit dem Zitronenkuchen?“ Block klopfte mit dem Pistolenlauf auf den Tisch. „Mae hat sich gestern mit diesem Kuchen selbst übertroffen.“

„Ja.“ Langsam nahm Charity den Kuchen heraus. „Es ist noch etwas übrig.“

Block hatte die sonnig gelben Gardinen zugezogen, aber in der Mitte war ein Spalt von zwei Zentimetern. Lautlos schlich Ronald darauf zu. Er konnte Charity in einen Schrank greifen und einen Teller herausnehmen sehen.

Tränen trockneten auf ihren Wangen. Es versetzte ihm einen Stich, es zu sehen. Ihre Hände waren ruhig. Das war etwas, eine kleine Hoffnung, an die er sich klammern konnte. Er konnte Block nicht sehen, obgleich er sich so weit vorbeugte, wie er es nur wagte.

Dann plötzlich, so als hätte Charity ihn gespürt, begegneten sich ihre Blicke durch das Glas. Sie wappnete sich, und in diesem Moment sah er unzählige Gefühlsregungen über ihr Gesicht huschen. Dann war es wieder verschlossen. Sie blickte ihn an, wie sie einen Fremden angeblickt hätte, und wartete auf Instruktionen.

Er hielt eine Hand hoch, die Innenfläche nach außen, um ihr so klar wie möglich zu signalisieren, durchzuhalten und ruhig zu bleiben. Dann klingelte das Telefon, und er sah sie zusammenzucken.

„Das wurde auch Zeit“, sagte Block. Er schwankte

beinahe, als er zum Telefon ging. „Ja? Wer, zum Teufel, spricht da?“ Er lauschte eine Weile und lachte dann erfreut. „Ich verhandle gern mit Leuten, die einen Titel haben. Wo ist mein Flugzeug, Inspektor Conby?“

Hastig und verstohlen zog Charity die Gardinen noch einen Zentimeter weiter auf.

„Hierher!“ befahl Block.

Sie ließ die Hand sinken, und der Teller klapperte auf den Küchenschrank. „Was?“

Er gestikulierte mit der Pistole. „Ich sagte, hierher.“

Ronald fluchte, als sie zwischen ihn und Block trat.

„Die sollen wissen, dass ich mich an meinen Teil halte.“ Block nahm sie am Arm, weniger grob diesmal. „Sagen Sie dem Mann, dass ich Sie gut behandle.“

„Er hat mir nichts getan“, sagte sie tonlos. Sie zwang sich, nicht zum Fenster zu blicken. Ronald war dort draußen. Er würde sein Bestes tun, um sie sicher herauszuholen. Das war sein Job.

„Das Flugzeug wird in einer Stunde bereit sein“, sagte Block, nachdem er aufgelegt hatte. „Gerade genug Zeit für den Zitronenkuchen und noch eine Tasse Kaffee.“

„In Ordnung.“ Sie ging erneut zum Schrank. Panik durchzuckte sie, als sie zum Fenster blickte und niemanden sah. Ronald war fort. Weil ihre Finger zitterten, war sie sehr ungeschickt mit dem Aufschneiden. „Mr. Block, werden Sie mich laufen lassen?“

Er zögerte nur einen Moment, aber das reichte, um ihr zu verraten, dass seine Worte nur eine weitere Lüge waren. „Gewiss. Sobald ich frei bin."

So stand es also. Ihr Herz, ihr Gasthaus und nun ihr Leben. Sie stellte den Kuchen vor ihn hin und musterte sein Gesicht. Er ist zufrieden mit sich selbst, dachte sie, und sie hasste ihn dafür. Aber er schwitzte noch immer.

„Ich hole Ihnen den Kaffee." Sie ging zum Herd, setzte mechanisch einen Fuß vor den anderen. Es rauschte in ihren Ohren. Jetzt war es mehr als Angst, wie sie erkannte. Es war Zorn und Verzweiflung und ein starker, unwiderstehlicher Überlebensdrang. Sie nahm die Kaffeekanne vom Herd.

Er hielt noch immer die Pistole, und er schaufelte sich mit der linken Hand den Zitronenkuchen in den Mund. Er hält mich für einen Dummkopf, dachte Charity, für jemanden, den er benutzen und überlisten und manipulieren kann. Sie holte tief Luft. „Mr. Block?"

Er blickte auf.

Sie sah ihm direkt in die Augen. „Hier ist Ihr Kaffee", sagte sie ruhig, und dann goss sie ihm die dampfende Flüssigkeit ins Gesicht.

Er schrie. Sie glaubte nicht, dass sie jemals zuvor einen Mann derart hatte schreien hören. Er stand halb vom Stuhl auf, tastete blindlings nach der Pistole. Dann geschah alles sehr schnell.

Charity griff ebenfalls nach der Waffe. Blocks fuchtelnde Hand traf ihre Wange. Noch während sie zurücktaumelte, ertönte das Krachen von splitterndem Glas.

Ronald sprang durchs Fenster, riss Charity zu Boden. Männer durchbrachen die verbarrikadierten Türen und stürmten in den Raum. Jemand zog sie vom Fußboden hoch und führte sie eilig hinaus.

Ronald hielt die Pistole an Blocks Schläfe. Sie knieten auf den Glassplittern – zumindest kniete Ronald und stützte den stöhnenden Block. Brandblasen bildeten sich bereits auf seinem breiten Gesicht.

„Bitte“, murmelte Ronald, „geben Sie mir einen Grund.“

„Ronald.“ Royce legte ihm die Hand auf die Schulter. „Es ist vorbei.“

Doch der Zorn schnürte ihm die Kehle zu, ließ seine Finger am Abzug schlüpfrig werden. Er erinnerte sich, wie Charity ihn angeblickt hatte, als sie ihn vor dem Fenster gesehen hatte. Langsam wich er zurück und steckte die Waffe ins Halfter.

„Ja, es ist vorbei. Schaffen Sie ihn hier fort.“ Er erhob sich und ging auf die Suche nach Charity.

Er fand sie in der Eingangshalle, in Maes Armen.

„Es geht mir gut“, murmelte sie. „Wirklich.“ Als sie Ronald sah, wurde ihr Blick frostig. „Es wird jetzt alles gut. Ich muss einen Moment mit Ronald sprechen.“

„Sag, was du zu sagen hast.“ Mae küsste sie auf beide Wangen. „Und dann nimmst du ein schönes heißes Bad.“

„In Ordnung.“ Sie drückte Maes Hand. Seltsam, aber nun kam ihr alles wie ein Traum vor, als würde sie sich Schicht um Schicht einen Weg durch einen grauen Schleier bahnen. „Ich glaube, wir sind oben ungestörter“, sagte sie zu Ronald. Dann wandte sie sich ab, ohne ihn anzusehen, und ging zur Treppe.

In ihrem Wohnzimmer drehte Charity sich zu Ronald um. „Ich nehme an, du hast einen Bericht einzureichen“, begann sie. Ist das meine Stimme? wunderte sie sich. Sie klang so dünn, so fremd. Bewusst räusperte sie sich. „Mir wurde gesagt, dass ich eine Aussage machen muss, aber wir sollten wohl erst dies aus dem Weg räumen.“

„Charity.“ Er trat auf sie zu, nur um abrupt innezuhalten, als sie die Arme abwehrend vorstreckte.

„Nicht.“ Ihr Augen waren so kalt wie ihre Stimme. Es ist kein Traum, sagte sie sich. Es war eine so harte und brutale Wirklichkeit, wie sie es nie zuvor erlebt hatte. „Fass mich nicht an. Nicht jetzt, niemals wieder.“

Er ließ die Hände sinken. „Es tut mir Leid.“

„Warum? Du hast genau das vollendet, weshalb du gekommen bist. Soweit ich es übersehen kann, hielten Bob und Block ein beachtliches System in Gang. Deine

Vorgesetzten werden bestimmt sehr zufrieden mit dir sein."

„Das ist nicht wichtig."

Sie holte seine Erkennungsmarke aus ihrer Tasche. „Doch." Sie warf sie ihm zu. „Doch, es ist wichtig."

Ronald kämpfte um Ruhe und steckte die Marke in die Tasche. Er bemerkte, dass seine Hände bluteten, aber das berührte ihn nicht. „Ich konnte es dir nicht sagen."

„Du wolltest es nicht."

Da war eine leichte Prellung auf ihrer Wange. Einen Moment lang richtete sich all sein Zorn und sein Schuldgefühl darauf. „Er hat dich geschlagen."

Sie strich mit der Fingerspitze über ihre Wange. „Ich bin nicht aus Zucker."

„Ich möchte es dir erklären."

„Ach ja?" Sie wandte sich ab. Sie wollte ihren Zorn kalt halten. „Ich glaube, ich habe schon verstanden."

„Hör zu, Baby ..."

„Nein, hör du mir zu, Baby." Ihre Beherrschung schwand, und sie wirbelte wieder herum. „Du hast mich belogen, du hast mich benutzt, von der ersten Minute bis zur letzten. Es war alles eine riesige, unglaubliche Lüge."

„Nicht alles."

„Nein? Mal sehen, wie wir eins vom anderen trennen können. Eine bequeme Unterbringung ..." Sie sah seine Augen aufblitzen. Das ärgerte ihn. „Und George, der gute alte George, ein Glückspilz. Ich nehme an, es war ein paar tausend Dollar wert, ihn aus dem Weg zu schaffen und dir eine freie Stelle zu verschaffen. Und Bob – du wusstest alles über Bob, nicht wahr?"

„Wir konnten nicht sicher sein. Nicht am Anfang."

„Nicht am Anfang", wiederholte sie. Solange sie einen kühlen Kopf bewahrte, konnte sie denken. Sie konnte denken, ohne zu fühlen. „Warst du dir meiner denn so sicher, Ronald? Oder hast du geglaubt, ich würde dazugehören?" Als er nicht antwortete, fuhr sie fort: „Aha, ich verstehe. Gegen mich wurde die ganze Zeit ermittelt. Du brauchtest dich mir nur zu nähern – und ich habe es dir so leicht gemacht." Mit einem Lachen schlug sie die Hände vor das Gesicht. „Gütiger Himmel, ich habe mich dir an den Hals geworfen."

„Von Rechts wegen durfte ich mich nicht mit dir einlassen." Ronald kämpfte seine Verzweiflung nieder und wählte bedachtsam seine Worte. „Es ist einfach passiert. Ich habe mich in dich verliebt."

„Sag das nicht zu mir." Sie senkte die Hände. Ihr Gesicht war blass, der Ausdruck kalt. „Du weißt nicht einmal, was das bedeutet."

„Ich wusste es nicht, vor dir."

„Man kann nicht lieben, ohne zu vertrauen, Ronald. Ich habe dir vertraut. Ich habe dir nicht nur meinen Körper gegeben. Ich habe dir alles gegeben."

„Ich habe dir alles gesagt, was ich dir sagen konnte“, entgegnete er laut. „Verdammt, den Rest musste ich verschweigen. Was ich dir über mich erzählt habe, über mein Heranwachsen, über meine Gefühle, ist alles wahr.“

„Habe ich dein Wort darauf? Agent DeWinter?“

Mit einem Fluch stürmte er zu ihr und ergriff ihre Arme. „Ich kannte dich nicht, als ich den Auftrag übernahm. Es war nur ein Job. Als sich die Dinge änderten, wurde der wichtigste Teil dieses Jobs, deine Unschuld zu beweisen und dich zu schützen!“

„Wenn du es mir erzählt hättest, dann hätte ich meine Unschuld selbst bewiesen.“ Sie entriss sich seinem Griff. „Das ist mein Gasthaus, und diese Leute sind die einzige Familie, die ich habe. Glaubst du, ich würde das alles wegen Geld aufs Spiel setzen?“

„Nein. Das wusste ich nach den ersten vierundzwanzig Stunden. Ich hatte Order, Charity, und meinen Instinkt. Wenn ich dir gesagt hätte, wer ich bin und was vorging, hättest du niemals den Schein wahren können.“

„Ich bin also dumm?“

„Nein. Nur ehrlich.“ Er fand seine innere Ruhe wieder. „Du hast eine Menge durchgemacht. Lass mich dich ins Krankenhaus bringen.“

„Ich habe eine Menge durchgemacht“, wiederholte sie und lachte beinahe. „Weißt du, wie es ist zu erfahren, dass ich zwei Jahre lang von Leuten benutzt wurde, die ich zu kennen glaubte? Ich habe mich immer für einen so guten Menschenkenner gehalten." Nun lachte sie doch. Sie trat ans Fenster. „Woche für Woche haben sie mich zum Narren gehalten. Ich bin nicht sicher, ob ich es je überwinden werde. Aber das ist nichts." Sie drehte sich um. „Das ist gar nichts im Vergleich zu dem, was ich fühle, wenn ich daran denke, wie ich es zugelassen habe, dass du mich liebst."

„Wenn es eine Lüge wäre, warum bin ich dann hier und sage dir jetzt, dass ich es tue?"

„Ich weiß es nicht." Plötzlich erschöpft, strich sie sich das Haar aus der Stirn. „Und es scheint auch nicht wichtig zu sein. Ich bin völlig ausgelaugt, Ronald. Eine Weile lang war ich sicher, dass er mich umbringen würde."

„Oh, Charity." Er zog sie an sich, und als sie sich nicht widersetzte, barg er das Gesicht in ihrem Haar.

„Ich dachte, er würde mich umbringen", wiederholte sie und ließ die Arme steif hängen. „Und ich wollte nicht sterben. Nichts war so wichtig wie am Leben zu bleiben. Als meine Mutter sich verliebte und diese Liebe betrogen wurde, gab sie auf. Ich war ihr nie ähnlich." Steif wich sie aus seinen Armen zurück. „Vielleicht bin ich leichtgläubig, aber ich war nie schwach. Ich habe vor, weiterzumachen wie früher. Was es auch braucht, ich werde dich und die letzten Wochen aus meinem Leben auslöschen."

„Nein." Zornig nahm er ihr Gesicht zwischen die Hände. „Das wirst du nicht, weil du weißt, dass ich dich liebe. Und du hast mir ein Versprechen gegeben. Dass du nicht aufhörst, mich zu lieben, was immer auch passiert."

„Ich habe dieses Versprechen einem Mann gegeben, der nicht existiert." Es tat weh. Der Schmerz durchzuckte ihren ganzen Körper. „Und den Mann, der existiert, liebe ich nicht." Sie trat einen kleinen, aber bedeutungsvollen Schritt zurück. „Lass mich allein."

Als er sich nicht rührte, ging sie ins Schlafzimmer und verschloss die Tür hinter sich.

Eifrig fegte Mae die Glasscherben in der Küche zusammen. Zum ersten Mal seit über zwanzig Jahren war das Gasthaus geschlossen. Sie nahm an, dass es schnell genug wieder geöffnet werden würde, doch vorerst war sie es zufrieden, dass ihr Mädchen sicher oben im Bett lag und die Polizei im Aufbruch war.

Als Ronald eintrat, stützte sie die Arme auf den Besen. Sie hatte Charity, die um ihn geweint hatte, beinahe eine Stunde lang in den Armen gewiegt. Sie hatte sich vorgenommen, kühl und abweisend zu sein. Es brauchte nur einen Blick, um ihre Absicht zu ändern.

„Sie sehen erschöpft aus."

„Ich …" Verloren blickte er sich in der Küche um. „Ich wollte fragen, wie es ihr geht, bevor ich aufbreche."

„Es geht ihr miserabel." Mae nickte, zufrieden mit der Qual, die sie in seinen Augen sah. „Und sie ist verstockt. Sie haben Schnittwunden."

Automatisch strich er über den Schnitt an seiner Schläfe. „Würden Sie ihr bitte diese Nummer geben?" Er legte eine Karte auf den Tisch. „Da kann sie mich erreichen, wenn … Sie kann mich da erreichen."

„Setzen Sie sich. Ich werde Sie verarzten."

„Nein, schon gut."

„Ich sagte, setzen Sie sich." Mae ging zum Schrank und holte eine Flasche Antiseptikum. „Sie hatte einen schweren Schock."

Plötzlich sah er im Geiste Block das Messer an Charitys Kehle halten. „Ich weiß."

„Sie erholt sich meistens ziemlich schnell. Sie liebt Sie."

Ronald zuckte ein wenig zusammen, als Mae das Antiseptikum auftrug, aber nicht vor Schmerz. „Sie hat mich geliebt."

„Sie liebt Sie", beharrte Mae. „Sie kann im Moment nur nicht. Sind Sie schon lange Agent?"

„Zu lange."

„Werden Sie dafür sorgen, dass dieser Wurm Roger Block hinter Schloss und Riegel kommt?“

Ronald ballte die Hände zu Fäusten. „Ja.“

„Lieben Sie Charity?“

Er entspannte die Hände. „Ja.“

„Ich glaube Ihnen, und deshalb werde ich Ihnen einen Rat geben.“ Ein wenig keuchend setzte Mae sich neben ihn. „Sie ist verletzt, sehr verletzt. Sie ist ein Mensch, der die Dinge gern selbst ins Lot bringt. Lassen Sie ihr ein bisschen Zeit.“ Sie nahm die Karte und steckte sie in ihre Schürzentasche. „Die behalte ich vorläufig lieber bei mir.“

Charity fühlte sich stärker. Und nicht nur körperlich, entschied sie, während sie hinter Ludwig herrannte. In jeder Beziehung. Die Albträume, die sie Nacht für Nacht geweckt hatten, verblassten allmählich. Es fiel ihr längst nicht mehr so schwer, zu reden oder zu lächeln oder vorzugeben, dass wieder alles in Ordnung war.

Sie dachte selten an Ronald. Mit einem Seufzer korrigierte sie sich. Sie würde niemals wieder stark werden, wenn sie sich selbst belog. Sie dachte ständig an ihn. Es fiel ihr schwer, es nicht zu tun, und an diesem Tag war es ganz besonders schwer.

An diesem Tag hatten sie heiraten wollen. Der Schmerz kam, breitete sich aus und wurde aufgenommen. Kurz nach Mittag, während Mendelssohn-Bartholdys Hochzeitsmarsch erklang und die Sonne in den Garten schien, hätte sie ihre Hand in seine gelegt. Und das Versprechen gegeben.

Eine Fantasie, sagte Charity sich. Es war damals eine Fantasie gewesen, und es war jetzt eine.

Und dennoch ... Mit jedem Tag, der verging, erinnerte sie sich deutlicher an die gemeinsame Zeit. An sein Widerstreben, seinen Zorn. Dann seine Zärtlichkeit und Besorgnis. Sie blickte hinab auf das Armband, das an ihrem Handgelenk schimmerte.

Sie hatte versucht, es in die Schachtel zurückzulegen, es in eine dunkle, selten geöffnete Schublade zu schieben. Jeden Tag nahm sie es sich von neuem vor. Für morgen. Und jeden Tag erinnerte sie sich von neuem, wie lieb, wie verlegen und wie wundervoll er gewesen war, als er es ihr geschenkt hatte.

Wenn es für ihn nur ein Job gewesen war, warum hatte er ihr dann so viel mehr als nötig gegeben? Nicht nur das Schmuckstück, sondern alles, was der goldene Reif symbolisierte? Er hätte ihr Freundschaft und Respekt bieten können, so wie Bob es getan hatte, und sie hätte ihm ebenso vertraut. Er hätte ihre Beziehung rein körperlich halten können. Ihre Gefühle wären dieselben geblieben.

Charity schüttelte den Kopf und beschleunigte ihr

Tempo, um mit Ludwig Schritt zu halten. Sie war schwach und sentimental. Es lag nur an diesem Tag ... diesem wundervollen Frühlingsmorgen, der ihr Hochzeitstag hätte sein sollen. Sie musste zum Gasthaus zurückkehren und sich beschäftigen. Dieser Tag würde vergehen, so wie all die anderen vergangen waren.

Zuerst glaubte sie, es wäre Einbildung, als sie Ronald am Straßenrand stehen und zum Sonnenaufgang über dem Wasser blicken sah. Sie zögerte. Ihre Knie wurden weich.

Er hörte sie kommen. Im zunehmenden Licht erinnerte er sich, wie er sich gefragt hatte, ob er zurückkehren würde, ob er einfach dastehen und darauf warten würde, dass Charity zu ihm gelaufen käme.

Sie lief nicht. Sie ging sehr langsam. Konnte sie wissen, dass sein Leben in ihrer Hand lag?

Sie war sehr nervös, die Finger um die Leine verkrampften und lockerten sich wieder. Sie betete, als sie vor ihm stehen blieb, dass ihre Stimme fest sein möge.

„Was willst du?"

Ronald bückte sich, um den zappelnden Hund zu streicheln. „Dazu kommen wir später. Wie geht es dir?"

„Es geht mir gut."

„Du hattest Albträume." Schatten lagen unter ihren Augen. Er würde es ihr nicht leichter machen, indem er es ignorierte.

Sie versteifte sich. „Sie vergehen. Mae redet zu viel."

„Zumindest redet sie mit mir."

„Wir haben uns alles gesagt, was zu sagen ist."

Er schloss eine Hand um ihren Arm, als sie an ihm vorbeigehen wollte. „Du hast das letzte Mal deine Meinung gesagt. Jetzt bin ich an der Reihe." Er bückte sich und hakte die Leine aus. Ludwig sprang davon, in Richtung Gasthaus. „Mae erwartet ihn", erklärte Ronald, bevor sie den Hund zurückrufen konnte.

„Ich verstehe. Ihr beide habt das alles geplant?"

„Du liegst ihr sehr am Herzen. Mir auch."

„Ich habe viel zu tun."

„Ja. Zuerst das." Er zog sie an sich, ignorierte ihren Widerstand und presste den Mund auf ihren. Es war wie ein Getränk nach Tagen der Wüste, wie ein Feuer nach Dutzender langer, kalter Nächte. Er küsste sie begierig, so als wäre es das erste Mal. Oder das letzte.

Sie konnte ihn nicht bekämpfen. Oder sich selbst. Fast schluchzend klammerte sie sich an ihn. So stark sie auch zu sein versuchte, konnte sie niemals stark genug sein, um sich gegen ihr eigenes Herz zu stellen.

Ronald presste die Lippen auf ihr Haar. „Jede Nacht wache ich auf und sehe ihn das Messer an deine Kehle halten", murmelte er. „Und ich kann nichts dagegen tun. Ich greife nach dir, aber du bist nicht da. Eine Minute, eine schreckliche Minute lang habe ich panische Angst.

Dann erinnere ich mich, dass du in Sicherheit bist. Du bist nicht bei mir, aber in Sicherheit. Das ist beinahe genug."

Mit einem hilflosen Seufzen strich sie beruhigend über seine Schultern. „Ronald, es hat keinen Sinn, daran zu denken."

„Glaubst du, dass ich es jemals vergessen könnte? Den Rest meines Lebens werde ich mich an jede Sekunde erinnern. Ich war für dich verantwortlich."

„Nein." Der Zorn kam schnell genug, um sie beide zu überraschen. „Ich bin für mich selbst verantwortlich. Ich war es und bin es und werde es immer sein. Und ich kann auf mich selbst aufpassen."

„Ja." Er streichelte mit der Handfläche über ihre Wange. Die Prellung war verblasst, auch wenn die Erinnerung es nicht war. „Eine teuflische Art, Kaffee zu servieren."

„Lass es uns vergessen." Sie schüttelte seine Hand ab und ging zum Wasser. „Ich bin nicht besonders stolz darauf, dass ich mich habe betrügen lassen. Deshalb möchte ich nicht länger darüber nachdenken."

„Es waren Profis, Charity. Du bist nicht die einzige Person, die sie benutzt haben."

Sie presste die Lippen zusammen. „Und du?"

„Wenn man verdeckt ermittelt, lügt man, benutzt man und zieht aus allem Vorteil, was sich bietet." Ihre

Augen waren geschlossen, als er sie zu sich umdrehte. „Ich kam her, um einen Auftrag durchzuführen. Es war lange her, dass ich mir gestattete, weiter voraus als bis zum nächsten Tag zu denken. Sieh mich an. Bitte …"

Charity holte tief Luft und öffnete die Augen. „Das sind wir alles schon durchgegangen, Ronald."

„Nein. Ich habe dir wehgetan. Ich habe dich getäuscht. Du warst nicht bereit, mir zuzuhören." Sanft strich er ihr die Tränen von den Wimpern. „Ich hoffe, du bist es jetzt, denn ich halte es nicht mehr sehr lange ohne dich aus."

„Ich war vorher zu hart zu dir." Es kostete sie beinahe all ihre Kraft, aber sie brachte ein Lächeln zu Stande. „Ich war verletzt, und der Schock war größer, als ich angenommen hatte. Inspektor Conby hat mir nachher alles erklärt. Wie der ganze Einsatz abgelaufen war, was du zu tun hattest, was meine Verantwortung war."

„Welche Verantwortung?"

„Wegen des Geldes. Es hat uns ziemlich in die Klemme gebracht, aber zumindest brauchen wir nur einen Anteil zurückzuzahlen."

„Ich verstehe." Ronald lachte und schüttelte den Kopf. „Er war schon immer sehr großzügig."

„Der Unternehmer ist für den Verlust verantwortlich." Sie neigte den Kopf. „Wusstest du nichts von der Vereinbarung, die ich mit ihm getroffen habe?"

„Nein."

„Aber du arbeitest doch für ihn."

„Nicht mehr. Ich habe meine Kündigung eingereicht, als ich nach Washington zurückkam."

„Oh, Ronald, das ist doch lächerlich. Das ist, wie das Kind mit dem Badewasser auszuschütten."

„Ich habe beschlossen, dass mir das Tischlern besser gefällt. Hast du eine Stelle für mich frei?"

Charity blickte über das Wasser hinaus. „In letzter Zeit habe ich nicht viel an Renovierung gedacht."

„Ich arbeite billig." Er hob ihr Gesicht zu seinem empor. „Du brauchst mich nur zu heiraten."

„Nicht."

„Charity." Mit einer Geduld, die er sich gar nicht zugetraut hätte, hielt er sie fest. „Eines der Dinge, die ich am meisten an dir bewundere, ist dein Verstand. Du bist wirklich klug. Sieh mich an, richtig an. Ich nehme an, du wirst wissen, dass ich nicht zum Spaß mit dem Kopf gegen dieselbe Wand renne. Ich liebe dich. Das musst du mir glauben." Er spürte den ersten Funken Hoffnung. „Glaube es. Du hast mein Leben verändert. Ich kann nicht zurückkehren zu der Lebensart, die vorher meine war. Ich kann nicht vorangehen, wenn du nicht bei mir bist."

Die Arme vor der Brust verschränkt, entfernte sie sich ein kleines Stück. Das hohe Gras am Ufer war noch feucht vom Tau. Sie konnte es riechen, und den zarten Duft von Wildblumen. Da fiel ihr auf, dass sie diese kleinen Dinge aus ihrem Leben verdrängt hatte, seit sie Ronald fortgeschickt hatte.

Wenn sie von ihm Ehrlichkeit verlangte, wie konnte sie ihm da weniger geben? „Ich habe dich schrecklich vermisst." Sie schüttelte hastig den Kopf, bevor er sie wieder berühren konnte. „Ich habe versucht, mich nicht zu fragen, ob du zurückkommen würdest. Ich habe mir eingeredet, dass ich es nicht wollte. Als ich dich am Straßenrand stehen sah, wollte ich nur zu dir laufen. Keine Fragen, keine Erklärungen. Aber es ist nicht so einfach."

„Nein."

„Ich liebe dich, Ronald. Ich kann nicht aufhören. Ich habe es versucht", sagte Charity und blickte ihn an. „Nicht sehr stark, aber ich habe es versucht. Ich wusste wohl hinter all dem Zorn und Schmerz, dass du nicht über deine Liebe zu mir gelogen hast. Ich wollte dir nicht verzeihen, dass du über das andere gelogen hast, aber … das ist eigentlich nur Stolz." Vielleicht ist es doch so einfach, dachte sie. „Wenn ich wählen muss, dann nehme ich lieber die Liebe." Sie lächelte und breitete die Arme aus. „Ich würde sagen, du bist eingestellt."

Sie lachte, als er sie hochhob und herumwirbelte. „Wir werden dafür sorgen, dass es klappt", versprach er und bedeckte ihr ganzes Gesicht mit Küssen. „Von heute an.“

„Wir wollten heute heiraten.“

„Und das werden wir auch.“

„Aber wir ...“

„Ich habe eine Lizenz.“ Er schloss den Mund über ihrem und wirbelte sie erneut herum.

„Eine Lizenz zum Heiraten?“

„Sie ist in meiner Tasche, zusammen mit zwei Tickets nach Venedig.“

„Nach ...“ Ihre Hände glitten von seinen Schultern. „Nach Venedig? Aber wie ...?“

„Und Mae hat gestern ein Kleid für dich gekauft. Sie wollte es mich nicht sehen lassen.“

„Nun.“ Die Freude war zu überwältigend, um sie Verärgerung vortäuschen zu lassen. „Du warst dir deiner schrecklich sicher.“

„Nein.“ Ronald küsste sie erneut, spürte das Lächeln auf ihren Lippen und die Einwilligung. „Ich war mir deiner sicher.“

– ENDE –

Tess Gerritsen

Verrat in Paris

Was weiß der interessante, aber undurchsichtige Amerikaner Richard Wolf über den mysteriösen Tod ihrer Eltern? Seit Beryl in der Stadt an der Seine ist, läuft er ihr ständig über den Weg. Will er sie beschützen oder überwachen?

Band-Nr. 25135
6,95 € (D)
ISBN 3-89941-174-9

Sandra Brown

Unbestechliche Herzen

Vorbei an Polizeisperren, immer in der Angst vor Entdeckung und völlig aufeinander angewiesen, ist Lucas Greywolf mit der aparten Fotografin Aislinn auf der Flucht zum Reservat seines Stammes. Ein Versprechen bindet ihn an den Ort seiner Vorfahren ...

Band-Nr. 25136
6,95 € (D)
ISBN 3-89941-175-7

Nora Roberts
Sommerträume

Band-Nr. 25059
6,95 € (D)
ISBN 3-89941-074-2

Nora Roberts
Sommerträume 2

Band-Nr. 25096
6,95 € (D)
ISBN 3-89941-129-3

Vorschau
Dieser Roman erscheint im Juni 2005

Nora Roberts
Sommerträume 3

Band-Nr. 25143
7,95 € (D)
ISBN 3-89941-182-X

Nora Roberts
Nachtgeflüster 1
Der gefährliche Verehrer

Band-Nr. 25126
6,95 € (D)
ISBN 3-89941-165-X

Nora Roberts
Nachtgeflüster 2
Der geheimnisvolle Fremde

Band-Nr. 25133
6,95 € (D)
ISBN 3-89941-172-2

Vorschau
Dieser Roman erscheint im Juli 2005

Nora Roberts
Nachtgeflüster 3
Die tödliche Bedrohung

Band-Nr. 25146
6,95 € (D)
ISBN 3-89941-185-4

Nora Roberts
Die Stanislaskis 2
Verführung in Manhattan

Band-Nr. 25125
6,95 € (D)
ISBN 3-89941-164-1

Nora Roberts
Die Stanislaskis 3
Gegen jede Vernunft

Band-Nr. 25132
6,95 € (D)
ISBN 3-89941-171-4

Vorschau
Dieser Roman erscheint
im Juli 2005

Nora Roberts
Die Stanislaskis 4
Heißkalte Sehnsucht

Band-Nr. 25144
6,95 € (D)
ISBN 3-89941-183-8